DAN ALEXANDER, PITCHER

(Bottom of the Ninth, Book 1)

Jean Joachim

Moonlight Books

NOTIZIE SULL'E-BOOK ACQUISTATO: L'acquisto non rimborsabile di questo e-book consente di possedere solo UNA copia LEGALE per la lettura personale sul proprio computer o dispositivo. **Non è consentita la rivendita o la distribuzione senza previa autorizzazione scritta dell'editore e del proprietario del copyright di questo libro.** Questo libro non può essere copiato in alcun formato, venduto o trasferito da un computer all'altro attraverso il caricamento su un programma di condivisione di file peer to peer, gratuitamente o a pagamento, o come premio in qualsiasi concorso. Tale azione è illegale e viola le leggi sul Copyright degli Stati Uniti. È vietata la distribuzione di questo e-book, in tutto o in parte, online, offline, in stampa o con qualsiasi altro mezzo attualmente conosciuto o ancora da inventare. Se non si desidera più questo libro, è necessario eliminarlo dal computer.

ATTENZIONE: La riproduzione o la distribuzione non autorizzate di quest'opera protetta da copyright sono illegali. La violazione legale del copyright, compresa la violazione senza guadagno monetario, è soggetta a indagini dell'FBI ed è punibile con una pena fino a 5 anni in prigione federale e una multa di $250.000.

Un romanzo Moonlight Books
Amore sensuale
Dan Alexander, Pitcher
Serie "Bottom of the Ninth"
Copyright © 2016 Jean C. Joachim
E-book ISBN: 978-0-9971833-7-5
Progetto di copertina di Dawné Dominique
Fotografia di copertina: Eric McKinney di 6:12 Photography
Modello di copertina: Chandler R.
A cura di Tabitha Bower
Revisione di Renee Waring
Copyright di copertina e logo © 2016 di Moonlight Books

TUTTI I DIRITTI RISERVATI: Quest'opera letteraria non può essere riprodotta o trasmessa in alcuna forma o con alcun mezzo, compresa la riproduzione elettronica o fotografica, in tutto o in parte, senza espressa autorizzazione scritta. Tutti i personaggi e gli eventi di questo libro sono frutto d'invenzione. Qualsiasi somiglianza con persone reali, vive o morte, è puramente casuale.

EDITORE
Moonlight Books
TRADUZIONE DI
SIMONA TRAPANI

Dedica

Ai grandi giocatori di baseball che mi hanno fatta innamorare di questo sport.

Dedica speciale
Alla scomparsa Marilyn Reisse Lee,
la mia più cara amica.

Ringraziamenti
Grazie per il vostro sostegno:
Tabitha Bower, la mia curatrice, Renee Waring, la mia correttrice di bozze, Ariana Gaynor, Kathleen Ball, Vicki Locey, David Joachim, Steve Joachim e un *ringraziamento speciale* a Larry Joachim, per avermi guidata nella scena del tribunale.

Libri di Jean C. Joachim

<u>BOTTOM OF THE NINTH</u>
DAN ALEXANDER, PITCHER
MATT JACKSON, CATCHER (Imminente)
JAKE LAWRENCE, THIRD BASEMAN (Imminente)

<u>SERIE FIRST & TEN</u>
GRIFF MONTGOMERY, QUARTERBACK
BUDDY CARRUTHERS, WIDE RECEIVER
PETE SEBASTIAN, COACH
DEVON DRAKE, CORNERBACK
SLY "BULLHORN" BRODSKY, OFFENSIVE LINE
AL "TRUNK" MAHONEY, DEFENSIVE LINE
HARLEY BRENNAN, RUNNING BACK
OVERTIME, THE FINAL TOUCHDOWN
A KING'S CHRISTMAS (Imminente)

<u>THE MANHATTAN DINNER CLUB</u>
RESCUE MY HEART
SEDUCING HIS HEART
SHINE YOUR LOVE ON ME
TO LOVE OR NOT TO LOVE

<u>SERIE HOLLYWOOD HEARTS</u>

IF I LOVED YOU
RED CARPET ROMANCE
MEMORIES OF LOVE
MOVIE LOVERS
LOVE'S LAST CHANCE
LOVERS & LIARS
His Leading Lady (serie Starter)

<u>SERIE NOW AND FOREVER</u>
NOW AND FOREVER 1, A LOVE STORY
NOW AND FOREVER 2, THE BOOK OF DANNY
NOW AND FOREVER 3, BLIND LOVE
NOW AND FOREVER 4, THE RENOVATED HEART
NOW AND FOREVER 5, LOVE'S JOURNEY
NOW AND FOREVER, CALLIE'S STORY (prequel)

<u>SERIE MOONLIGHT</u>
SUNNY DAYS, MOONLIT NIGHTS
APRIL'S KISS IN THE MOONLIGHT
UNDER THE MIDNIGHT MOON

MOONLIGHT & ROSES (prequel)

<u>SERIE LOST & FOUND</u>
LOVE, LOST AND FOUND
DANGEROUS LOVE, LOST AND FOUND

<u>NEW YORK NIGHTS NOVELS</u>

THE MARRIAGE LIST
THE LOVE LIST
THE DATING LIST
<u>SHORT STORIES</u>
SWEET LOVE REMEMBERED
TUFFER'S CHRISTMAS WISH
THE SECOND PLACE HEART (Imminente)

Capitolo Uno

Quando Holly Merrill, alias Terri Samuels, sentì un rumore all'esterno, spense la luce del salone e si avvicinò alla finestra sul retro. Socchiudendo la tenda, trattenne il respiro mentre esaminava con lo sguardo gli alberi del giardino. Restando ferma per quella che le sembrò un'eternità, la sua pazienza la ripagò. Qualcosa si mosse. Le foglie di un solo albero, e di nessun altro, iniziarono a oscillare. Proprio quello al centro. Le nuvole si spostarono, lasciando filtrare la luce della luna. Holly scorse la sagoma della testa e delle spalle di un uomo.

Trattenne il respiro e fece un passo indietro. Anche se non poteva vederla, le luci accese gli avevano fatto capire che era in casa. Il terrore le scorreva nelle vene. Si aspettava che tutto ciò accadesse dal momento in cui era entrata nel programma di protezione testimoni. Ovviamente, la sua copertura era saltata e quello là fuori doveva essere l'uomo di Flash Kincaid. Se l'avesse presa, le cose non sarebbero state piacevoli. Anzi, probabilmente la conclusione sarebbe stata fatale.

Sospettando che persino l'ufficio del procuratore distrettuale non potesse superare la furbizia di Flash molto a lungo, era passato tanto tempo da quando Holly aveva preparato la sua valigia per scappare. La tirò fuori dall'armadio, si mise il telefono in tasca e la borsa a tracolla, poi aprì con cautela la porta. Cercò di percepire il rumore dei suoi passi, ma invano. Con passi felpati, percorse in punta di piedi il vialetto anteriore. Il cuore le batteva così forte che riusciva a sentirlo nelle orecchie. Ogni singolo nervo del suo corpo era all'erta.

Holly attraversò di corsa la strada e si nascose dietro le siepi della signora Partridge. Tentando di controllare il suo respiro, si accovacciò e attese. Come previsto, un uomo sbucò dal fianco della casa. Tirò fuori un cellulare mentre raggiungeva la porta anteriore. L'aveva lasciata aperta, così entrò.

Era il suo segnale per svignarsela. Corse lungo il marciapiede come se fosse inseguita da un demone, e di certo lo era, sebbene con sembianze umane. Individuò la casa di Jory Walker, raggiunse il retro e bussò a una finestra. Trent Stevens, il marito di Jory, la vide e aprì la porta. Holly sgattaiolò all'interno e la chiuse dolcemente. Si lasciò scivolare per terra, avvicinando le ginocchia al petto e ansimando.

"Tutto bene?" chiese Trent. "Jory? Credo che tu debba venire qua."

"Spegni la luce," sibilò Holly.

Premette l'interruttore.

Jory li raggiunse. "Hey, come mai tutto questo buio qui dentro?"

"Shhhh." Holly si mise un dito sulle labbra. "È arrivato."

Jory si lasciò cadere, sedendosi a gambe incrociate accanto alla sua amica.

"Trent, spegni tutto e cerca di vedere se fuori c'è un uomo a piedi." Holly si appoggiò contro la porta, cercando di calmarsi.

Trent uscì dalla stanza.

"Chi?" chiese Jory.

"L'uomo di Flash. È qui per prendermi. Per farmi stare zitta."

"Ma non ti stavano proteggendo?"

"Qualcuno deve aver lasciato trapelare qualcosa. O forse, dopo un anno, la protezione finisce? Vedendo che non succedeva nulla, hanno creduto che Flash avesse smesso di cercare?"

"Suppongo di sì," disse Jory.

Holly scosse la testa. "Hanno fissato il processo tra due settimane. Mi aspetto tutto questo da quando mi hanno comunicato la nuova data."

"Cosa farai?" domandò Jory.

"Partirò. E tornerò a essere Holly."

"E il processo?"

"Fanculo il processo. Non posso testimoniare se sono morta. Hanno rovinato tutto. Sono da sola."

"Cosa succede se non ti presenti?"

"Al Housman, il procuratore distrettuale, ha detto che, se io scomparissi, non permetterebbe a Flash di cavarsela. Ha detto che rimanderebbe il processo fino a quando non mi trovano."

"Dove andrai?"

"Non lo so." disse Holly, mangiandosi un'unghia.

Trent ritornò dalle due donne. "Stava succedendo qualcosa a casa tua. Ho visto fermarsi un SUV nero, dal quale sono usciti due uomini."

"Oh, merda. Mi troveranno."

"No, non lo faranno. Vieni. Al piano di sotto." disse Trent aprendo la porta del seminterrato.

Le due donne scesero al buio. Trent diede a Jory due torce. C'erano delle finestrelle nella parte alta della parete. Nella parte anteriore della casa, c'era un vecchio divano. Una volta sedute, le due amiche spensero la luce. Holly si sollevò sulle ginocchia per sbirciare fuori.

"Riesci a vedere qualcosa?" sussurrò Jory.

"Le ruote di un'auto, che percorre lentamente la strada," rispose Holly. "Una torcia!"

Rimasero in silenzio mentre Holly guardava fuori nella notte, facendo attenzione a restare più in basso possibile mentre continuava a guardare. Notò un uomo per la strada, proprio dietro l'alone di luce. Strinse le mani tra loro per farle smettere di tremare. L'estraneo si fermò davanti a diverse case. Ora, a casa di Trent e Jory, tutte le luci erano spente, ma ciò non fermò quell'uomo.

Holly si lasciò scivolare sul divano. Chiuse gli occhi, ascoltando il suono dei passi che si avvicinavano sul lastricato. Si strinse a Jory, che la abbracciò forte. Le due donne si distesero, si coprirono con un vecchio lenzuolo e rimasero ferme il più possibile. Holly tirò su il bordo del lenzuolo fino a poter vedere con un solo occhio. Il seminterrato era totalmente buio. Il suono dei passi s'interruppe e una luce rotonda illuminò la parete posteriore. Capì che doveva essersi chinato, per sbirciare nella stanza. Trattenne il respiro.

All'improvviso, la luce si spense. Alla stessa velocità alla quale si erano avvicinati, i suoi piedi si allontanarono sul sentiero e il suono dei suoi passi si fece più lieve. Holly pensò che il cuore le sarebbe uscito dal petto se avesse continuato a battere così forte. Si strinse a sé nell'inutile tentativo di smettere di tremare.

Holly e Jory rimasero immobili per altri dieci minuti. Quando Trent aprì la porta, fecero un balzo per il rumore improvviso.

"Via libera. Quegli uomini sono saliti in macchina e sono andati via," disse Trent, con un sonoro sussurro.

Rigide per la paura e distese in quella posizione, le due donne si alzarono agevolmente e ritornarono in cucina. Trent aveva riempito tre bicchierini di whiskey. Holly bevve il suo in un sorso e ne chiese dell'altro. Trent le riempì di nuovo il bicchiere.

"Ti serve un piano," disse, bevendo un sorso.

"Devo scomparire. Dove posso andare? Dove posso andare?"

"Ovunque non possano trovarti," disse Jory, mordicchiandosi il labbro.

"Non puoi più nasconderti a Pine Grove. È troppo facile trovare qualcuno in una piccola città, e sanno che sei stata qui," aggiunse Trent.

"A New York, allora," rispose Holly.

Rimasero in silenzio per un po'. Holly finì il suo secondo drink. Si alzò e s'incamminò.

"Ho trovato!" esclamò Jory.

"Cosa?" chiese Holly.

"Qual è il posto migliore per nascondersi? Dove ci sono milioni di persone, non trovate?"

Trent e Holly annuirono.

"E dove puoi trovare così tante persone ogni giorno a New York City?"

Due sguardi vuoti furono la risposta alla domanda di Jory.

"In metropolitana?" domandò Holly.

"No, lo stadio di baseball, stupidina!"

"I Nighthawks! Perfetto. Solo che lei non è un uomo e non gioca a baseball," disse Trent'.

"No, ma il nipote di Nan, Bud Magee, lavora allo stadio dei Nighthawks. Scommetto che potrebbe trovarle un lavoro lì, per vendere noccioline o qualcos'altro. Che cosa potrebbe esserci di più anonimo di camminare per lo stadio durante una partita? Non la cercheranno mai lì."

* * * *

A New York City, Dan Alexander, lanciatore dei New York Nighthawks, finì il suo vodka tonic all'Hideout, il suo locale preferito di Hell's Kitchen, a Manhattan. Valerie Downs agitò i suoi capelli biondi e puntò i suoi occhi marroni su di lui. La mossa successiva era di portarla nel suo spazioso appartamento di Riverside Drive a fare sesso selvaggio.

Si alzò, mise il bicchiere sul bancone e si osservò le mani. Non sarebbe successo stanotte. Non è che non gli piacesse il sesso, ma lei insisteva per passare lì la notte. E, il mattino successivo, non faceva che parlare del suo lavoro nella pubblicità e di chi stesse fottendo chi, professionalmente e personalmente. Non le piacevano le sue continue lamentele e odiava i pettegolezzi. Essendo cresciuto con tre sorelle più grandi, all'età di dodici anni aveva già sentito abbastanza pettegolezzi per tutta la vita.

Quindi, nonostante le sue curve e la sua capacità di fargli un meraviglioso pompino, Valerie iniziava a stancarlo.

"Fammi giocare un po' con la tua mazza. Capito? La tua mazza?" Si mise a ridere per la sua stessa battuta.

"Sì. Ho capito. Ma non stasera. Domani dovrò alzarmi presto per un allenamento."

"Ma non giocherai fino a lunedì."

"Lo so. Ma l'allenamento comincia domani alle nove."

Fece una smorfia, abbassando la bocca con espressione sgradevole. La aiutò a mettersi il cappotto e indossò la sua giacca di pelle. Poi, le mise in mano cinquanta dollari.

"Prendi un taxi."

"A volte sei una vera delusione, lo sai?"

"Sì, sì. Mi dispiace. Ma stanotte non succederà." fermò un taxi e la aiutò a salire. I suoi tacchi altissimi la fecero quasi inciampare. Si chiedeva come facessero le donne a camminare con quelle cose. E li indossavano tutte. Si fermò per un attimo a guardare le persone che entravano e uscivano dall'Hideout. Le donne sembravano tutte uguali. Anche gli uomini. Sorrise. Sì, era vestito come gli altri ragazzi.

"Un gregge di pecore," borbottò, fischiando per chiamare un altro taxi.

Si fece portare a nord di Manhattan, dove si trovava lo stadio. Un'insegna al neon risplendeva nell'oscurità della notte — Freddie's Bar and Grill. Ed era ancora aperto. Dan controllò il suo orologio. Erano solo le undici. Entrò e si sedette a un tavolo.

"Hey, Danny, dove sei stato?" Era Tommy, il nipote di Freddie.

Freddie era Freddie Caputo, ex interbase dei Nighthawks, in pensione da quarant'anni. Freddie aveva investito i suoi miseri risparmi in quel locale molto tempo fa, e suo figlio e suo nipote continuavano a gestirlo da quando Freddie era diventato troppo vecchio per lavorare lì. Suo figlio John era morto in un incidente d'auto dieci anni prima. Adesso, Tommy Caputo aveva preso il suo posto.

Dan sorrise. Matt Jackson, ricevitore dei Nighthawks e migliore amico di Dan, diede una pacca sulla spalla al lanciatore e si unì a lui.

Il locale non era pieno di gente come l'Hideout, ma era piuttosto affollato.

Tommy urlò da dietro il bancone. "Il solito?"

Dan annuì.

"Anch'io!" Aggiunse Matt.

Dan si sedette.

"Che è successo? Valerie ti ha dato il benservito?"

Dan scosse la testa.

"Ha le sue cose?"

Dan scoppiò a ridere. "Semplicemente non sono in vena della solita roba. Sono stanco sempre dello stesso tipo di donne. S'interessano solo di vestiti, denaro e di quello che un uomo può dare loro. Valerie non è mai nemmeno stata a una partita. Non sa un cazzo di baseball."

"Ha altre doti." Matt ridacchiò, con un bagliore negli occhi.

Dan sorrise. "Sì, ma anche quello diventa noioso, quando non c'è nient'altro."

"Che spaccone! Annoiami, baby. Annoia le mie palle!"

"Il tuo problema è la mancanza di eleganza. Sei troppo diretto. Vai dritto al punto. Cerchi di portarti una ragazza a letto nei primi trenta secondi."

"Ok, cercherò di aspettare due o tre minuti. Pensi che servirebbe?"

"Coglione." Dan sorrise. "Anche le donne sono persone, lo sai? Hanno anche altre parti del corpo, ad esempio il cervello."

"Sì? Davvero? Non me ne sono mai accorto. Non riesco a smettere di guardare le tette."

"Sei senza speranza."

"Lo dici tu."

"Non hai mai voglia di parlare con una donna?"

"Ci sono cose molto migliori che una donna può fare con la bocca."

"Sei un porco sessista, lo sai, vero?"

Matt sorrise. "Sì. E le pollastrelle lo adorano"

"Davvero? È per questo che sei da Freddie tutto da solo un sabato sera?"

Matt aggrottò le sopracciglia. "Al momento non ho una ragazza, ecco tutto"

"Non avrai una ragazza per i prossimi vent'anni se non cambi la tua routine."

Tommy mise due birre alla spina davanti ai due uomini. "Quante ne hai bevute prima di venire qua?" chiese il barista a Dan.

"Una."

"Allora, questa è l'ultima. Cal Crowley mi ha detto di servire solo due birre a voi ragazzi."

"E da quando il manager dei Nighthawks si preoccupa di dire a un barista quante birre servire?" domandò un uomo con la pancia prominente e i capelli diradati, stringendo le dita intorno a un bicchiere di whiskey.

"Da quando ha investito in questo posto, amico," rispose Tommy.

"Ok, ok. Abbiamo capito," disse Dan, lasciando scivolare venti dollari sul bancone. "Stavolta tocca a me, Matt."

"Davvero? Come mai?"

"Io sarò anche un lanciatore, ma tu sei il re dei due di picche," disse prima di portarsi il boccale alle labbra.

Il suo amico gli diede una pacca sul braccio. "Molto divertente."

* * * *

Jory parcheggiò l'auto, ma lasciò il motore acceso.

Seduta accanto a lei, Holly fece un profondo respiro, poi espirò. "Eccoci, dunque."

"Buona fortuna. Sono certa che andrà bene. Chiamami se hai bisogno di qualcosa. Sta attenta, ma pensa anche a divertirti," disse Jory, abbracciando la sua amica.

Holly si strinse a lei. "Ho paura," sussurrò.

"Nan mi ha detto che Bud Magee e sua moglie Nancy sono molto simpatici. Ti stanno aspettando."

"E conoscono la mia storia, vero?"

"Esatto. Chiamami quando ti sarai sistemata."

"Lo farò." Holly si fece scorrere le dita tra i capelli castani, che erano biondi prima che Jory li tingesse.

La sua amica rimase nell'auto, facendole cenno di entrare. La ragazza si diresse verso l'edificio di mattoni. Guardò in alto, contò dodici piani e poi cercò il 5K. Premette il pulsante e, quasi subito, il campanello della porta anteriore suonò.

Prese la sua valigia ed entrò. Quando l'ascensore raggiunse il quinto piano, la porta dell'appartamento di Bud Magee era aperta.

Una donna bassina di mezza età, con qualche chilo in più intorno alla vita, stava davanti alla porta. "Holly?"

Annuì.

"Entra pure, tesoro. Ti stavamo aspettando." Nancy Magee sorrise e spalancò le braccia.

L'accoglienza amichevole fece quasi spuntare le lacrime negli occhi di Holly. Era in fuga e lontana dalla sua famiglia da più di un anno. Non che loro sentissero la sua mancanza. Aveva disonorato il nome dei Merrill iniziando a frequentare un membro della mafia. Immaginava che fossero felici di essersi liberati di quella pessima figlia e dell'incessante fastidio dei giornalisti.

Holly leggeva qualcosa di loro nella sezione del giornale dedicata allo stile quando partecipavano a un evento di beneficenza o all'inaugurazione di una galleria d'arte. Sembravano felici e sorridenti davanti alle macchine fotografiche. Le mancava la sua vecchia vita. C'era una sorta d'ironia nel suo voler tornare indietro a quello che aveva così disperatamente lasciato andare due anni prima.

Non era lo stile di vita ricco e aristocratico che aveva desiderato. Aveva trascorso abbastanza tempo tra le scarse occasioni offerte da una piccola città per comprendere i benefici del suo stile di vita precedente.

Holly si era adattata, aveva fatto amicizia e apprezzava le persone di Pine Grove. Tuttavia, le mancava quella sensazione di sicurezza, la possibilità di uscire e andare in giro senza temere che qualcuno potesse avvicinarsi a lei per spararle o investirla.

Ora, all'età di ventotto anni, comprendeva meglio quello che era successo quando viveva con i suoi genitori. Forse il suo comportamento da *cattiva ragazza* non era stato poi un tale errore. Ovviamente, frequentare un ragazzo che si era rivelato un criminale non era stata una mossa intelligente. Ne era pentita? Di quello, sì. Assolutamente. Ma di essere riuscita a cavarsela da sola, lasciandosi alle spalle il suo passato da *puttanella ricca*, era la cosa migliore che avesse mai fatto — anche se tramite il programma di protezione testimoni.

Nancy indietreggiò. "Bud non è qui. Si sta intrattenendo un po' con gli amici da Freddie."

Holly annuì, come se capisse ciò di cui Nancy stava parlando.

"Sarà di ritorno per mezzanotte. È tardi. Hai fame? Oppure vuoi soltanto andare a letto? Lascia che ti mostri la tua stanza." Nancy attraversò il corridoio.

"Ho appena mangiato, grazie. Sto bene."

Paralizzata per il terrore delle ventiquattro ore precedenti, Holly la seguì in silenzio. Troppo stanca per parlare, annuiva semplicemente in risposta alle domande della sua ospite.

"Ecco, tesoro. Il sole del mattino passa attraverso le finestre. Questo è il bagno," disse Nancy, aprendo una porta. "L'armadio è qui. Non hai molta roba, vero?"

"No."

"Non preoccuparti. Non ti serve molto per il lavoro. Bud ti darà un'uniforme. La colazione è alle 7:30. La cena alle 6:30. Il pranzo allo stadio. Hai bisogno di un po' di denaro?"

"No, grazie. Sto bene. La stanza è favolosa. Grazie di tutto."

Nancy prese la mano di Holly tra le sue. "Nan ci ha raccontato di te. Mi dispiace molto per te, tesoro. Sarai al sicuro con noi. Non l'abbiamo detto nemmeno a nostra figlia, Lisa."

"Lisa?"

"È molto matura per la sua età, ma ha solo tredici anni, se capisci cosa intendo. Non riesce a mantenere un segreto. Che Dio la benedica. Spero che starai bene. Chiamami se hai bisogno di qualcosa. Per me, è passata l'ora di andare a dormire. Buonanotte." Nancy chiuse la porta uscendo.

La stanza era di color crema, con decorazioni rosa intorno alla finestra e alla porta. Alcune foto erano appese ad una bacheca. La ragazza che aveva occupato la stanza era stata una cheerleader. Il suo viso grazioso e sorridente somigliava a quello di Nancy. *Deve essere appartenuta alla figlia più grande, che adesso è sposata.* Le decorazioni erano femminili, di colore rosa e lavanda sul letto, il cassettone e le tende. C'era un grosso specchio sul retro dell'anta dell'armadio.

Holly vi si avvicinò e diede un'occhiata. Aveva evitato di guardarsi da quando aveva cambiato il colore dei capelli.

Spalancò la bocca guardando l'immagine riflessa. Chi era quella persona? Di certo non Holly Merrill. Non che quel caldo castano rossastro fosse un brutto colore, ma semplicemente non era *il suo.* Aveva sperato di smettere di perdere le sue cose — la sua libertà, la sua reputazione, il suo aspetto, la sua famiglia e i suoi amici.

Ora, aveva perduto anche la sua identità.

Le lacrime le riempirono gli occhi. Si lanciò sul letto, si tolse le scarpe e si rannicchiò. Arrotolandosi nel colorato piumino patchwork, pianse fino ad addormentarsi.

* * * *

Dan Alexander colpì e lanciò una palla veloce. Il suo amico, il ricevitore Matt Jackson, la prese e la rilanciò. Il riscaldamento continuò per un'altra ora. Sebbene il sole di maggio non bruciasse come quello di agosto,

Dan sentiva molto caldo. Si tolse il berretto e si asciugò il sudore dal viso con la manica. Si allenava da due ore.

"Ci alleniamo alla battuta?" domandò Matt.

"No. Ne ho abbastanza."

"Niente ore piccole. Che succede?" chiese Matt, togliendosi il guanto.

"Non oggi. Sono rimasto sveglio fino all'una a guardare uno stupido film."

"Ok." Matt diede una pacca sulla spalla al suo amico mentre si dirigevano verso le docce.

Dan era stanco. Il suo corpo di un metro e novanta aveva bisogno di dormire. Alzò la mano per salutare Bud Magee mentre attraversavano il corridoio, quando il lanciatore s'imbatté in una giovane donna. L'avrebbe fatta cadere per terra, se non l'avesse afferrata in tempo. Non l'aveva mai vista prima, ma i suoi grandi occhi blu e i suoi capelli color visone catturarono la sua attenzione.

"Mi scusi, signorina. Non l'avevo vista." Nonostante stesse bene tra le sue braccia, lasciò la presa prima che lei iniziasse a urlare.

"Dan Alexander, uno dei nostri migliori lanciatori. Lei è Holly Merrill. È nuova. Venderà hot dog per noi."

"Benvenuta," disse il giocatore, mentre il suo sguardo scivolava sul suo corpo sinuoso.

"Grazie." Si sistemò la camicetta e i jeans.

Dopo averle lanciato un sorriso sexy, si toccò il berretto e rispose, "*Il* miglior lanciatore." Con un sorrisino, scomparve nello spogliatoio.

"Perché assumono ragazze carine per vendere gli hot dog?" chiese Dan al suo compagno di squadra, Jake Lawrence, nella doccia accanto alla sua.

"Immagino che vendano più hot dog," disse Jake, insaponandosi i capelli.

"Deve essere così. Quella nuova che ho appena incontrato è davvero carina."

"Davvero? E che mi dici di 'come si chiama'?"

"Valerie?"

"Esatto. Che mi dici di lei?"

"Quella ragazza vende hot dog, Jake. Sii realista. Non penserai mica che Mister Miglior Lanciatore uscirebbe con una ragazza che vende hot dog, vero?" Matt Jackson fece capolino dall'altra stanza.

"Se lei è sexy e lui è arrapato, certo. Perché no?" disse Jake, asciugandosi.

"Non sembrava una ragazza degli hot dog," disse Dan, avvolgendosi un asciugamano intorno ai fianchi.

"Probabilmente è uno dei casi disperati di Bud," disse Jake.

"Sì, una zoccola o una drogata." Matt si tolse i vestiti.

"Non sembrava neanche quello. Aveva qualcosa di elegante." Dan si diresse al suo armadietto.

"E tu rinunceresti a un magnifico pompino di Valerie per una ragazza degli hot dog?" disse Matt entrando nella doccia.

Jake fece una risatina. "Non si sa mai. Quella ragazza potrebbe offrire più che degli hot dog, Matt."

"Non preoccupatevi. Non ho intenzione di rinunciare a Valerie. Sono solo curioso.", disse Dan infilandosi i jeans.

"Maledizione! Stavo già facendo il suo numero," disse Jake.

Dan grugnì. "Come se tu potessi avere una possibilità con lei."

"E cosa ti fa pensare che io non possa?" chiese Jake alzando un sopracciglio.

"Maledetto stronzo!" Dan arrotolò la camicia di Jake intorno al suo pugno.

"Sta calmo, Mister Miglior Lanciatore. Non l'ho mai toccata."

"E farai meglio a non farlo."

Jake stirò il tessuto della camicia sul suo petto possente. "Cavolo. Piuttosto permaloso per essere un ragazzo in cerca di altre ragazze."

"Ragazzi, ragazzi," disse Matt, imitando la voce di una madre. "Non litigate. Siamo tutti nella stessa squadra."

"Lascia stare la mia ragazza," borbottò Dan.

"Non ho bisogno della tua ragazza. Ne ho già tante," disse Jake, alzando la cerniera dei suoi pantaloni. "È Matt che ha bisogno di averne passata qualcuna."

Dan si mise a ridere. "Giusto. Hai qualche scarto per lui, Jake?"

Jake tirò fuori il suo telefono. "Vediamo un po'."

"Vaffanculo! Non ho bisogno degli scarti di nessuno. Posso trovare da solo la mia ragazza," disse Matt, dirigendosi verso la porta.

"Hai bisogno di aiuto!" urlò Jake, ma Matt era già andato via. "Stai davvero prendendo in considerazione la ragazza degli hot dog?" domandò, allacciandosi le scarpe.

"No. Ho incontrato Bud. Me l'ha presentata. È carina. Tutto qui. Hai ragione. È una ragazza degli hot dog. Non fa per me."

Dan si pettinò i corti capelli castani e si diresse verso la sua auto. La pienezza delle labbra e le curve dei fianchi di quella ragazza gli erano rimaste in mente. Non sembrava una delle barbone che Bud Magee assumeva di solito. Questa era diversa. Non riusciva a definirlo con precisione, ma c'era qualcosa in lei che lo incuriosiva. Voleva conoscere la sua storia. Il suo intuito gli diceva che ne avesse una, e probabilmente era una storia straordinaria.

Capitolo Due

Holly guardò indietro per un attimo. Notò il suo sedere perfetto, le sue spalle larghe e le sue lunghe gambe. Le sembrava un gigante. Senza i tacchi altissimi che indossava di solito, arrivava a malapena a 1,65 m. Troneggiava su di lei. Ma il modo in cui l'aveva tenuta le aveva fatto venire i brividi sulle braccia. Si strofinò le braccia per mandarli via e continuò a seguire Bud.

"Non preoccuparti di Dan. I lanciatori possono diventare molto arroganti. Seguimi, ti mostro la stanza dove teniamo le provviste."

Lo seguì. Lui si fermò davanti alla porta.

"La maggior parte dei nostri venditori, ma non tutti, appartengono a un sindacato. Nelson Hingus, il proprietario della squadra, di tanto in tanto mi permette di assumere qualcuno che non appartiene al sindacato."

"Come se facesse alle persone un favore?"

"Sì, diciamo di sì. Beh, sai, a volte le persone attraversano periodi difficili, e hanno bisogno di un lavoro per rimettersi in piedi," disse Bud.

"Come me?"

"Non esattamente. Tu sei diversa. Qualche volta, un amico, un giocatore o un venditore vengono da me con qualcuno che conoscono e che ha bisogno di una mano."

"E tu li assumi?"

"Sì."

"È molto gentile da parte tua."

"Sono fortunato ad avere questo lavoro. Il signor Hingus mi ha dato una possibilità, così io lo ripago."

"Sono lieta di essere qui. Non puoi neanche immaginare quanto."

Sorrise. "Sì, credo di sì. Comunque, i venditori del sindacato pagano il cibo in anticipo e poi si tengono il ricavato di quello che vendono."

"Ok. Ho un po' di denaro. Di quanto hai bisogno?" chiese aprendo la borsetta.

Bud mise le mani sulle sue. "Non serve. Ho già provveduto per il tuo primo giro."

"Posso ripagarti."

"Non c'è bisogno. Lavora duro e potrai pagare il prossimo giro. D'accordo?"

Sentì le sue guance arrossire. Holly non aveva mai accettato la carità prima d'allora, non ne aveva mai avuto bisogno. "Non mi serve. Per piacere. Lascia che ti ripaghi."

"Hey, se sarai una brava venditrice, ne parleremo. Nel frattempo, per questa volta ci penso io."

"Grazie. Grazie davvero." Le lacrime la trafissero. Tutta questa gentilezza da parte di un estraneo era una novità per lei.

"Ok. Cominciamo," disse Bud, inserendo una chiave nella serratura.

Le diede due uniformi, una da lavare e una da indossare. Erano marroni con le strisce bianche e blu sulle maniche corte — i colori dei Nighthawks. Anche se odiava quell'uniforme, si rendeva conto che sarebbe stata perfetta per mimetizzarsi. Chi l'avrebbe notata con quella addosso? Nessuno. Singhiozzò, cercando di essere felice per il fattore sicurezza e ignorando che si sarebbe vestita in modo orrendo tutti i giorni. *Dall'aspetto di una principessa a quello di uno scricciolo marrone.*

Trattenendo il respiro, riuscì a sorridere a Bud.

"Sarai al sicuro. Nessuno ti riconoscerà. Credimi."

"Oh, ti credo. Sarò invisibile."

"Non è questo il nostro scopo?" Mise i suoi vestiti in una busta e gliela porse. "Ci vediamo a cena. Cominci sabato. La partita è a mezzogiorno. Vieni alle dieci a prendere il tuo carrello e il cibo."

"D'accordo. Lo farò. Grazie mille." Annuì e si diresse verso il cancello. Le lacrime le appannavano gli occhi e non riusciva a trattenerle. Mentre camminava, piangeva, coprendosi il più possibile il viso con la mano. Qualcuno in uniforme le passò accanto, senza vederla. Le ragazze degli hot dog sono invisibili, lo sanno tutti.

Stupita, Holly percorse a piedi quattro isolati per tornare all'appartamento dei Magee. Da cattiva ragazza di Park Avenue a ragazza degli hot dog. Era caduta molto in basso. Si mise a ridere pensando a cosa avrebbero detto i suoi genitori se l'avessero vista adesso. Si sarebbero inorriditi per l'uniforme marrone, guardandola andare su e giù per lo stadio a vendere hot dog.

"Comprate i vostri hot dog! Comprateli qui! Hot dog! Solo quattro dollari," disse a voce alta, esercitandosi. Sorrise. Forse aveva proprio bisogno di questo — di una vita tutta nuova? Forse interagire con persone reali che devono affrontare sfide e difficoltà le avrebbe fatto bene?

Non conosceva la risposta a quella domanda. Ma, che le piacesse o no, era lì, nella stessa situazione di altre persone della sua classe. E doveva imparare ad accettarlo.

Quando arrivo a casa dei Magee, entrò con la chiave che le avevano dato.

Nancy stava ascoltando la musica. Ballava e cantava mentre cucinava. "Com'è andato il tuo primo giorno?" domandò, asciugandosi le mani sul grembiule.

"Tutto ok. Che cosa stai facendo?"

"Lasagne. Le preferite di Bud. Spero che ti piacciano"

Holly sentì l'acquolina in bocca. I ricordi delle insalate che sua madre le preparava costantemente per farla restare magra come un grissino la perseguitavano. Laura Dailey, la migliore cuoca di Pine Grove, le aveva dato qualche lezione. Amava mangiare e aveva arrotondato un po' la sua figura con le pietanze fatte in casa che aveva assaporato nella piccola città. "Le adoro. Posso aiutarti?"

"Grazie, tesoro, ma ho quasi finito. Poi apparecchiare la tavola. Lisa ha una lezione di pianoforte questo pomeriggio."

Holly mise la mano sul braccio di Nancy. "Non potrò mai ringraziarti abbastanza per avermi accolta. Mi hai salvato la vita. Davvero. Letteralmente."

"Sono felice di aiutarti."

Alle sei in punto, i Magee e Holly si sedettero per la cena. Mangiarono di gusto quel gustoso piatto di pasta, l'insalata e il pane all'aglio.

"Com'è andata oggi a scuola, Lisa?" chiese Bud, afferrando un pezzo di lasagna con la forchetta.

"Al solito." Teneva lo sguardo fisso sul piatto, la testa bassa, e mangiava velocemente.

"Che cosa vuol dire?" chiese Bud masticando mentre la fissava.

"Niente. Ho finito. Potete scusarmi?"

"Non hai detto nemmeno una parola alla nostra ospite. Lisa, lei è Holly," disse Bud.

"Ciao, Holly. Benvenuta. Ora potete scusarmi?"

"Va. Va. Adolescenti," disse Bud, scuotendo la testa. "Ti chiedo scusa, Holly, di solito non è così maleducata."

"Scuole medie. Impossibili," aggiunse Nancy, con le guance rosee.

"Non preoccupatevi per me, vi prego. Sono grata di essere qui."

Nancy le si avvicinò e le strinse la mano. Bud prese la teglia e la porse a Holly. "Ne vuoi ancora? Nancy fa delle lasagne meravigliose per essere una donna ebrea," disse con un sorrisino.

Quella notte, Holly indossò una vecchia T-shirt e si mise a letto. Qualcuno bussò alla porta, facendola sobbalzare per un momento, finché non udì una voce familiare.

"Holly, tesoro. Non voglio disturbarti, ma ho qui qualche libro, se ti va di leggere. Ho visto che viaggi leggera. Te li lascio qui fuori in corridoio."

La ragazza fece capolino, abbassò lo sguardo e vide la pila di libri. "Grazie, signora Magee."

"Per favore, chiamami Nancy. Prego."

Holly prese i libri e ritornò a letto. Li aprì uno per uno e scorse le prime pagine. Erano romanzi d'amore. Sua madre non le aveva mai permesso di portare nel suo bell'appartamento qualcosa di diverso dai best seller del New York Times. Holly aveva sempre preferito i romanzi d'amore. Al collegio, se li divorava, anche se le sue compagne di classe in quella scuola di lusso che aveva frequentato li guardavano con superiorità.

Si rannicchiò, tirò le coperte e aprì il libro *Se io ti amassi*.

* * * *

Sabato era una giornata di sole e i Nighthawks giocavano in casa. Dan Alexander era seduto in panchina. Manuel Gonzales stava lanciando contro i Cincinnati Coyotes. Era la parte bassa del sesto inning, e i Nighthawks erano avanti di sette punti. Dan era annoiato. Sapeva che avrebbe dovuto guardare l'azione, prendendo mentalmente appunti su ogni battitore, ma il suo sguardo vagava tra le gradinate.

I giocatori facevano un gioco tra di loro. Puntavano cinque dollari ciascuno e chi tra di loro individuava la ragazza più sexy tra le gradinate era il vincitore. Così, Dan si guardava in giro, alla ricerca di donne sexy. Notò Holly, che camminava faticosamente su e giù per le gradinate portando il pesante carrello degli hot dog. Si muoveva tra gli spalti, urlando "Hot dog!" I suoi occhi erano incollati al suo bellissimo sedere, seguendo ogni suo passo mentre saliva le gradinate.

Si avvicinò ad un uomo porgendogli il suo hot dog, e anche qualcos'altro. Dan lo vide sbirciarle nella camicetta. Quando si rialzò, il lanciatore notò che la profonda scollatura risultava ancora più profonda su di lei, a causa della sua costituzione. Comprese che quel tipo aveva avuto una piacevole visione, e questo lo fece ammattire. Invece di continuare a esaminare la folla alla ricerca di ragazze sexy, continuò a guardarla. Era lenta, ma decisa.

Un paio di volte, qualcuno le urlò contro. Entrò in confusione e fu ancora più lenta nel dare loro quello che avevano chiesto o nel dar loro il resto. Provò un sentimento di compassione. Era ovvio che non l'avesse mai fatto prima e che avesse bisogno di fare molta pratica.

Poi successe. Fece cadere un hot dog pieno di senape. L'uomo tra gli spalti si alzò e iniziò a urlare. Holly si chinò per pulire. Il tipo che riprendeva con la telecamera puntò sul suo sedere, ed eccolo lì, bello ed enorme lì sul Jumbotron!

Le persone applaudirono e fischiarono. I giocatori si misero a ridere. Dan trattenne il respiro. Lei allungò il collo e si guardò intorno. Sebbene Dan non riuscisse a sentire ciò che quell'uomo stava dicendo, il lanciatore lo vide indicare lo schermo gigante. Dan fece una smorfia d'imbarazzo mentre le guardava il sedere, enorme, tra la folla divertita.

Si mise la mano sulla bocca. Raccolse il carrello e corse su per la gradinata.

La videocamera tornò a riprendere l'azione in campo. Dan aveva lo stomaco in subbuglio. Il suo cuore si sciolse. Non se lo meritava e non era certo che sarebbe stata capace di sopportare una tale umiliazione. L'inning era finito, ed era arrivato il momento dell'intervallo del settimo inning. Cercò Holly, ma non riuscì a trovarla da nessuna parte.

Si avvicinò al suo manager. "Cal, hai bisogno di me?"

"Puoi andare a farti la doccia, Alexander. La partita è quasi finita."

"Grazie." Lasciò la panchina e si diresse allo snack bar. Bud Magee era dietro il bancone. Dan gli chiese dove fosse Holly.

"Che diavolo è successo? Ha abbandonato il carrello ed è corsa fuori di qui a tutta velocità."

Dan glielo spiegò, poi chiese, "Dov'è andata?"

"Non ne ho idea. Probabilmente è tornata a casa mia. È una brava ragazza, ma avrebbe bisogno di un po' di senso dell'umorismo."

Dan ringraziò Bud e si diresse al cancello. Era stato molte volte a cena a casa di Bud, soprattutto durante il periodo di riposo, quando potevano bere quello che volevano e stare svegli fino a tardi. Vide una figura camminare velocemente sul marciapiede. Iniziò a camminare a grandi passi per raggiungerla. Aveva la testa bassa e si teneva un fazzolettino sul viso. Una sensazione di nausea prese lo stomaco di Dan. Odiava veder piangere le donne. Non sapeva mai cosa fare o cosa dire, e qualunque cosa facesse sembrava soltanto farle piangere di più.

Le poggiò la mano sulla spalla. "Aspetta. Aspetta. Holly?"

Lei si fermò, ma non si voltò. La sentiva tremare.

"Hey, forza. Non è niente di grave."

"Non era tuo il sedere inquadrato nello schermo, enorme come l'Empire State Building." Il suo tono di voce era acuto, ma aveva smesso di camminare.

"No, posso dire di non averne avuto l'onore. Almeno che io sappia. Ci riprendono quando non ce ne accorgiamo e alcune volte è piuttosto imbarazzante."

Si voltò verso di lui. "Davvero? Per esempio?". I suoi meravigliosi occhi blu si posarono su di lui e si mise le mani sui fianchi.

"Per esempio quando ci mettiamo le dita nel naso o ci grattiamo i... i genitali." Ora, era Dan a essere imbarazzato. I loro sguardi si incrociarono.

Lei stava ridendo.

* * * *

Holly guardò i più begli occhi marroni che avesse mai visto. Quel ragazzo alto, dai capelli castani, la stava guardando, con le sopracciglia aggrottate e l'espressione preoccupata. Non riusciva a credere che l'avesse inseguita per farla sentire meglio perché il suo sedere era stato ripreso sullo schermo gigante. Il solo pensiero la fece imbarazzare. *Grazie a Dio i miei genitori non sanno dove sono.*

Mentre scappava, ringraziò le stelle che non avessero ripreso il suo viso. Con i capelli lunghi, seppur marroni, sarebbe stata riconosciuta da Flash. Era un grande appassionato di baseball e i Nighthawks erano la sua squadra preferita. Avrebbe dovuto fare molto di più per cambiare il suo aspetto, ad esempio un nuovo taglio di capelli.

"Ti hanno mai ripreso mentre facevi quelle cose?", chiese incuriosita.

Il suo viso arrossì. "Non lo so. Forse. Faccio parte della lega pro come lanciatore da cinque anni." Le porse la mano. "Dan Alexander. Non ci hanno presentati bene prima."

"Holly Merrill. Lieta di conoscerti." La sua mano era calda e asciutta, la sua stretta era salda, ma non troppo energica. Sentì un brivido. *Calmati, ragazza. Tu ti stai nascondendo, e forse lui è già impegnato.* "Adesso devo proprio andare. Voglio aiutare Nancy con la cena," mentì.

"E da quando Nancy Magee permette a qualcuno di aiutarla in cucina?", chiese alzando un sopracciglio.

Nuovamente imbarazzata per essere stata scoperta a mentire, si sentì ribollire il viso e si voltò. Doveva andar via da lì prima di mettersi ulteriormente in ridicolo.

"Non ti trattengo. Volevo soltanto dirti che queste cose succedono sempre. Non preoccuparti. Tuttavia, ti consiglio di comprarti un'altra maglietta. Questa ha una scollatura piuttosto profonda, e ho visto un tipo osservare per bene la mercanzia, ottenendo molto di più di un semplice hot dog per i suoi quattro dollari." Il suo sguardo indugiò sul suo petto.

"Oh mio Dio, veramente? Merda." Si mise la mano sulla scollatura. "Uomini arrapati. Dappertutto. Grazie per avermi avvertita. Oh, hey, è proprio divertente!" Si mise a ridere alla sua battuta, insieme a Dan.

"Adesso devo andare. Volevo solo assicurarmi che stessi bene."

"Grazie. È molto gentile da parte tua. Ora sto meglio. Molto meglio."

Con un lieve cenno della mano, si voltò e ritornò allo stadio. Holly proseguì per la sua strada. Era incuriosita da Dan Alexander. Chi era? Doveva saperne di più su di lui.

"Nancy! Sicuramente saprà qualcosa," disse Holly a voce alta. "Scommetto che sa tutto di tutti." Affrettò il passo. Adesso, aveva una ragione per tornare a casa.

* * * *

Holly entrò in casa e si precipitò in camera sua per togliersi la tanto odiata uniforme. Indossò i suoi jeans e una T-shirt di marca color verde acqua, un residuo della sua vecchia vita. Nancy era in cucina, intenta a tagliuzzare cavoli e carote.

"Insalata di cavolo fatta in casa?"

La donna annuì.

Holly prese lo sbucciatore. Mentre parlava, iniziò a grattugiare le carote. "Oggi ho conosciuto Dan Alexander. Carino. È single?" Cercò di sembrare naturale, ma l'espressione di Nancy le fece capire che non poteva prenderla in giro.

"Devi stare attenta a Dan."

"Davvero? Sembra così carino."

"Ha una ragazza. Una certa Valerie." Nancy aggiunse la cipolla tritata e fece una smorfia.

"Non ti piace?"

"Non sono affari miei, ovviamente. Ma Dan viene da una piccola città dell'Indiana. Non è un tipo che ha grilli per la testa. O almeno non lo era prima di diventare famoso. E mi sembra che quella ragazza cerchi di ottenere tutto da lui. Hai capito il tipo."

Holly annuì.

"Voglio dire, ogni volta che Dan viene qua, racconta sempre cosa le ha comprato o cosa le vuole comprare. Sembra che l'unica cosa che lei voglia da lui sia un anello di fidanzamento. Ma lui non ne ha mai parlato."

"Ma lui è un bravo ragazzo, giusto?"

"Dan? È davvero un ragazzo per bene. Farebbe tutto per gli altri. Ti dispiacerebbe prendere la maionese? E anche il sale e il pepe?"

"Allora, perché dovrei stare attenta a lui?"

"Sembra che non gli interessi qualcosa di duraturo, se capisci cosa intendo. Ovviamente, tu non starai qui per sempre, quindi potrebbe andare bene. Chi lo sa?" disse Nancy alzando le spalle.

"Grazie per le informazioni."

Le due donne si misero a lavorare, preparando una cena a base di punta di petto grigliata, insalata di cavolo e panini al burro fatti in casa.

"Allora, da dove vieni, Holly? Se puoi dirmelo, ovviamente. Intendo dire, non voglio compromettere la tua sicurezza." Nancy tirò giù quattro piatti.

"Preferirei non parlarne, se non ti dispiace." La giovane donna abbassò lo sguardo sulle sue mani.

"Puoi almeno dirmi come ti sei ritrovata in questa situazione difficile?" Nancy prese alcuni utensili da un cassetto mentre ascoltava la storia patetica di Holly con comprensione e pazienza.

Holly si chiese se i suoi genitori sarebbero stati così gentili e comprensivi nei suoi confronti se avessero saputo la verità.

"È difficile essere genitori. La mia figlia più grande, Joyce, era una ragazzina facile in confronto a Lisa. Lei infrange tutte le regole e risponde ai nostri rimproveri. Non ha rispetto per Bud e me. Lui diventava matto. Una volta, ha lanciato un piatto contro il muro, dopo aver litigato con lei. Mi sono spaventata a morte. E anche lei. Ma se le cerca, capisci?"

"Capisco. Sono stata anch'io una ragazzina viziata."

"Potresti provare a parlarle? Scommetto che ti ascolterebbe."

Holly alzò le spalle. "Ci proverò."

"Grazie."

Poco dopo aver finito, Bud e Lisa le raggiunsero a tavola. Bud andò in estasi per la cena. Holly sospettò che lo facesse ogni sera. Si rese conto che non era stupido e che le sue lodi alla cucina della moglie ispiravano Nancy. La figlia rimase in silenzio, come la sera precedente. Bud continuava a parlare della partita, di quello che la squadra aveva fatto bene e di quello che aveva sbagliato.

"Ho visto sul sito della scuola che ci sarà un ballo, Lisa," disse Nancy, prendendo una forchettata di punta di petto.

"Non sono affari tuoi, mamma."

"Non rivolgerti a tua madre in quel modo. Sta solo cercando di aiutarti," disse Bud.

"Non vuoi andarci?" le domandò Nancy.

"No. Mi faresti indossare qualche stupido vestito e avrei un aspetto terribile. Tutti i miei compagni riderebbero. Tu non capisci niente di moda."

La tavola rimase in silenzio.

Holly vide il dolore negli occhi di Nancy. Erano lucidi. Nancy tossì nel suo tovagliolo. Fece un respiro profondo, cercò di sorridere e poi disse. "Forse Holly potrebbe accompagnarti a comprare un vestito? Sicuramente lei capisce più di me di moda."

Lisa spalancò gli occhi, alzò la testa e fissò il suo sguardo su Holly. "Lo faresti?"

"Certo. Ne sarei felice."

"Grandioso!" Lisa si allontanò dal tavolo. "Potete scusarmi? Devo chiamare Tiffany e Sam per dire loro che ci vado."

Bud annuì, ma l'espressione sul suo viso era burrascosa. La ragazzina corse via, premendo il pulsante del telefono mentre si allontanava.

Merda! Ero così a tredici anni? si chiese Holly.

"Deve aver preso dalla tua famiglia perché, se io mi fossi comportato così alla sua età, mio padre mi avrebbe dato una lezione con la sua cintura," ringhiò Bud.

"Non è una cattiva ragazza. È solo un adolescente," disse Holly in sua difesa.

"Giusto. Ha bisogno di separarsi da sua madre," concordò Nancy. "Mi auguro solo che non lo faccia con un'accetta."

Gli adulti finirono di cenare. Bud e Holly sparecchiarono la tavola mentre Nancy metteva via gli avanzi. Poi, Bud raggiunse sua moglie da dietro, poggiandole le mani sulle spalle. Si abbassò per baciarle il collo. Quando si rialzò, si voltò e disse.

"Che ne pensate se vi porto fuori a prendere un gelato?"

Il volto di Nancy s'illuminò. "Oh, Bud! Che bella idea!"

"Sono piena. Vi ringrazio, ma io passo," disse Holly. "Posso restare qui con Lisa."

"Può restare da sola per un'ora," disse Nancy.

Holly alzò la mano. "No, davvero. Sono felice qui."

Bud le fece l'occhiolino. "Grazie. Ti porterò del burro di pecan."

"Perfetto!"

Quando i Magee uscirono da casa, Holly si diresse alla stanza della ragazzina. Bussò.

"Chi è?"

"Holly."

"Entra," rispose Lisa.

Holly entrò. "Dobbiamo parlare."

* * * *

Dan, Jake, e Matt entrarono in un taxi e si diressero verso la Cinquantesima Ovest e l'Hideout. Il giorno dopo, sarebbero partiti per una trasferta di due settimane, quindi quella notte avrebbero celebrato la loro vittoria contro i Cincinnati Coyotes.

"Ti chiedo solo di non fare lo stronzo. Chiedo troppo?" domandò Jake a Matt Jackson.

"Chiudi la bocca," disse il ricevitore a voce bassa.

Dan scoppiò a ridere. "Mi sembra ragionevole."

"Lo stesso vale per te," disse Matt, puntando un dito al suo amico.

"Niente storie. Niente nomi falsi, d'accordo? E non provarci con la prima donna che vedi. E soprattutto non provarci con Valerie!" disse Dan.

"Ti spaventa la competizione?" chiese Matt.

"Mi spaventerebbe se fosse con Jake. Ma con te? Proprio no!"

Matt appoggiò la schiena sul sedile e aggrottò la fronte.

Jake diede una pacca a Dan. "Ti ricordi quando ha detto a una ragazza di chiamarsi Pancho Villa?"

"E lei non sapeva nemmeno chi fosse Pancho Villa, ma Jackson voleva comunque andare a letto con lei," disse Dan.

"Fino a quando non le ha detto di non parlare lo spagnolo. Da quel momento, non c'è stata più alcuna possibilità che lei andasse a casa con lui," gracchiò Jake.

"Poi le ha detto di essere un giocatore di baseball professionista e lei non gli ha creduto. Ti ricordi cosa ha detto?" Dan riusciva a malapena a parlare per quanto stava ridendo.

"Sì, sì! Ha detto, citando, 'Alla prossima mi dirai di essere George Bush.'"

Jake e Dan recitarono la battuta all'unisono, ridendo fino alle lacrime. Persino Matt non riuscì ad arrabbiarsi. Si mise a ridere con i suoi amici. Stavano ancora ridendo quando il taxi si fermò davanti al locale. Uscirono dall'auto, pagarono il tassista ed entrarono.

Era buio, c'era la musica e alcune persone stavano ballando. Erano solo le dieci. La notte era ancora giovane. Quando i suoi occhi si abituarono al buio, Dan ispezionò il locale in cerca di Valerie. La vide al bar a bere qualcosa con un tipo più grande.

Jake gli afferrò il braccio. "Non fare lo stronzo. Non ne vale la pena"

"Non con la mano con cui lanci," disse Matt, bloccando il pugno destro di Dan. "Forza. Non ne vale davvero la pena"

"Calmati," gli consigliò Jake.

Dan fece un respiro profondo e si avvicinò al bancone con i suoi amici. Ordinarono birra alla spina. Il lanciatore s'incamminò verso la sua ragazza, che gli dava le spalle. "Hey, Val," disse, in modo gentile e sereno.

Lei si voltò. Anche con quella luce fioca, vide colorirsi le sue guance. L'aveva colta in flagrante, o quasi. Gli lanciò un sorriso nervoso. "Non dovevi essere fuori città?"

"Ovviamente," disse, guardandola negli occhi. "No. Partiamo domani. Hey, amico, vuoi darci un po' di spazio?" Dan s'insinuò tra Valerie e quell'uomo.

"Senti, tu, la signorina è con me. Perché non ti levi dai piedi?"

Il lanciatore si adirò. "Val?"

"Mi dispiace, Dan. Sai, Jim è il presidente di un'azienda. Non parte per quattro settimane ogni volta. Capisci?"

Dan annuì. "Sì, capisco. Credimi, capisco. Sei certa che sia chi dice di essere?"

Per un attimo, un dubbio le attraversò la mente.

"Non che io debba provare qualcosa, ma questo è il mio biglietto da visita". L'estraneo ne tirò fuori uno dal taschino della giacca e lo porse a Dan. Il lanciatore lo prese e lo strappò in mille pezzi. Poi, mise i pezzetti nel drink di quell'uomo. "Ma che diavolo fai? Ora me lo paghi!" Jim si alzò dalla sedia.

Dan mise venti dollari sul bancone. "Ecco, stronzo," disse ritornando dai suoi amici.

La rabbia gli faceva bruciare il petto. Almeno, si era controllato. L'ultima volta che era stato coinvolto in un "incidente" in un bar per una ragazza aveva ricevuto una multa di ventimila dollari dalla lega. Non ne era valsa la pena per quella ragazza e non ne valeva la pena nemmeno per questa.

Bevve una sorsata di birra fredda, sperando che potesse fargli passare la rabbia. *Quella troia disonesta. Quante volte l'anno scorso è andata a trombare in giro mentre io ero in trasferta?* Si sentì molto umiliato.

Era un lanciatore della major league, un All Star. Nessuna donna poteva prenderlo in giro. Le donne gli si gettavano sempre ai piedi, soprattutto quando viaggiava. Aveva sempre evitato quando aveva una ragazza fissa. Non per questa trasferta. Si sarebbe lasciato andare con qualunque ragazza sexy avesse incontrato.

Matt afferrò la spalla di Dan. "Conosci la definizione del dizionario della parola 'sgualdrina'?"

Dan guardò il suo amico.

"Ho appena cercato sul telefono. Dice 'Valerie'."

Dan bevve un sorso di birra.

Capitolo Tre

Dan Alexander si mise in bocca un altro bastoncino di gomma da masticare mentre il pullman usciva dal parcheggio in direzione dell'aeroporto Kennedy. Dal nord di Manhattan, dove sorgeva l'Hingus Stadium, vicino al fiume Hudson, fino all'aeroporto, c'era circa mezz'ora di pullman. Abbastanza per pensare alla rovina della sua vita sociale.

Stavolta sarebbero andati a Orlando, Atlanta, Miami, e Boston. Tre partite in ogni città nell'arco di quattordici giorni. Più uno o due giorni di viaggio. La sua partecipazione era prevista per l'ultima partita a Orlando, a Miami, e poi alla seconda partita al loro ritorno.

Il manager Cal Crawley alternava i lanciatori, per farli riposare almeno sei giorni ciascuno. A volte le cose non andavano in quel modo ma, per adesso, Dan ne avrebbe approfittato. Con così poco tempo libero, si chiedeva come avrebbe fatto a trovare il tempo per correre dietro alle donne. Almeno, poteva contare sul fatto che Matt e Jake sarebbero partiti con lui.

Anche gli altri tre interni, Nat Owen, Skip Quincy e Bobby Hernandez, si sarebbero uniti a lui. Ma gli interni dovevano giocare ogni giorno, quindi avevano il coprifuoco e il divieto di bere alcolici. Ma nessuno aveva il divieto di portarsi a letto una donna. Purché si andasse a letto alle dieci, non ci si doveva andare da soli.

Dan avrebbe giocato contro i Miami Sharks. Non erano i maggiori rivali dei Nighthawks, ma si diceva che quell'anno la loro squadra era forte. Non vedeva l'ora. Cal Crawley riesaminò le informazioni che aveva ricevuto sui nuovi membri. Insieme a Matt Jackson, elaborarono delle idee su come affrontare i nuovi rivali.

Arrivarono a Orlando quasi al tramonto. Dan aveva appena disfatto la sua poca roba quando Matt bussò alla sua porta.

"Andiamo. Sono affamato."

"Di cibo o di donne?" domandò Dan, afferrando la sua giacca dei Nighthawks.

"Entrambi. Dai, andiamo."

S'incontrarono con gli altri interni all'ingresso e si recarono in un ristorante tex-mex del luogo. Dopo cena, ritornarono in albergo. Cinque di loro avrebbero giocato il giorno successivo, ma non Dan. I ragazzi salirono nelle loro stanze, brontolando, mentre il lanciatore si diresse verso il bar, in cerca di un po' di azione.

Si sistemò il sedere su uno sgabello e ordinò una birra, chiedendosi cosa fare dopo, quando una donna si sedette al pianoforte. Prese il suo drink e si sedette a un tavolo lì vicino. La solitudine si faceva sentire. Era la prima volta in un anno che non aveva una donna da portarsi a casa, e non gli piaceva. Prima di Valerie, c'era stata Anna. E Jesse prima di lei. Nessuna di quelle era stata una storia seria. Aveva giocato, e gli era piaciuto così.

Una ragazza dai capelli rossi, decisamente troppo truccata, si avvicinò a lui. Dan immaginò che fosse una zoccola. Non era mai andato con una prostituta e non voleva infrangere quella regola proprio adesso.

"Hey, ragazzone, come va?" chiese.

Il suo sguardo perlustrò le sue curve. Era piuttosto carina e si faceva notare.

"Mi chiamo Gloria, e tu?" gli chiese porgendogli la mano.

"Dan," rispose, ricambiando la stretta.

"Non ti ho mai visto prima. Sei nuovo qui? In città per affari?"

"No. Gioco a baseball. Ho una partita domani."

"Un professionista, eh? Forte. Amo gli atleti." Si avvicinò a lui.

Si sentiva tentato. Di solito, c'erano tre o quattro donne in un bar, tutte con gli occhi puntati su di lui. Avrebbe potuto scegliere. Se fosse stato così quella notte, non avrebbe esitato. Ma Gloria era l'unica donna del locale. Per quanto si sentisse solo e arrapato, non voleva pagare per fare sesso. Non era mai stato un cliente pagante e quella sera non sarebbe stato diverso. Un pompino veloce per cento dollari non era esattamente entusiasmante.

A Dan piaceva prendersi il suo tempo a letto con una donna ma, per una prostituta, il tempo è denaro. Gli piaceva avere una donna disponibile, che lo desiderava, ma non una che lo guardasse con il simbolo del dollaro sugli occhi. Finì la sua birra, pagò il barista e s'inchinò educatamente a Gloria, dirigendosi verso l'uscita.

Due mesi prima, quando aveva compiuto trent'anni, era cambiato. Era il più piccolo di tre figli ed era l'unico a non essersi sposato. Per la prima volta, aveva pensato di sistemarsi. Forse era arrivato il momento di trovare una ragazza seria, una che potesse portare a casa nell'Indiana.

Con nessuna candidata a diventare sua moglie all'orizzonte, gli venne in mente l'unica ragazza attraente che aveva incontrato di recente, Holly. Non aveva ancora scoperto la sua storia. Adesso che era un uomo libero, la sua curiosità era più forte. Si sarebbe fatto invitare a cena da Bud di ritorno a New York per incontrarla. Era arrivato il momento di esplorare tutte le sue opzioni. Inoltre, avrebbe almeno assaporato una delle deliziose cene di Nancy.

Si spogliò e si mise a letto. Il giorno dopo, c'erano gli allenamenti. Un lanciatore non può tenere a riposo il suo braccio troppo a lungo. Comodamente disteso sull'enorme materasso, i suoi pensieri ritornarono alla sexy ragazza degli hot dog. Perché una ragazza carina come lei si era messa a vendere hot dog? Senza trovare una risposta a quella domanda, si addormentò.

* * * *

Un pullman portò la squadra allo stadio Ocelot. Dan si fece una corsa prima di riscaldarsi. Matt e lui correvano insieme prima della maggior parte delle partite. Dopo otto chilometri, si sedettero sulla panchina, aprendo una bottiglia d'acqua dietro l'altra. Quando ebbe ripreso fiato, Matt si rivolse al suo amico. "Ti sei portato a letto qualcuna ieri sera?" gli chiese Matt bevendo.

"No. C'era solo una prostituta al bar," disse Dan.

"Non hai mai scopato con una prostituta?"

Dan scosse la testa, portandosi la bottiglia alle labbra. "E tu?"

"No. Non ne ho mai avuto bisogno."

"Quand'è stata l'ultima volta che sei andato a letto con qualcuna?" domandò Dan, lanciando un'occhiata di traverso al suo amico.

"Non molto tempo fa"

"Quando?"

"Forse un paio di mesi?" disse Matt alzando le spalle.

"Sei andato a letto con una donna?"

Matt si fece rosso in volto. "Pensi che io sia vergine? Vaffanculo. Assolutamente no! Avevo una ragazza fissa al liceo."

"E cosa le è successo?"

"I suoi genitori si sono trasferiti. Abbiamo perso i contatti." Il tono di voce di Matt si fece malinconico, come Dan non l'aveva mai sentito.

"Capisco"

"Era una storia seria. Si chiamava Kirstie." Matt guardò il cielo. "Era molto carina."

Dan gli diede una pacca sulla spalla. "Scommetto di sì. Scommetto di sì."

Matt tirò su col naso per un secondo, poi si alzò. "Devo far scaldare Payton." Jackson si diresse verso il bullpen per incontrare il principiante Manny Payton.

Dan annuì. Non sapeva che il suo amico avesse avuto intenzioni serie con una ragazza. Si chiedeva come mai Matt fosse così impacciato con le donne. Alzò le spalle. *Forse è soltanto un ragazzo timido. Ha perso il suo tocco da quando ha perso Kirstie.* Aver parlato del liceo gli fece tornare in mente anche i suoi ricordi. Anche lui aveva avuto una storia seria durante l'ultimo anno. Erano stati insieme fino alla sua prima stagione da professionista. Lei aveva incontrato uno studente di legge mentre lui era in trasferta e l'aveva scaricato al suo ritorno. Gli aveva spezzato il cuore.

Quei ricordi gli fecero tornare in mente come fosse avere una ragazza fissa, una sulla quale poter contare — e con la quale andare a letto regolarmente. O almeno aveva pensato di poter contare su di lei. Aveva sofferto per circa un anno. Poi, aveva deciso che non sarebbe mai più successo evitando le relazioni serie. Adesso, si domandava se avesse fatto la cosa giusta. Era capace di impegnarsi? O aveva giocato troppo a lungo per essere fedele a una sola donna? Con l'ultimo tradimento da parte di Valerie, la fiducia era diventata un problema.

"Forza, Alexander. Va a riscaldarti," disse Buzzy, uno degli allenatori, facendo scivolare le dita dentro un guanto da ricevitore.

Dan si tolse quella domanda dalla mente e lo raggiunse nel bullpen. Quando ebbero finito, il lanciatore indossò la sua giacca e si scelse un buon posto in panchina. La squadra di Orlando non era la loro più grande rivale, e non era nemmeno tra i primi posti della lega, ma se non avessero dato il massimo in quella partita, avrebbero potuto avere una brutta sorpresa.

Nat Owen, primo difensore e primo battitore dei Nighthawks, si stava sciogliendo i muscoli nella zona del battitore prima di prendere la sua posizione. Owen non faceva molti fuoricampo, ma riusciva ad avanzare di una o due basi. Il suo compito era quello di portare le chiappe alla base, magari rubarne una e raggiungere la casa base quando la palla di Jake "Il Picchiatore" Lawrence atterrava al piano superiore degli spalti. Owen batteva da destra. Il loro lanciatore giocava da sinistra.

Matt si avvicinò a Dan. "Abbiamo deciso di lasciarti partecipare, anche se probabilmente vincerai, essendo seduto in panchina", disse il ricevitore, porgendogli un berretto con dentro cinque dollari.

Dan prese cinque dollari dalla tasca posteriore. "Accetto." Dan deteneva il record per aver individuato il maggior numero di ragazze sexy. Gli altri si lamentavano, affermando che vinceva tutte le volte che non giocava. Non aveva voglia di giocare oggi. Le donne erano un punto dolente per lui, ma aveva una reputazione da mantenere.

Matt si avvicinò al suo amico e rivolsero la loro attenzione verso Owen. Primo lancio — strike. Dan passò un pezzo di chewing gum al suo amico. Matt se lo mise in bocca, non distogliendo mai lo sguardo dal battitore. Owen agitava la mazza per il prossimo lancio. *Crack*! Nat colpì la palla, che fece un giro completo sopra la testa dell'interbase per una battuta valida a centrocampo. Al sicuro in prima base, Owen si tolse il caschetto e le cavigliere.

Skip Quincy, l'interbase, era il prossimo. Owen aveva fatto un'ottima partenza. Era alla pari con Bobby Hernandez per il titolo di miglior datore di basi della squadra. Poteva essere una mossa pericolosa con un lanciatore mancino, ma sapeva che Quincy era un battitore che saltava sul primo lancio. Owen si spostò lateralmente, aumentando il suo vantaggio, ma sporgendosi prima in avanti. Voleva disorientare la concentrazione del lanciatore, rendendolo abbastanza nervoso da mandare un bel tiro veloce proprio verso il suo compagno di squadra.

Lo swing e il lancio — esattamente ciò che Nat aveva sperato, e Quincy non perse la sua occasione. I due compagni di squadra facevano quel gioco insieme fin da quando erano entrati nei Nighthawks. I lanciatori non si accorgevano mai che i due interni fossero in combutta. Quincy agitò la mazza e colpì. La palla passò sopra la testa dell'esterno sinistro e fece carambola sul muro per un doppio stand-up.

Nel momento in cui Skip aveva raggiunto la prima base, il veloce Nat Owen stava raggiungendo la terza. Raggiunse la casa base un attimo prima della palla. Skip raggiunse la seconda e i Nighthawks passarono in testa, uno a zero. In panchina, la squadra si alzò per congratularsi con Nat e battere il cinque. Il manager, che di solito durante le partite manteneva un atteggiamento stoico insensibile, si lasciò sfuggire un sorrisino.

"Cal adora quando le sue strategie funzionano," disse Dan a Matt.

Un altro giocatore veloce, noto per le sue doti di rubatore di basi, il secondo difensore Bobby Hernandez, raggiunse la sua posizione in casa base. Era un battitore ambidestro e mise i suoi piedi sulla destra della casa base. I ragazzi dividevano la loro attenzione tra Skip in seconda base e Bobby alla battuta. La tensione aumentò quando Skip si avvicinò alla terza, aumentando il suo vantaggio.

Dan notò Bobby sbattere le palpebre due volte mentre guardava Skip, che annuì. Il "batti e corri" era iniziato. Bobby era più bravo a battere una palla lunga di Nat o Quincy. Così, gli Ocelot si aspettavano che ne mandasse una fuori campo. Ma, sbattendo due volte le palpebre, Bobby aveva dato il via al loro gioco a sorpresa. Non avevano spesso la possibilità di metterlo in pratica. Avevano avuto il permesso dal coach di terza base. Skip si allontanò di un altro passo dal sacco, piegò le ginocchia e allargò le braccia e le mani mentre il lanciatore si preparava al lancio.

La palla si sollevò verso la base e Bobby si preparò per fare un bunt. Skip era a metà strada verso la terza base prima che il lanciatore capisse cosa stesse succedendo. Prima che ebbe preso la palla, l'unico posto dove poteva andare era la prima base.

Il difensore in prima base cercò di bloccare il piatto. Bobby, veloce alla sua destra, caricò in avanti, rendendosi conto di avere una possibilità di superarlo. Ci fu uno scontro ed entrambi i giocatori caddero a terra. Il primo difensore barcollò, tenendosi la caviglia. Bobby l'aveva involontariamente colpito. Ovviamente, se non avesse bloccato la prima base, tutto ciò non sarebbe successo.

L'arbitro chiamò Bobby salvo. Skip, che fece una scivolata sulla destra, sulla quale Crawley l'aveva messo in guardia migliaia di volte, fu salvo in terza base. E ora, il loro giocatore più forte, il loro picchiatore, All Star e MVP mondiale, Jake Lawrence, si diresse a grandi passi verso il posto del battitore. I tifosi dei Nighthawks esultavano mentre Jake avvicinava la mazza alla spalla. Dan vide comparire il sudore sul viso del lanciatore. Per una frazione di secondo, Alexander si sentì in colpa per il tipo sul monte di lancio. Anche a lui era capitato di rimanere in quella posizione diverse volte.

Matt si alzò e raggiunse il cerchio per riscaldarsi.

Gli occhi di Jake si strinsero mentre prendeva una palla chiamata in prima base. Lo stesso accadde con la seconda. *Merda! Hanno intenzione di mandare in base Jake per far innervosire Matt?* Il suo amico non era un picchiatore come Jake, ma se la cavava bene. Cal definiva Jackson un "battitore del momento decisivo." E, sì, Matt ce la faceva quasi sempre quando era sotto pressione.

Fu chiamato il tempo quando il ricevitore raggiunse il lanciatore per un breve consulto. Lanciò un'occhiata a Matt. I ragazzi sussurrarono qualcos'altro, poi il lanciatore annuì e il ricevitore ritornò al suo posto. Nat Owen raggiunse Dan.

"Questi stronzi vogliono mandare in base Jake per far innervosire Matt," disse Dan.

"Già. Idioti. Ma li aspetta una grossa sorpresa." Nat si fece scoppiare una bolla di gomma da masticare in bocca mentre l'arbitro chiamava "Palla quattro!"

Con un'espressione di disgusto sul viso, Jake raggiunse la prima base. Piegò le ginocchia, poggiandovi le mani, e si rivolse verso il piatto base. Matt si mise in posizione e strinse gli occhi. Dan trattenne il respiro e incrociò le dita. Nessuno rende sempre allo stesso modo. I giocatori di baseball hanno troppe partite in una stagione per giocare bene in ognuna di esse, ma questa era una questione di scelte. Matt sarebbe diventato un eroe o lo zimbello di tutti.

Il resto della squadra in panchina si alzò in piedi, con gli occhi puntati su Jackson. Prese il primo lancio, chiamò una palla. Lo stesso successe per il secondo. Il viso del lanciatore era madido di sudore. Dan notò le nocche di Matt diventare più bianche mentre stringeva il pugno. Dan lo riconobbe come il segnale che Matt stava per fare il prossimo lancio. *Eccolo. Ecco il suo lancio. Andrà bene.* Dan serrò la mandibola.

La folla era tranquilla mentre il lanciatore colpiva la palla. Era lì, proprio al centro. Proprio come piaceva a Jackson. Colpì forte. Si sentì un forte rumore e la palla partì come se fosse stata lanciata da un cannone. Andava sempre più in alto, sempre più veloce. Matt lasciò cadere la mazza e corse via, andando a tutta velocità verso la prima base.

Bobby raggiunse la terza e Jake abbandonò la seconda lasciandosi la polvere alle spalle. Gli esterni, che avevano sottovalutato Matt, ritornarono di corsa verso la pista di avvertimento. L'esterno centrale fece un enorme salto, col braccio teso e il guanto aperto. Dan inspirò e trattenne l'aria. La palla proseguì la sua traiettoria, circa un metro e mezzo sopra l'esterno. Era finita oltre il muro! Un fuoricampo da tre punti!

Dan balzò in piedi e si mise a ballare in panchina con Nat e Skip. Crawley si tolse il berretto e lo agitò in aria. Matt si mise a correre per il campo col sorriso più soddisfatto che Dan avesse mai visto. Jake e Bobby lo aspettavano in casa base. Poi, i tre si diedero il cinque e si scontrarono di petto prima di dirigersi verso la panchina. Una volta raggiunta, Matt fu accolto dai suoi compagni di squadra con abbracci e pacche.

"Quasi un grande slam," disse, bevendo dell'acqua.

"Bravissimo, amico," disse Dan.

Gli altri tre battitori si prepararono e le squadre cambiarono campo. Matt indossò la sua attrezzatura di protezione e il suo guantone e raggiunse la casa base.

Woody Franklin, un lanciatore di riserva, raggiunse Dan. Anche lui aveva partecipato alla scommessa. "Hai già individuato qualche pollastrella?" chiese.

"Ero troppo occupato a guardare la partita."

"Ora potrebbe essere la nostra migliore possibilità," rispose Woody.

Avere un vantaggio di quattro punti fece rilassare Dan. Si sedette e perlustrò allo stadio. La fiducia nelle capacità dei suoi compagni di lasciare gli Ocelot a zero gli permise di concedersi il lusso di guardarsi intorno. Anche se non voleva pensare al sesso opposto, gli era sempre piaciuto cercare tra gli spalti le ragazze carine.

"Bingo!" disse Woody, indicando una brunetta con una coppa D, che indossava un top scollato. Si chinò un paio di volte, facendo fischiare Woody. Aveva lunghi capelli scuri e portava un rossetto rosso.

"Wow! Hai vinto," disse Dan, ritornando a guardare la partita.

Gli Ocelot riuscirono a segnare tre punti, ma Jake fece un grande slam, portando il punteggio a otto a tre. I Nighthawks raggiunsero le docce e poi salirono sul pullman diretti all'aeroporto.

Prossima fermata, Atlanta, per giocare contro gli Athletics.

* * * *

Mentre la squadra era in trasferta, Holly era senza lavoro. I venditori di hot dog venivano pagati solo se vendevano qualcosa quindi, niente lavoro, niente guadagno. Non aveva molto da fare oltre a leggere e aiutare Nancy in casa. Dopo una settimana costretta in casa, la paura della scoperta cedette il posto alla noia. Uscì a esplorare il quartiere.

Nelle strade intorno allo stadio a nord di Manhattan non c'erano molti palazzi alti. Quello dei Magee, con i suoi quattordici piani, era il più alto in almeno dieci isolati. Le persone vivevano in caseggiati e vecchie casette a schiera con grandi scalinate. Lavanderie a gettoni, negozi di alimentari, negozi di liquori, negozi di abbigliamento, bar, minimarket, caffè e ristoranti etnici, alcuni dei quali nelle strade laterali, popolavano le strade. Voltando l'angolo in Kennedy Place, trovò il caffè "Hawk's Nest."

Entrò e ordinò un latte macchiato e un croissant al cioccolato. La clientela era varia. Soprattutto studenti. Il Northern Manhattan Community College era a soli due isolati di distanza. Di ritorno all'appartamento dei Magee, diede un'occhiata a tre negozietti di abbigliamento, per il ballo di Lisa. Un paio di loro potevano andare, i loro abiti non erano fuori moda e non erano nemmeno troppo scollati. Si fermò al negozio di alimentari e comprò delle bistecche, patate e insalata. Quella sera voleva preparare la cena per Nancy, per ricambiare.

Holly non sapeva cosa la aspettasse quando si era trasferita in quell'appartamento un po' rétro. Si aspettava di essere trattata con sospetto, di essere emarginata, ignorata e lasciata da sola. Invece, era stata accolta in famiglia come una cugina perduta da tempo. Mangiava alla loro tavola, guardava la televisione insieme a loro e aveva assunto il ruolo di sorella maggiore per la loro seconda figlia.

Ogni mattina, ringraziava Dio per questa fortuna. E ogni giorno si rilassava sempre di più, senza più preoccuparsi di poter essere trovata da Flash o dall'ufficio del procuratore distrettuale. Tuttavia, non usciva ancora la sera, in quanto restare in casa era diventata per lei un'abitudine, non motivata dalla paura. Le piaceva passare il tempo con i Magee. Rideva alle battute di Bud, imparava a cucinare da Nancy, parlava di musica e gossip sulle celebrità con Lisa. In effetti, si trovava meglio con loro di quanto non si fosse mai trovata con la sua vera famiglia. Questo pensiero la fece un po' vergognare mentre si chiedeva quale fosse stato il suo ruolo in tutto questo.

Inserendo la chiave nella serratura, aprì la porta e sentì la voce stonata di Nancy cantare insieme alla radio. Si diresse lentamente in cucina.

"Togliti quel grembiule. Stasera cucino io," disse Holly, sciogliendo il fiocco sulla schiena di Nancy.

La donna si lamentò, ma Holly non avrebbe accettato un 'no' come risposta. Sistemò la spesa e iniziò a cucinare. Mise a bollire le patate e preparò l'insalata. Poi si tuffò sul divano, accanto alla donna.

"Non so cosa fare. Ho già fatto il bucato. La casa è pulita. Tu stai preparando la cena."

"Guardiamo un film. Ecco," disse Holly, scorrendo i canali. "Ecco. *Serendipity*. Amo questo film." Premette *play* e si mise comoda al suo posto.

Durante la pubblicità, Nancy preparò i popcorn. Ridacchiavano e parlavano. In un angolo del suo cuore, Holly aveva desiderato di poterlo fare con sua madre. Era stata colpa sua? Aveva allontanato sua madre da sé come faceva Lisa con Nancy?

Lisa entrò imbronciata nella stanza e si appropriò di un posto sul divano. "Dobbiamo guardare questa roba?"

"Sì. Holly ed io stiamo guardando un film. Puoi unirti a noi, ma non si cambia canale."

"Mi serve una TV personale. Che film è?"

In breve tempo, Lisa fu assorbita dalla storia. Prese una manciata di popcorn e guardò il film con le due donne più grandi. Nancy fece scivolare un braccio intorno alle spalle di sua figlia, ma la ragazza se lo scrollò di dosso. Con un sospiro, sua madre tornò al suo posto e riprese a seguire il film.

La cena si rivelò migliore del previsto. Lisa fece i complimenti a Holly, facendola sentire a disagio. Non voleva competere con Nancy per l'approvazione di Lisa. Nancy non si offese per questo e si unì ai complimenti, affermando che Holly dovesse essere una sua parente, perché preparavano bistecche e insalata allo stesso modo.

Il giorno dopo, Holly mandò un messaggio a Lisa.

Andiamo a comprare il vestito. Oggi. Torna a casa adesso.

Non ricevette una risposta ma, dopo quindici minuti, Lisa entrò dalla porta, luminosa, sorridente e con tanta voglia di andare a fare shopping.

"Fatemi sapere quale vestito sceglierete e andrò a pagare con la mia carta di credito," disse Nancy, uscendo dalla lavanderia. "Tuo padre torna a casa stasera, quindi ritornate entro le sei per la cena."

Holly annuì. Portò Lisa da Maria's Fashions, a tre isolati di distanza. "Ho visto dei vestiti carini nella vetrina di questo negozietto sulla Amsterdam."

"Io non voglio un vestito carino. Lo voglio sexy," disse Lisa.

Holly le afferrò le spalle per guardarla negli occhi. "Ascoltami, c'è qualche regola di base da seguire. Prima di tutto, hai tredici anni, quindi un vestito sexy è decisamente fuori questione." Lisa cercò di divincolarsi. "Ma questo non vuol dire che tu debba essere fuori moda, o brutta, o qualunque altra cosa. Forza. Apri la mente. Deve essere un vestito che piaccia anche i tuoi genitori."

Lisa fece una smorfia, ma annuì e seguì Holly.

Quando aprì la porta del negozietto, suonò un campanello.

Furono accolte da una sorridente donna ispanica. Holly le spiegò cosa stavano cercando. Lei portò loro dei vestiti da provare.

"Il colore è da bambina," disse Lisa, corrucciando la fronte al primo vestito.

"Davvero? Il rosa è il mio colore preferito," rispose Holly, guardando l'abito.

Gli occhi di Lisa si spalancarono. "Davvero?"

"Sì."

Holly consigliò a Lisa altri tre vestiti da provare. La ragazza aveva i capelli biondi naturali e gli occhi azzurri. Era alta più o meno come Holly. Poiché il suo fisico sarebbe ancora cambiato, dovevano scegliere un vestito che non fosse troppo stretto. Dei tre abiti che provò, Holly preferiva quello di satin blu di Prussia. Lisa non riusciva a decidersi.

Andarono in altri due negozi. Lisa era molto contenta di provare tutto quello che Holly sceglieva. Dopo il terzo negozio, erano stanche e affamate. Holly portò la ragazza a prendere uno snack da Hawk's Nest. Lisa voleva un latte macchiato, ma alla fine ordinarono una cioccolata calda e uno scone.

"Allora, quale vestito preferisci?" le chiese la ragazzina, prima di bere un sorso della sua bevanda.

Holly si mise a ridere. "Il primo! Onestamente. Quel blu è un colore molto sofisticato. Esalta il colore dei tuoi occhi."

"Ma ha le maniche a palloncino."

"Sì, e una scollatura a cuore. Molto femminile. Carino. Non troppo scollato. Penso che ai tuoi genitori piacerà"

"Tu lo indosseresti?" chiese Lisa stringendo gli occhi.

"Assolutamente! Quando sono andata al mio primo ballo, indossavo un vestito molto simile a quello. Di colore rosa scuro."

"Davvero?"

"Davvero." Holly mangiò l'ultimo pezzo del suo scone.

Chiamò Nancy, le descrisse il vestito, e si offrì di portarlo a casa. Nancy fu d'accordo. Lisa e Holly tornarono da Maria's Fashions. Holly pagò. *È il minimo che possa fare per loro.*

"Allora, dov'è quel meraviglioso vestito che farà avere a Lisa un successone al ballo?" chiese Nancy salutandole.

"Forza, provalo," disse Holly, porgendo la busta alla ragazza.

Trascorsero la sera mangiando un gustoso piatto di manicotti, guardando la sfilata di Lisa e gustandosi una torta al cioccolato fatta in casa per festeggiare il ritorno di Bud. Era andato in trasferta per sostituire gli allenatori che non erano disponibili. Holly rise, mangiò e ascoltò le storie di Bud. I suoi genitori non avevano cenato quasi mai con lei. Aveva mangiato spesso da sola, magari con la televisione accesa. Le piaceva far parte di questa famiglia, anche se si trattava di un'esperienza fugace. Un giorno, le sarebbe piaciuto ricreare la stessa atmosfera calda e amorevole della famiglia Magee.

"A proposito, Dan Alexander ha insistito per un invito a cena," disse Bud, tagliando un morbido pezzo di torta con la sua forchetta. Si rivolse a Holly. "È uno dei più grandi tifosi di Nancy."

"Ho un cosciotto d'agnello in freezer. Il suo preferito."

"Grandioso. Quando?"

"Che ne dici di venerdì?"

"No, abbiamo una partita sabato. Domenica?"

"Per me va bene," disse Nancy, alzandosi da tavola. "Ancora un po'
di torta?"

Si diede un colpetto sullo stomaco. "No, grazie. Sono pieno."

Holly si chiese come mai un atleta famoso, sexy e single come Dan
volesse trascorrere una serata con una coppia di mezza età. Magari
sarebbe potuta andare al cinema?

"Holly, ti piacerà Dan. È un simpaticone. E gli piace la mia cucina,"
disse Nancy.

Beh, quello era il piano. Si aspettavano che lei partecipasse alla cena. Deglutì, sentendo la tensione tra i muscoli. Aveva vissuto come una
suora per troppo tempo. Tuttavia, quello forse non era il momento ideale di infrangere quella regola. Eppure, Dan Alexander era un uomo
difficile da ignorare.

"Spero che mi scuserai, ma sono arrivata a un punto entusiasmante
del nuovo thriller che mi hai prestato, Nancy. Ti dispiace scusarmi?"
domandò Holly.

"Ovviamente, cara. Non hai bisogno di chiederlo."

La ragazza si allontanò. Non aveva in mente la suspense, ma
l'amore.

Capitolo Quattro

Dopo la trasferta, Dan ritornò nel suo appartamento. Aveva giocato sette inning, concedendo solo un punto agli Sharks. I Nighthawks avevano sconfitto i Miami e lui aveva ottenuto la vittoria. Appese il suo montgomery vicino alla porta. La casa era pulitissima. Tutto di vetro e cromo, bianco e nero, il salone risplendeva. Sorrise. La sua domestica, Angela, aveva fatto un lavoro magnifico.

Aprendo il frigo, trovò una birra fredda e la aprì. Mentre beveva un sorso, rimase in piedi davanti alle finestre a grandezza naturale che davano sul fiume Hudson e sul New Jersey. Le luci brillavano per la strada. Alcuni palazzi molto alti affollavano la riva, ma c'era anche qualche casa in lontananza. Si chiedeva come fossero le famiglie in quelle case. Erano felici? Si amavano? Avevano figli? O le loro vite erano monotone? Erano intrappolate in matrimoni senza amore, sopraffatti da insopportabili bambini urlanti? Ebbe un sussulto.

La sua infanzia era stata varia. I suoi genitori sembravano abbastanza felici. Ma quando suo fratello maggiore si mise nei guai con la droga, crollarono. Quella famiglia felice era diventata un covo di accuse, recriminazioni e urla. L'ostilità si era insinuata nell'atmosfera. Scoppiavano liti persino su argomenti stupidi. Doveva allontanarsi, e il baseball gli fornì la perfetta via di fuga.

Dan entrò in squadra a diciotto anni e non si guardò mai indietro. Diversi anni dopo, quando suo fratello entrò in riabilitazione e iniziò a rigare dritto, nella famiglia di Alexander ritornò la pace. A Dan piaceva andare a trovarli, ma la tensione aumentava quando Sam era lì. Di solito, il lanciatore tornava a casa per Natale, ma passava il resto dell'anno a New York o in Florida.

Il suo cellulare squillò.

"Hey, Bud. Come va?"

"Nancy vuole che tu venga a cena domenica. Ti prepara il cosciotto d'agnello."

"Il mio preferito. Ci sarò. A che ora?"

"Perché non vieni alle sei, così possiamo bere qualcosa? Niente partita lunedì."

"Ci vediamo allora. E grazie."

Si lasciò scivolare il telefono nella tasca dei pantaloni e sorrise. Avrebbe potuto sapere qualcosa di più della ragazza degli hot dog più presto del previsto.

Finì la sua birra. Guardando fuori nell'oscurità, si chiese se una di quelle luci sarebbe mai stata per lui. Avrebbe avuto una famiglia felice un giorno? O avrebbe fatto un errore e avrebbe finito per divorziare, come molti atleti professionisti?

Mise via la bottiglia e andò in salone. Dopo aver acceso la TV, inserì un DVD nel lettore e si stese sul divano. Cal Crawley gli aveva dato un video dei migliori battitori della lega. A Dan piaceva studiarli — le loro posture, i loro movimenti, e soprattutto i lanci che decidevano di andare a prendere.

Alla fine del video, si diresse in camera da letto. Il letto king-size era invitante. Era stanco, tuttavia il pensiero di mettersi a dormire da solo lo deprimeva.

Il suo telefono squillò. Era Valerie. Aggrottò le sopracciglia premendo il tasto di risposta. "Che cosa vuoi?"

"Facciamo pace."

"Pace?"

"Sì. Non c'è motivo di essere arrabbiati."

"Non abbiamo litigato. Ci siamo lasciati."

"Stavo solo bevendo un drink con un altro ragazzo. Solo un drink. Mi sento sola quando vai in trasferta."

"Ne sono convinto." disse Dan camminando avanti e indietro.

"Qualcuno con cui parlare. Nient'altro"

"Mi sembravate piuttosto intimi."

"Non era niente. Che cosa fai stasera? Posso venire da te?" La sua voce si fece provocante.

Dan era tentato. Dormire con qualcuno era sicuramente meglio che dormire da solo, ed era troppo arrapato per non farlo. Ma Valerie? Il suo istinto ebbe la meglio. Non aveva alcuna intenzione di tornare con una ragazza traditrice. "Meglio di no, Val."

"Oh, forza. Perdonare e dimenticare."

"Nessun perdono per il tradimento. Buona vita," disse, chiudendo la chiamata.

Il suo inguine protestava. Solo un paio di settimane di astinenza, ma era stato un periodo davvero troppo lungo per il suo cazzo. Prese il telecomando e accese la televisione. Gli piaceva avere un accompagnamento visivo quando praticava l'autoerotismo.

La ragazza sullo schermo era una moretta. La sua mente andò oltre, e potè quasi giurare che fosse la ragazza degli hot dog. Visualizzare il suo volto sulla donna nuda del film risvegliò il suo corpo. Il sangue pompava nella sua asta, veloce come un'auto da corsa sul circuito di Indianapolis 500. Si tirò su a sedere mentre il desiderio gli scorreva nelle vene. Era attraente come pensava? O era semplicemente una ragazza che vendeva cibo allo stadio?

Doveva aspettare per scoprirlo.

****

Holly trascorse il resto della settimana alla ricerca di un modo per evitare la cena con Dan Alexander. Ma non ci riuscì. Nancy non avrebbe accettato scuse. La ragazza sospettò che a Nancy fosse sempre piaciuto fare da cupido. Ovviamente, era il suo primo tentativo. Parlò bene di Dan finché Holly non poté sopportare di sentire il suo nome ancora una volta.

Per Nancy, era un dio e non poteva fare alcun male. Holly aveva un'impressione diversa. Probabilmente era uno che giocava, un donnaiolo, e lei sarebbe stata soltanto un'altra tacca sul montante del suo letto. O almeno così pensava lui. Serrò la mascella. Avrebbe messo le cose in chiaro su quell'argomento. Avrebbe dovuto aspettare molto prima che andasse a letto con lui. Odiava deludere Nancy, ma lasciarsi coinvolgere da un ragazzo di alto profilo essendo una fuggitiva non era un bene per la sua sopravvivenza.

I Nighthawks avrebbero giocato in casa quella domenica. Holly stava lavorando tra gli spalti.

"Hot dog! Comprate qui i vostri hot dog! Hot dog!" Salì una serie di gradini, poi ne scese un'altra, alla ricerca di qualche cliente. Raramente aveva il tempo di guardare la partita. Bud l'aveva avvisata. Se l'avessero colta a guardare la partita mentre le persone ordinavano il cibo, sarebbe stata licenziata. Quelle erano le regole.

Dan non giocava. Lo osservava nel bullpen, intento a riscaldarsi, pregando che non la notasse. Aveva cercato di trasferire la sua postazione dietro la panchina, in modo tale che, quando lui faceva una pausa, non avrebbe potuto vederla.

Sapeva che Nancy era tutta preoccupata per la cena e stava pulendo di nuovo la casa, anche se non era necessario. Avere Dan Alexander a cena era un onore per i Magee. Holly sbuffò.

Sai che affare! Anche lui indossa i pantaloni una gamba alla volta, proprio come chiunque altro. La sua situazione familiare privilegiata l'aveva esposta a migliaia di celebrità. I suoi genitori organizzavano regolarmente cene di raccolta fondi per governatori e senatori. Finanziavano film e avevano molti amici tra l'élite di Hollywood. Ransom Merrill, suo padre, era nato ricco. Suo padre aveva posseduto e gestito una banca. Ransom aveva ereditato un miliardo di dollari e trascorreva la sua vita aggrappandosi a questo.

I Merrill erano snob e amavano la compagnia di altre persone ricche e famose. Così lontani dalla vita quotidiana di milioni di persone, non conoscevano alcun tipo di preoccupazione economica. Essendo cresciuta in quell'ambiente, Holly era esattamente come loro, fino a quando conobbe Lang Green al college. Quello studente sexy del secondo anno le aveva insegnato tutto sul privilegio, la responsabilità, la classe media, la classe proletaria e il sesso.

Fu allora che iniziò il suo distacco da sua madre e suo padre. Una volta che Lang le ebbe aperto gli occhi sull'egoismo e i privilegi dei suoi genitori, l'orgoglio che provava per loro si trasformò in vergogna. Nei cinque anni successivi, le cose peggiorarono ulteriormente, tanto che Holly iniziò a frequentare Flash Kincaid, poi arrestato per omicidio, droga e prostituzione, e lei finì nel programma di protezione testimoni.

Ogni singolo giorno si augurava di poter rimettere indietro l'orologio. E ora, ecco comparire sulla scena questo lanciatore - probabilmente arrogante e donnaiolo. Era l'ultima cosa di cui avesse bisogno. *Ugh*.

Le cose rimasero calme per un po'. Scese più in basso, più vicino al bullpen, concedendosi l'occasione di guardare il lancio di Dan. Lanciò con sicurezza. Il suo corpo alto e possente si muoveva con grazia. Sembrava totalmente a suo agio con una mazza da baseball in mano. *Pom, pom, pom*, la palla colpì forte il guanto. La sentì.

Poi, accadde. Capì che doveva essersi accorto che lo stesse guardando, o qualcosa del genere, perché si fermò. Alzando lo sguardo, i loro occhi si incontrarono. Si tolse il berretto, fece un leggero cenno e sorrise, poi riprese l'azione.

Holly non riusciva a respirare. I tifosi si voltarono per vedere chi stesse guardando. Si sentì arrossire le guance. Si voltò e corse su per le scale, urlando, "Hot dog! Hot dog!" Guardandosi alle spalle solo una volta, lo vide sorriderle, e questo la fece soltanto correre più veloce. Si era accorto che lo stava guardando. Adesso, avrebbe pensato che lo voleva. *Merda!* Si tirò giù il berretto sulla fronte e tenne la testa bassa, concentrandosi sul suo lavoro.

Che idiota che sono! Adesso, penserà che mi interessi, e ci proverà con me ancora più insistentemente. Digrignò i denti, vendette qualche hot dog e pregò che la partita finisse velocemente. Ma nessuno mette fretta a una partita di baseball. Il punteggio rimase fermo a due a due con i Pittsburgh Wolves fino al settimo inning.

I Wolves lanciarono una palla tra i sedili per un solo fuoricampo. Cal Crawley si diresse verso il monte di lancio — era il momento di sostituire il lanciatore. Si domandò se avrebbe chiesto a Dan di entrare in gioco. Ma Dan era un lanciatore da inizio partita, non era adatto alle sostituzioni. Moose Macafee entrò in gioco. Dan lasciò il bullpen e raggiunse la panchina. Lei vide che la stava cercando e si nascose dietro un pilastro. Respirando velocemente, fece capolino per vedere se avesse rivolto la sua attenzione da qualche altra parte.

Emanò un respiro e tornò al chioschetto per ricaricare il carrello. Nel frattempo, Macafee lasciò al piatto i due giocatori successivi per farsi da parte. Al suo ritorno, Skip Quincy era alla battuta. Superò un dribblatore per raggiungere in sicurezza la prima base. Bobby Hernandez lasciò il piatto. Poi fu il turno di Jake Lawrence. Il picchiatore assunse la sua posizione. Le persone negli spalti restarono in silenzio. Holly trovò un posto dove non impediva la visione a nessuno.

Lawrence prese i primi due lanci — un punto e uno strike. Col sonoro rumore di una mazza spezzata, Jake mandò una palla tra gli spalti. Colpì la palla così forte da farla finire al terzo livello, tra le mani di un ragazzino felice. Skip tornò alla base, seguito da Jake. Gli Hawks erano in testa, con un punteggio di quattro a tre.

I lanciatori si fecero da parte in ordine. La partita finì velocemente. Holly si precipitò al chioschetto per lasciare il suo carrello. Se si fosse sbrigata, sarebbe arrivata dai Magee prima di Dan. Dopotutto, probabilmente, si sarebbe fatto una doccia nello spogliatoio. L'immagine di lui nudo sotto la doccia le balenò in mente.

"Il tuo marsupio con i soldi?" chiese Bud, prendendo il sacco stracolmo dal bancone e porgendoglielo.

"Oh, già," disse, "quasi dimenticavo." Lo aprì e gli porse il denaro per il cibo del giorno dopo.

"Hai la mente da qualche altra parte?" domandò, mettendo il denaro dentro la cassa e scrivendo un numero accanto al suo nome in un taccuino.

"No, no. Sono solo un po' stanca. Bella partita, vero? Si mise il resto del denaro in tasca.

"Già. È sempre fantastico quando vinciamo."

"A dopo," disse a Bud, poi si diresse verso il marciapiede.

Non aveva previsto di farsi una doccia, ma l'avrebbe fatto. E cosa avrebbe indossato? Mentre tornava a casa, pensò al suo guardaroba limitato, cercando di decidere cosa indossare dopo essersi data una ripulita. Decise di mettersi i suoi jeans migliori e una bella camicetta rosa con una scollatura ampia. *Per dargli un piccolo assaggio di quello che non otterrà mai.* Sorrise mentre inseriva la chiave nella serratura.

"Hai l'aria soddisfatta come un gatto che ha mangiato un canarino," disse Nancy. "Fatti una doccia e vestiti. Ho bisogno che mi aiuti ad apparecchiare la tavola."

"Dov'è Lisa?"

"Al telefono in camera sua. Da quando le abbiamo comprato quel vestito, non fa altro che parlare del ballo con le sue amiche."

Holly sorrise e bussò alla porta di Lisa. Senza aspettare una risposta, fece capolino con la testa. "Tua madre ha bisogno che apparecchi la tavola."

"Ma sono al telefono con Tiffany. È importante!"

"Non m'importa. Fai ancora parte di questa famiglia. Va ad aiutare tua madre, o mi presenterò al ballo."

"Non lo faresti!" disse Lisa spalancando gli occhi.

"Non tentarmi."

La tredicenne chiuse il telefono e si alzò.

"Brava ragazza. Io vado a farmi una doccia e a cambiarmi."

"Una doccia? E perché?"

"Perché sono sporca e puzzo? Non è una ragione sufficiente?"

"Non è per Dan Alexander, vero?" disse Lisa con tono cantilenante.

Maledizione, quella ragazzina ha il radar! "La tavola? Ricordi?" disse Holly, chiudendo la porta della stanza dell'adolescente.

Nel bagno, si tolse l'uniforme e aprì la doccia. L'acqua calda la fece rilassare. Si strofinò con una spugna vegetale finché non sentì un formicolio sulla pelle. Ma non servì a cancellare quel sorriso sexy e compiaciuto che Dan le aveva fatto dal campo quello stesso giorno. L'aveva sentito fino alla punta delle dita. E adesso riprovava quella sensazione nello stomaco. Dannazione, era così bello.

Sì, lo sapeva, ma la verità è la verità.

* * * *

Stando sotto la doccia, una sensazione di eccitazione scosse la spina dorsale di Dan all'idea di una cena con la ragazza degli hot dog. Quando l'aveva guardata negli occhi sul campo, lei era scappata come un topolino spaventato. Una ragazza che non cercava a tutti i costi di impressionarlo o di sedurlo lo intrigava. Sarebbe stata una sfida, ma era pronto ad affrontarla. Gli piaceva il modo in cui agitava il sedere mentre correva e i suoi capelli sventolavano da una parte all'altra.

Dopo la doccia, Dan si mise a camminare per lo spogliatoio. Jake Lawrence si stava vestendo. Si mise un po' di dopobarba sul viso.

Il lanciatore odorò l'aria. "Che cos'è?"

"*Ooh La La for Men.*"

"Fa un buon odore. Posso mettermene un po'?"

"Me lo restituirai?" disse Jake alzando un sopracciglio e sorridendo.

Dan diede una pacca sulla spalla al suo amico.

"Hey, fa attenzione. Questo è il braccio con cui batto."

"Non sarai mica un fiorellino delicato? Ti ho a malapena sfiorato."
Dan si avvicinò per prendere la bottiglia.

Jake gliela porse. "Ecco. Serviti pure. Hai un appuntamento?"

"Va a cena con la ragazza degli hot dog," intervenne Matt, entrando
nello spogliatoio a piedi nudi.

"Oh, davvero?" chiese Jake lanciando un'occhiata a Dan, che si stava mettendo la colonia.

Il lanciatore indossò un paio di pantaloni color cachi e una camicia
bianca, lasciando aperto il collo. S'infilò una giacca sportiva blu e si
mise una cravatta in tasca, nel caso in cui Bud ne indossasse una. "Vado
solo a cena da Bud." Dan evitò lo sguardo del suo amico.

"Stronzate. Non puoi prendermi in giro. La ragazza degli hot dog
sarà lì. Stavo pensando anch'io a lei," disse Matt, mettendosi un asciugamano intorno alla vita mentre apriva il suo armadietto.

"Ti farò sapere se non sono interessato."

"Io non voglio i tuoi scarti."

"Allora peggio per te. Sono arrivato prima io."

"Chi diavolo è la ragazza degli hot dog?" domandò Nat Owen.

Restituendo la bottiglia a Jake, Dan alzò la mano mentre usciva dalla porta. Chi era Matt per credere che la ragazza degli hot dog avrebbe
preferito lui al lanciatore? Che stupido!

Suonò il citofono dei Magee. Si sentì pervaso dall'emozione.
Maledizione, non sono mica un quindicenne al primo appuntamento.
Cresci. Ma non riusciva a togliersi quella sensazione. Il portone si aprì e
Dan entrò nel palazzo.

Dal momento in cui le porte dell'ascensore si aprirono, sentì il profumo dell'agnello arrosto. Il suo stomaco brontolava. Nessuno cucinava
bene come Nancy. La porta era socchiusa, così entrò.

"Oh, Dan, eccoti qui," disse Nancy, precipitandosi verso di lui per
salutarlo e asciugandosi le mani sul grembiule. Lui la abbracciò e le
diede un bacio sulla fronte. Bud lo salutò con una stretta di mano.

Holly arrivò con un sorriso incerto. I suoi occhi si spalancarono osservandola dalla testa fino al suo seducente sedere. I capelli le scendevano morbidi sulle spalle. La camicetta rosa che si abbinava al colore delle sue guance aveva una scollatura profonda, che lo indusse a soffermarsi un po' troppo con lo sguardo. I jeans attillati esaltavano i suoi fianchi e il suo incredibile sedere. Avrebbe voluto spremerlo. Aprì le mani e le richiuse portandole ai fianchi. Era senza parole.

"Credo che ci siamo già incontrati. Sono Holly," disse, porgendogli la mano.

Strinse entrambe le mani intorno a quelle di lei. "Sì. È vero."

I loro sguardi si incrociarono. Osservò l'espressione incerta sul suo viso e fece un passo indietro, lasciandola andare. *Non starle addosso.* Nessuna donna aveva preso le distanze da lui prima d'ora. La maggior parte volevano la sua attenzione, cercando di farsi notare. Holly voleva restare in disparte. Ma era impossibile che passasse inosservata con il suo aspetto e quei vestiti. Non riusciva a smettere di guardarla.

"Vado a controllare le patate," disse Holly, tornando in cucina.

"Ti va una birra?" domandò Bud.

Quando Dan si voltò per rispondere, vide un'espressione compiaciuta sul viso di Nancy.

Aveva un sorriso soddisfatto e sollevò le sopracciglia guardandolo. "Carina, non trovi?"

Pur non essendo un tipo che s'imbarazzava facilmente, Dan si sentì arrossire in viso. Non aveva mai pensato a Nancy nel ruolo di cupido prima d'ora. Probabilmente si era sbagliato. Prese la birra che Bud gli stava offrendo e si sedette sul divano. Non era così che se l'era aspettato

"Dov'è Lisa?" domandò.

Neanche a farlo apposta, la ragazzina arrivò in quell'istante. "Ciao, Dan," borbottò, continuando a mandare messaggi dal suo telefono.

"Ciao, Passerotto." Era orgoglioso di aver inventato quello stupido nomignolo. *Ma le piaceva ancora?*

Alzò lo sguardo e gli sorrise. Almeno c'era una donna felice delle sue attenzioni.

Si sentirono delle voci dalla cucina.

"Che cosa stai facendo qui?"

"Controllo le patate."

"Shhh! Forza. Va di là. Dan è tutto solo sul divano," disse Nancy.

"Ma le patate," disse Holly.

"Le patate vanno bene. Vai, adesso."

Dan cambiò posto sul divano, chiedendosi perché fosse lì se nessuno voleva parlargli. Bud si stava rilassando seduto sulla sua poltrona e portò la bottiglia alla bocca. Beh, non esattamente nessuno, semplicemente non la persona *giusta*.

Holly li raggiunse. L'unico posto disponibile, poiché Lisa e Bud si erano seduti sulle poltrone, era sul divano, accanto a Dan. Si sedette e si fissò le mani.

"Un bicchiere di vino, Holly?" chiese Bud.

Lei annuì. Lui si alzò dalla sua poltrona e le versò un merlot.

"Grazie," disse, prendendo il bicchiere.

"Allora, dimmi. Da dove vieni?" le chiese Dan.

"Da nessuna parte," rispose, senza guardarlo.

"Forza. Tutti vengono da qualche parte."

"New York City."

"Un'indigena?" disse sollevando le sopracciglia. "Non si incontra spesso qualcuno che è nato e cresciuto qui."

Sorrise.

"E vuoi essere una ragazza degli hot dog per tutto il resto della tua vita? O hai qualche altro lavoro in mente?"

Scosse la testa. "Una ragazza degli hot dog?"

"Sai, una ragazza che vende hot dog?"

Alzò il mento. "È una professione rispettabile."

"Che cosa facevi prima di venire a lavorare per Bud?"

Deglutì e impallidì in volto.

"Ti chiedo scusa, forse sto ficcando troppo il naso? Non credo che queste siano domande troppo personali, ma se preferisci non rispondere, lo capisco."

"Davvero? Probabilmente penserai che facessi la prostituta. Non è così. Giusto per chiarire."

"No, no, no. Non l'ho mai pensato," mentì.

"Ci scommetto," borbottò.

Le cose non stavano andando come aveva previsto. Non che si aspettasse di fare centro, ma non si era nemmeno immaginato tanto distacco.

"E tu da dove vieni?" gli domandò.

"Indiana."

"Oh. Non ci sono mai stata."

"Ci sono molte campagne."

"Quindi, tu sei un contadino?"

"La mia è una famiglia di contadini. Terza generazione."

"Solo uno zoticone, quindi."

Fece un sorrisino. "Forse lo ero, ma non lo sono più."

"La ragazza degli hot dog e lo zoticone. Sembra il titolo di una canzone country."

Si mise a ridere con lei. Gli occhi le si illuminarono e fece un ampio sorriso, rivelando dei denti perfetti. Voleva baciare le sue morbide labbra rosa. "Bella battuta."

"Come mai hai scelto il baseball?" Bevve un sorso del suo vino.

Alla stessa velocità alla quale si erano ammassate, zittendolo, le nuvole scomparvero. Le raccontò la storia della sua fuga nel baseball e del suo talento, che l'aveva portato al successo e alla major league. Ascoltava ogni sua parola, senza mai distogliere lo sguardo dal suo viso. Gli faceva anche domande intelligenti. Non era mai stato così affascinato da una donna, semplicemente perché era una buona ascoltatrice.

Ovviamente, preferiva ascoltare le sue storie piuttosto che parlare di sé. Insolito, pensò. Non era una brutta caratteristica, per un tipo chi-

acchierone come lui. Tuttavia, lei continuava ad intrigarlo. Era un po'
misteriosa — gli faceva venir voglia di saperne di più di lei. Anche se era
evasiva, sarebbe riuscito a farcela. Doveva capire chi era e perché non
volesse parlare del suo passato. Ovviamente, doveva trovare un modo
diverso dall'approccio diretto, che gli aveva solo fatto sprecare fiato.

"La cena è pronta. A tavola," annunciò Nancy.

Dan si alzò e porse la mano a Holly. Lei la afferrò. La sua presa su di
lui era forte e sicura, mentre si alzava in piedi. La pelle sotto il suo pollice era morbida e setosa. Voleva accarezzarla, ma riuscì a controllarsi.

* * * *

Ascoltare Dan mentre parlava della sua vita diede a Holly la possibilità
di studiare i suoi lineamenti. Aveva il naso dritto e la mascella massiccia,
dai tratti molto maschili. Gli zigomi alti scolpivano il suo viso. Quando
finì, i loro sguardi si incrociarono e lei sentì un brivido lungo la schiena.
Il suo sguardo era curioso e penetrante.

Quando iniziò a guardarle le labbra, fu sopraffatta da un travol-
gente desiderio di baciarlo. Strinse le dita sul bracciolo del divano. Il
suo respiro accelerò per un attimo prima di riuscire a controllarlo. Un
profumo speziato le stuzzicò il naso. Mescolato all'odore di una camicia
appena stirata, ebbe l'effetto di un afrodisiaco, facendola scaldare.

Terrorizzata dalla reazione del suo corpo nei confronti di quell'uomo attraente, deglutì e trovò una scusa per allontanarsi. Quando Nancy
chiamò per la cena, emanò un respiro che non si era accorta di aver trattenuto. Non poté rifiutare il suo aiuto per alzarsi. La tirò su come se
fosse una piuma. Era così forte che dovette tenersi forte per evitare di
finirgli tra le braccia.

Di certo, era passato molto tempo dall'ultima volta che era stata
con un uomo, ma non era il momento migliore per farsi coinvolgere
da qualcuno. E cosa sarebbe successo se avesse scoperto che era andata
a letto con un gangster, anche se all'epoca non sapeva chi fosse Flash?

Sentì un rapido brivido. No, non sarebbe stato bello, e lei sarebbe finita col cuore spezzato.

Tuttavia c'era qualcosa di così a modo, di così normale e sano in Dan. Sembrava un bravo ragazzo. Impaurita di credere ai propri istinti, non si era avvicinata a nessuno oltre a Jory e altri pochi amici a Pine Grove. A Nancy e a Bud piaceva Dan, e anche a Lisa. Attirava Holly come un magnete attira il metallo. Resistere non sarebbe stato facile, ma doveva provarci...no?

Ovviamente, Nancy fece sedere Dan accanto a Holly. Il tentativo della sua amica di farli mettere insieme era così evidente che la ragazza si sentiva arrossire le guance ogni volta che fissava il viso raggiante di Nancy. Jory aveva raccontato a Bud soltanto i fatti salienti della storia di Holly. Era certa che Nancy non avesse idea di quello che la stampa scandalistica avrebbe potuto scrivere riguardo a Dan se si fossero messi insieme e se lei fosse stata scoperta.

Non si meritava di essere trascinato nel fango insieme a Holly. Era stato un suo errore, un suo giudizio sbagliato, e doveva affrontarlo da sola — quando sarebbe stata pronta. Decise in quello stesso istante di non coinvolgerlo. Nel profondo del suo cuore avrebbe tanto voluto un suo abbraccio, solo un abbraccio. La solitudine le si era insinuata nelle ossa e le sue attenzioni le piacevano. L'idea di un contatto fisico con lui non le dispiaceva, dando luogo a un bisogno, a lungo negato, che rifiutava di farsi da parte. Sospirò, temendo le brutte giornate che incombevano sul suo futuro.

"Tutto ok?" le chiese Dan guardandola e stringendole la mano.

"Sto bene."

"Non sembra" aggrottò le sopracciglia.

"Grazie. Le cose sono complicate per me. La mia vita è un po' incasinata adesso. Non posso spiegare. Meglio che tu stia lontano da me." lo affrontò.

"Non mi sono mai tirato indietro davanti a una sfida e non intendo cominciare adesso", le sussurrò all'orecchio. Si fermò per un attimo, poi continuò. "Non hai un ragazzo, vero?"

Lei sorrise. "No. Magari fosse così semplice."

Nancy portò l'agnello e le patate arrosto. Lo stomaco di Holly borbottava. Stava morendo di fame e non sentiva un profumo così buono né vedeva qualcosa di così appetitoso da secoli. Beh, forse tranne Dan Alexander.

Bud aveva affettato la carne tenera e succulenta in cucina. Delle patate ben cotte facevano da contorno al piatto. Lisa portava una ciotola di spinaci cremosi. Bud chiudeva il gruppo con il piatto speciale di Nancy, la zucca alla cannella.

"Che banchetto! I ragazzi single come me non mangiano mai in questo modo," disse Dan.

"Passami il piatto," disse Nancy al lanciatore.

La donna distribuì il cibo ai suoi tifosi adoranti. Tutti rimasero in silenzio per un po', tranne per il rumore di forchette e coltelli che si sfioravano tra loro.

Holly masticava lentamente, gustando il sapore di quel piatto. Sua madre non cucinava mai. Avevano sempre avuto una cuoca, una cameriera, una governante e un'organizzatrice di feste — e la lista poteva ancora continuare. La cuoca era brava, ma i suoi pasti erano molto formali, non erano mai disinvolti come a casa dei Magee.

Guardò Dan tagliare il suo quarto pezzo di carne. Mangiava di gusto e divorava più del doppio del cibo che mangiava lei. Guardarlo mangiare la stuzzicava. Riusciva perfino a masticare in modo sexy. Holly si pulì la bocca, mise giù le posate e si mise a fissare Dan.

"Cosa c'è?" chiese, mettendosi un pezzo di patata in bocca.

"Deve essere proprio il tuo cibo preferito."

"Già. A te non piace l'agnello?"

"Lo adoro. Ma ho mangiato abbastanza. Non voglio ingrassare."

Dan la esaminò con lo sguardo. "Impossibile. Secondo me sei perfetta."

Si sentì compiaciuta. Quand'era stata l'ultima volta che un uomo le aveva fatto un complimento? Nemmeno se lo ricordava.

"Domani lo stadio organizza il Playland Day," disse Bud, riempiendo la sua forchetta di spinaci.

"Che cosa vuol dire?" chiese Holly.

"Playland, il parco di divertimenti a Rye? Regalano biglietti e gadget gratuiti ai primi cento bambini," rispose Bud.

Annuì.

"Quindi, gli spalti saranno pieni di bambini. Più lavoro per te, Holly. Fanno davvero casino," continuò a Bud.

"Nessun problema."

"Mi hanno dato un gold pass. Ingresso libero e giostre gratis per quattro persone. Ti piacerebbe andarci, Lisa?" le domandò suo padre.

"Certo! Posso portarmi tre amici?"

"No. Sei troppo giovane. Puoi andarci con tua madre."

"No, grazie. Preferisco restare a casa."

La stanza fu pervasa dal silenzio. Nancy si alzò da tavola, scusandosi.

"Guarda che hai fatto!" disse Bud. "Hai ferito i sentimenti di tua madre."

"Papà, nessuno della mia età va al Playland con sua madre."

Dopo qualche minuto, Nancy ritornò, con gli occhi un po' arrossati.

Lisa guardò il suo piatto. "Scusa, mamma."

Nancy fece un cenno con la mano. "Lo capisco. Adolescenti. Ma sei troppo giovane per andarci senza un adulto."

"Posso portarcela io?" chiese Holly.

"In un giorno in cui non ci sono partite, certo," disse Bud.

Lisa balzò in piedi e corse verso il calendario. "Ecco. Martedì prossimo. Giornata di formazione professionale per il personale scolastico. Quindi niente scuola."

Nancy si avvicinò a sua figlia e controllò la data. "Ha ragione."

"Immagino di poter trovare una sostituta," disse Bud.

"Io non devo giocare martedì. Posso venire anch'io?" domandò Dan.

Holly si voltò bruscamente a guardarlo.

"Perché no? Allora anche Lisa può portare un'amica," disse Nancy.

"Guido io. Passo a prendervi a mezzogiorno?" Dan si pulì la bocca e allontanò la sedia dal tavolo.

"Per me va bene," disse Nancy. "Holly?"

"Certo. Perché no?" Cercò di sorridere. *È un appuntamento?*

Dan le sorrise.

"Potete scusarmi? Devo chiamare Sarah," disse Lisa, con gli occhi splendenti e un ampio sorriso.

"Certo, tesoro, va pure," disse Bud.

"Grazie, papà. Grazie, mamma." Lisa si fermò ad abbracciare i suoi genitori.

"Sì, grazie," disse Dan, fissando Holly. "Qual è la tua giostra preferita?"

"Non lo so. Non ci sono mai stata. E la tua?"

"Il tunnel dell'amore. Alias, il vecchio mulino."

Capitolo Cinque

Holly preparò il suo carrello. Aveva cominciato a vendere abbastanza per ripagare il cibo da vendere. Bud caricò i panini e lei si diresse verso gli spalti. I Nighthawks stavano per completare una serie di tre partite contro i Miami Sharks. Erano in parità, poiché ogni squadra aveva vinto una partita. Quella era la partita di spareggio, e Dan Alexander era in campo.

Sorrise quando Bud le assegnò una magnifica postazione proprio dietro la casa base. In segreto, pensava che anche lui stesse cercando di farli mettere insieme, proprio come faceva Nancy. Che lo stesse facendo o no, aveva comunque un ottimo posto dal quale guardare la partita nei momenti di pausa. Si mise la mano sul cuore durante l'inno nazionale. Era facile identificare Dan sul campo, essendo più alto degli altri. Ovviamente, anche il fatto che il suo cognome fosse scritto sul retro della sua uniforme era d'aiuto. Aveva una postura diritta e fiera, mostrando rispetto per la canzone.

Aveva messo le mani su una copia di una semplice guida al baseball. Ne aveva letto un po' ogni sera dopo la cena. Holly non aveva mai seguito il baseball e non ne sapeva molto. Ma ne sapeva molto di più di quattro giorni fa.

Dopotutto, mancavano solo due giorni all'appuntamento al Play-land. Non voleva sembrare stupida, facendogli un sacco di domande sullo sport. Così, si era documentata. Sicura di saper distinguere un fuori zona da uno strike e un batti e corri da un bunt, Holly vendeva la sua merce mentre andava su e giù per le gradinate.

"Hot dog! Comprate i vostri hot dog!"

Dan raggiunse il monte di lancio e fece qualche tiro di riscaldamento con Matt Jackson prima dell'arrivo del primo battitore. Si ricordò che la squadra di casa aveva "l'ultima occasione".

Il cuore le batteva fortissimo mentre il ragazzo si preparava a lanciare. Incastrata tra il desiderio di chiudere gli occhi, per il timore di un fuori zona, e la voglia di vederlo all'opera, aprì solo un occhio. *Bam*! Primo strike. Fece un applauso. Quando le persone intorno a lei si voltarono a guardare, abbassò la testa e corse giù per le gradinate per raggiungere un uomo che chiedeva del cibo.

Una fresca brezza le diede un po' di sollievo dal caldo sole di giugno, mentre le squadre si affrontavano in campo. Il punteggio era in parità — zero a zero. Com'era scritto nel suo libro, si trattava di un "duello tra i lanciatori."

La seria determinazione sul volto di Dan la fece fermare a guardare per un attimo.

"Il fortunato Larry Caterson e alla battuta, signorina. Lui vince sempre contro Alexander," disse un uomo seduto tra gli spalti.

Holly annuì. "Magari non oggi," rispose, incrociando le dita sotto il carrello.

Vi fu un rumore molto forte. Caterson aveva colpito la palla, che andava in alto, molto in alto, dirigendosi a tutta velocità verso la pista di avvertimento. Chet Candeleria, l'esterno destro, stava tornando indietro di corsa, tenendo lo sguardo fisso sulla palla. La traiettoria cambiò, e la palla cominciò ad abbassarsi mentre il difensore faceva un salto in aria, col braccio teso e il guanto aperto. Il guanto si chiuse sulla palla mentre cadde sulle ginocchia, travolto dalla potenza del colpo e dalla mancanza di equilibrio. Si alzò, agitando il guanto, e si diresse verso la seconda base per rilanciare la palla a Dan. I tifosi erano in delirio.

Holly non si accorse di aver trattenuto il respiro. Sorrise mentre respirava.

"Sicuramente non oggi, signorina," disse l'uomo, sorridendo.

Fece un sorriso al lanciatore. Come per telepatia, lui si voltò e alzò lo sguardo. Mortificata, Holly fece un balzo e si avvicinò il carrello alla pancia. "Hot dog! Comprate i vostri hot dog!" urlava, salendo tra le gradinate.

Dan continuò a giocare d'astuzia con gli altri due battitori, poi fu il turno degli Hawks alla battuta. Nat Owen li lasciò al piatto, ma Skip Quincy pescò una base. Bobby Hernandez si sacrificò come esterno destro, facendo spostare Skip in seconda base. Poi, Jake Lawrence mandò una palla tra le tribune, e i Nighthawks passarono in testa, due a zero.

Holly esultò, sebbene fosse difficile saltare con il carrello. La parte alta dell'inning successivo segnò il momento della pausa del settimo inning. Dan raggiunse il monte di lancio. Dopo aver venduto tre hot dog a un cliente, rimase ferma a guardarlo. Mentre i tifosi dei Miami tornavano a sedersi, lui alzò gli occhi e i loro sguardi si incrociarono. Si tolse il berretto e sorrise.

Fece un sorrisino sentendo un brivido attraversarle il corpo.

I tifosi si voltarono per vedere a chi stesse sorridendo.

"Non può essere lei. È la ragazza degli hot dog," disse una donna all'uomo accanto a lei.

"E molto sexy," rispose lui.

"È lei. È lei. Hey, signorina, può farmi avere il suo autografo?" Un altro uomo le porse un pezzo di carta.

Holly lo guardò, poi guardò Dan, che sorrise. Ritornò a salire le scale. La telecamera la inquadrò, trasmettendo la sua immagine sullo schermo. Fortunatamente, non dava le spalle alla telecamera mentre saliva tra gli spalti.

"Hot dog, comprate i vostri hot dog!"

Cercava di rubare ogni minuto possibile per guardare la partita, sperando che Bud non se ne accorgesse. Dan era molto dotato, col suo atteggiamento freddo come il ghiaccio sul monte di lancio, e totalmente concentrato. Lui e Matt Jackson funzionavano come un macchinario collaudato. Una volta, quando avevano al loro attivo due fuori zona e uno strike, Matt si consultò con il lanciatore. Dopo una breve chiacchierata, Dan fece un drop che produsse uno strike.

Holly non poté fare a meno di sentirsi colpita. Aveva segnato un fuori campo e aveva portato gli altri otto battitori a lasciare il piatto o a fare un out. I Nighthawks vinsero due a uno. Quando guardò tra gli spalti ritornando verso la panchina, lei fece un gesto di approvazione col pollice. Si tolse di nuovo il berretto e scomparve tra gli applausi, le pacche e i batti cinque dei suoi compagni di squadra.

Holly mise via il suo carrello e si diresse a casa. Dan Alexander le rubava troppo tempo e troppa attenzione. Mentre lanciava, riusciva a malapena a ricordarsi di mettere la senape invece del ketchup o di mettere o no le cipolle quando vendeva un hot dog. Voleva soltanto guardarlo mettersi in posizione e lanciare. Persino alla mazza, riusciva di tanto in tanto a fare un singolo.

Era evidente. Era il migliore della sua squadra e nella top ten della lega. Quindi, cosa avrebbe mai voluto un vincente come lui da una perdente come lei? In fuga da un gangster, per evitare di testimoniare e di farlo arrestare — in fuga dalla vita, dalle responsabilità e dal fare la cosa giusta. Gli avrebbe solo causato problemi. Faceva meglio a restargli lontana. Si meritava qualcosa di meglio della stupida Holly Merrill, una ragazza davvero nei guai.

Il giorno dopo era quello del loro *appuntamento* al Playland. Avrebbe tenuto Lisa tra di loro e l'avrebbe ignorato, inventandosi qualche scusa. Le aveva proposto di andare in un locale dopo che avessero riaccompagnato Lisa. Lei ne era entusiasta — aveva persino comprato un vestito da Maria's Fashions. Ma non adesso. Le piaceva troppo per esporlo ai suoi problemi.

Parlarono molto della vittoria di Dan quella sera a cena. Bud descrisse alcune azioni della partita a Nancy, che ascoltava con interesse.

Lisa, annoiata come sempre, mangiò velocemente e chiese il permesso di alzarsi. Holly rimase in silenzio. Le piaceva la descrizione di Bud della partita e non aveva voglia di parlare. Cosa c'era da dire?

"Sono un po' stanca. Vi dispiace se vado in camera mia?" chiese Holly.

"Niente affatto. Hai mangiato abbastanza?" le domandò Nancy.

"Non ho molta fame," rispose la ragazza.

"Laverò io e piatti. Tu riposati. Sembri sfinita," disse Bud.

Holly chiuse la porta, si svestì e si distese sul letto. Aveva bisogno di un'amica. Prendendo il cellulare, fece il numero di Jory.

"Come stai?"

"Sto bene. Bud e Nancy sono fantastici. Per favore, ringrazia ancora Nan da parte mia. Casa loro è molto meglio della mia vera casa."

"Non lo pensi davvero."

"Sì, lo penso. Ma forse è stata colpa mia. Ero piuttosto insopportabile da adolescente," disse Holly.

"Ieri ho guardato la partita. Il lanciatore stava guardando te?"

"Ehm, sì."

"Wow! Dan Alexander è interessato a te?"

"Non esattamente. Sono solo una distrazione. La ragazza degli hot dog."

"Certo, certo. Come se io ci credessi. Ti sei guardata allo specchio di recente?"

"Ok, forse c'è un po' d'attrazione."

"E anche da parte tua?"

"So che non dovrei. Ma è così sexy e carino!"

"Fa attenzione, Holly. Se la videocamera ti riprende il viso, anche solo una volta... Voglio dire, Flash Kincaid potrebbe trovarti."

"Ama il baseball. Ed è anche un tifoso dei Nighthawks."

"Per favore, sta attenta," disse Jory.

"Lo farò"

Jory aggiornò Holly sui pettegolezzi di Pine Grove e su quanto Trent fosse un marito meraviglioso.

"Devo andare adesso. C'è una partita domani," disse Holly.

"Buona notte. Fa attenzione."

"Grazie, Jory. Mi hai salvato la vita."

Holly spense il telefono e si mise a letto. Si morse il labbro, pensando a cosa potesse fare per evitare le videocamere. Non poteva chiedere a Dan di non farle alcun cenno quando stava lanciando.

"Hey, Dan, ti dispiacerebbe ignorarmi mentre lanci? Sai, la videocamera potrebbe inquadrarmi e l'uomo che vuole uccidermi per impedirmi di testimoniare e di mandarlo in prigione — dove dovrebbe stare — potrebbe riconoscermi e venire a cercarmi."

La sola idea la faceva rabbrividire. S'immaginò la sua espressione shoccata e il suo allontanarsi da lei. Se avesse davvero voluto liberarsene, questo avrebbe sicuramente funzionato. No, doveva trovare un altro modo. Magari travestirsi. Immaginarsi con i baffi e un paio di occhiali la fece rabbrividire. Chiuse gli occhi. L'indomani, avrebbe cercato una soluzione. Nel frattempo, aveva bisogno di riposare.

* * * *

Il mattino dopo, ebbe un'idea. Prese le forbici di Nancy e s'inventò una scusa per andar via presto dallo stadio. La partita cominciava alle due, ma lei arrivò a mezzogiorno. Entrò nel bagno delle donne, si tolse il berretto, si mise davanti allo specchio e fece un respiro profondo. Non era sufficiente essersi tinta i capelli, servivano provvedimenti più drastici.

Prese un ciuffo di capelli e aprì le forbici. *Zac*! Tagliò più o meno sotto l'orecchio. Spalancò gli occhi ed ebbe un sussulto. Non poteva fermarsi adesso — doveva continuare ora che aveva trovato il coraggio.

Ci volle solo un minuto a tagliarsi i capelli. Gettò i capelli tagliati nella spazzatura. Scuotendo la testa, sollevò lo sguardo allo specchio, dicendosi tra sé, "Sono solo capelli. Ricresceranno. Sono solo capelli. Ricresceranno."

Ma, quando vide cosa aveva fatto, i suoi occhi si riempirono di lacrime. Iniziò a singhiozzare. Seduta sul gabinetto, si coprì il viso e pianse. Nessuno poteva sentirla due ore prima della partita.

Il cigolio dei cardini attirò la sua attenzione. Tirò su col naso, srotolando la carta igienica per soffiarselo. Stava arrivando qualcuno.

Poi, una voce profonda disse. "Salve? Ehm, sì, sono un uomo, ma va tutto bene?"

Era Dan Alexander. Si mise le mani davanti alla bocca.

"Hey, signorina?"

Sentì avvicinarsi i suoi passi e si asciugò il viso col dorso delle mani. Vide un'ombra davanti a sé. Sussurrando una preghiera veloce, sollevò lo sguardo. Due occhi preoccupati la stavano fissando.

"Holly? Che ti è successo?"

I suoi occhi si riempirono di nuovo di lacrime mentre cercava di controllare le sue emozioni. "Mi sono tagliata i capelli."

"Ma le donne di solito non vanno dal parrucchiere per questo?"

"Beh..."

"Voglio dire, quante donne si tagliano i capelli nella toilette dello stadio di baseball?"

"Uhm, probabilmente non molte." Non riusciva a smettere di piangere.

"Che ti succede?" La sua espressione preoccupata sembrava sincera.

"Non sono pazza. Non hai bisogno di chiamare il Bellevue o niente del genere."

"E allora perché l'hai fatto?"

"Non posso dirtelo. Ma dovevo farlo. Adesso."

"Se non vuoi dirmelo, non posso obbligarti. Pensavo che fossimo amici..." Fece per allontanarsi.

"Non è questo. Certo che siamo amici. Non è questo. Per favore, credimi. Non vorresti saperlo, comunque," balbettò, alzandosi e seguendolo mentre si avvicinava alla porta.

Si fermò. Le sue labbra fecero un sorriso. "È molto carino."

Si voltò a guardarsi allo specchio. I suoi capelli, prima lunghi e sontuosi, adesso sembravano più un lungo berretto, stretto intorno alla testa. Si avvicinò a lei e glieli arruffò. Sentì l'emozione in gola. Odiava il suo aspetto, ma lui aveva un'opinione diversa.

"Ti fanno sembrare una dodicenne, ma non sono male. Potresti farti risistemare da un professionista."

"Ti piacciono?"

Annuì. "Sì. Sono particolari. Tutte le ragazze hanno sempre i capelli lunghi, sai?"

Non l'aveva mai vista in questo modo. Con il pollice, le asciugò l'unica lacrima rimasta sul viso. Si passò le dita tra i capelli che le erano rimasti per renderli più vaporosi.

"Dovrai farti la tessera al club domani sera."

"D'accordo. Ho la mia carta d'identità"

"Stai bene adesso?", le chiese con un sorriso sexy.

Annuì.

"Bene. Devo andare," disse, aprendo la porta. "Hey, non dire agli altri che ero qui, ok?"

"Forse." Spalancò gli occhi, ma lei gli fece un cenno con la mano, ridendo. "Il tuo segreto è al sicuro con me."

Le diede un bacio sulla guancia e si diresse verso lo spogliatoio. Holly si sfiorò la guancia nel punto in cui l'aveva baciata, per quanto brevemente, e sospirò.

Si rimise il berretto. Le stava molto meglio di prima con i capelli corti.

Mandò un messaggio a Jory.

*Mi sono tagliata i capelli. Flash non potrà mai riconoscermi
così.*

Jory rispose.

A zero???

Holly sorrise e scrisse.

*No. Solo corti. Non mi stanno male, in realtà. A Dan piac-
ciono.*

Dan? Cosa c'entra lui con tutto questo?

Lunga storia. Ti spiego stasera.

Ok. È che mi preoccupo per te.

Holly mise il cellulare nella tasca dei pantaloni e si diresse al
chioschetto. Era il momento di caricare il carrello e fare il suo lavoro.

* * * *

Dan era più confuso che mai. Cosa diavolo credeva di fare, tagliandosi
tutti i capelli nella toilette delle donne? E senza spiegargli perché. Pensava che la cena dai Magee gli avrebbe fatto avere abbastanza informazioni su quella ragazza, ma servì solo a fargli porre ulteriori domande. E non ridusse nemmeno un po' la sua attrazione nei suoi confronti.

Cal Crawley fece capolino con la testa. "Vieni a esercitarti con i
bunt, Dan."

Dan si cambiò e seguì Matt Jackson al campo di allenamento sul
retro. C'erano diversi lanciatori.

"Dov'è Riley? Dovrebbe esserci lui qui. Io ho una partita tra
mezz'ora," disse Matt.

Ecco arrivare l'altro ricevitore. "Scusatemi."

"Buona fortuna, Matt," disse Dan, dando al suo amico una leggera pacca sulla spalla.

"Vedi di combinare qualcosa stavolta," rispose, sorridendo.

Dan non riusciva a concentrarsi. Il suo bunt doveva migliorare, ma quella non sembrava essere la giornata giusta per farlo. Continuava a guardare tra gli spalti, alla ricerca di Holly.

"Forza, Dan. Sei molto indietro," disse Riley.

"Arrivo, arrivo. Non è esattamente il mio punto di forza."

"Una ragione in più per fare pratica." Riley si accovacciò sulle ginocchia. Uno dei lanciatori di riserva si mise in posizione e mandò una palla al centro. Dan si mise in guardia, ma la palla colpì la mazza e attraversò l'aria. Il lanciatore fece alcuni passi e la afferrò.

"Sei fuori. Così non va bene," disse Riley.

"Lo so, lo so."

"Cosa c'è che non va?" Riley si mise accanto a Dan e seguì il suo sguardo. "La ragazza degli hot dog?"

"Cosa sai di lei?" domandò Alexander.

Riley ridacchiò, "Tutti sanno di lei. Forse perché continui a farle dei cenni durante le partite."

Un'espressione d'imbarazzo comparve sul viso di Dan. Non si era reso conto di quanto i suoi piccoli gesti avessero attirato l'attenzione, soprattutto quella dei suoi compagni di squadra. "Ok, ok. Riproviamo."

"Ci riproveremo fino a quando non riuscirai a farne uno che il lanciatore non possa prendere," disse Riley, masticando una gomma e abbassandosi il casco da ricevitore sul viso.

Dan impugnò la mazza e si mise in posizione sul piatto.

"Concentrati sul gioco, Alexander," disse Riley, continuando a masticare.

Sapeva che il ricevitore aveva ragione. Non poteva permettersi di farsi distrarre da una donna. Doveva imparare bene il bunt per diventare un lanciatore ancora più bravo. Se lo avesse imparato meglio, avrebbe avuto più possibilità di giocare. Se lo avesse imparato meglio, avrebbe potuto chiedere di essere pagato di più per contratto.

Dan si rese conto che sarebbe stato fortunato a continuare a fare il lanciatore per altri cinque anni. Quindi, aveva bisogno di guadagnare il più possibile in quel periodo. Non sapeva cosa avrebbe fatto alla fine della sua carriera ma, qualunque cosa fosse, avere del denaro lo avrebbe aiutato.

Fece un respiro e si concentrò sulla palla. Lentamente, riuscì di nuovo a concentrarsi. Il lanciatore si mise in posizione e mandò una palla in alto e all'esterno. Dan non si mosse.

"Che cosa aspetti? Un invito ufficiale?" ringhio Riley.

"Non voglio tirare né mettermi in guardia, stronzo."

"A chi hai detto stronzo?"

"A te, ecco a chi."

Riley si alzò. "Hai finito di allenarti, fuori da qui."

"Su, ragazzi. Calmatevi." Il lanciatore lasciò il monte di lancio e, con una mano sulla spalla degli altri compagni di squadra, parlò con loro in tono calmo.

Dan ritornò sul piatto e Riley si accovacciò. Continuarono a lanciare verso di lui finché non fece tre buoni bunt. Anche se odiava esercitarsi alla battuta, semplicemente perché non era bravo, sapeva di dover imparare.

"Ben fatto, Alexander. Sei scusato. Il prossimo?" disse Riley, sputando la sua gomma e aprendone un'altra.

Dan porse la mazza al battitore.

Sorpreso per quanto avesse sudato nel cercare di fare un bunt, si odorò l'ascella e si diresse alle docce. Dopo essersi lavato, indossò un'uniforme pulita e raggiunse i suoi compagni di squadra per guardare il resto della partita dalla panchina.

Mentre gli altri si concentravano sui Philadelphia Bucks, che stavano vincendo tre a due, Dan guardò tra gli spalti, sperando di intravedere Holly.

"Non puoi partecipare alla scommessa. Non hai messo i tuoi cinque dollari," disse Skip Quincy.

Dan sorrise. "D'accordo. Per stavolta farò vincere qualcun altro."

"Pensi di essere il migliore, non è così?" Skip aggrottò le sopracciglia.

"Ho il miglior record nel trovare le ragazze più sexy, quindi sì, direi di sì."

Skip si mise a ridere. "Diresti di sì."

Quando individuò Holly, tenne lo sguardo fisso su di lei. Un occhio alla partita e l'altro alla sua ragazza. Ma non era la sua ragazza. Forse voleva che lo diventasse? Era troppo presto per dirlo. Il giorno dopo, dopo aver trascorso una giornata al parco di divertimenti e una serata insieme, lo avrebbe saputo. O, almeno, ci sperava.

Capitolo Sei

Holly si passò una spazzola tra i capelli corti. Di certo, ci voleva pochissimo tempo a sistemare il suo nuovo 'taglio'. Indossò un paio di jeans stretti e una maglietta scollata verde acqua. Con un taglio di capelli così maschile, sperava che dalla sua scollatura si capisse che era una ragazza.

Sospirò ricordandosi il battibecco della sera precedente, quando era ritornata a casa dei Magee con i capelli corti. Nancy glieli aveva sistemati. Guardando gli occhi della donna, era evidente che Holly non l'avesse ingannata. Nancy le aveva lanciato un'occhiata d'intesa e aveva annuito, ma non aveva sorriso. Lisa pensava che il nuovo look di Holly fosse fantastico e aveva pregato sua madre di permettere anche a lei di tagliarsi i capelli. Nancy aveva ceduto. Dopotutto, erano solo capelli.

Mascara e eye-liner davano un tocco in più al look di Holly. Il nuovo taglio di capelli era chic e particolare. Dan aveva ragione. O voleva solo lusingarla, mentendo spudoratamente? Lui lo odiava, ritenendola una pazza per averlo fatto e senza spiegargli il motivo? Ebbe un sussulto. *Devo sembrargli pazza.* Quello era il giorno del loro appuntamento al Playland. Sarebbe stata al gioco per poi tirarsi indietro una volta arrivati a casa.

Le aveva promesso di portarla in un locale dopo, ma dubitava che lo avrebbe fatto davvero, soprattutto dopo la sua bravata con le forbici.

Ma andava bene così. Era fuori dalla sua portata, comunque. Perché mai avrebbe dovuto voler uscire con la ragazza degli hot dog? Ovviamente, era impossibile. Era solo educato. Non era forse così?

Lisa bussò alla porta della sua stanza. "Sarah è arrivata. Sei pronta?"

"Arrivo," rispose Holly.

Le due ragazzine stavano sussurrando, mandando messaggi e ridacchiando quando Holly le raggiunse.

"Ciao, Sarah, piacere di conoscerti."

Nancy si schiarì la gola. "Ragazze, sedetevi, per favore. Ripassiamo le regole principali."

Lisa borbottò. "Mamma! Non adesso."

Holly alzò la mano. "Vedi, se non ascolti tua madre, non fai quello che dice e non la tratti con rispetto, questa gita finisce prima ancora di cominciare."

Lisa tornò a sedersi. "Ok, ok."

Nancy sorrise a Holly e iniziò a parlare. "Prima di tutto, dovete ascoltare Holly e fare tutto quello che dice, senza protestare! Secondo, dovete rimanere insieme. Nessuna salirà su una giostra senza l'altra, a meno che Holly o Dan non salgano con voi. Nessuna di voi due deve restare da sola. Restate sempre con Holly, Dan, oppure insieme. Terzo punto, non mangiate troppi dolci. Un gelato può andar bene, ma zucchero filato *e* mele caramellate — beh, sceglietene uno e solo uno. Quarto, quando Holly e Dan diranno che è arrivata l'ora, dovrete tornare. Quinto, non allontanatevi con nessuno, nemmeno se incontrate un amico. È tutto?" chiese rivolgendosi a Holly.

"Direi di sì. Tutto chiaro, ragazze?"

Annuirono. Sarah rispose, "Sì, signora."

Suonò il citofono. Lisa premette il pulsante e le ragazze iniziarono a saltare su e giù, urlando.

"Non riesco a credere che Dan Alexander venga con noi," disse Sarah. "È così figo!"

"È abbastanza grande da essere vostro...beh, forse vostro fratello maggiore." Nancy agitò il dito.

"Viene solo perché c'è Holly. Lei gli piace," disse Lisa.

Holly si sentì arrossire le guance. La loro attenzione fu distolta da una bussata alla porta. Lisa aprì.

"Forza, signore, ho parcheggiato in seconda fila," disse Dan, fermandosi per un attimo a guardare il corpo di Holly.

Il suo sguardo la infiammò. Lo fissò. Indossava una maglietta sportiva verde chiaro a maniche corte, aperta sul collo, che mostrava un po' di peli sul petto. *Niente canottiera!* Quel colore faceva risaltare le sfumature verdi dei suoi occhi nocciola. I pantaloni cachi gli segnavano i fianchi.

Con i capelli sistemati e la barba appena fatta, sembrava l'affascinante abitante di un sobborgo in gita con sua figlia e la sua amica. Sentì il profumo del suo dopobarba sexy. Quell'odore legnoso le piaceva, così come le piaceva l'idea che si fosse impegnato per essere il più possibile attraente. E c'era riuscito.

Holly afferrò la sua borsa, abbraccio Nancy e trascinò le due ragazzine fuori dall'appartamento. Dan aprì lo sportello posteriore per le ragazze e quello anteriore per Holly. Entrò nel suo SUV BMW blu ghiaccio. Il sedile di pelle profumava ancora di nuovo.

"Allacciatevi la cintura. Anche tu," disse guardando Holly.

Lei si leccò le labbra. Dietro il volante, aveva lo stesso aspetto imponente che aveva sul monte di lancio. I muscoli dei suoi avambracci si flettevano mentre cambiava le marce e girava il volante. Dopo pochi minuti, stavano sfrecciando verso la West Side Highway diretti al Playland.

Holly spiegò anche a lui le regole, con le quali fu d'accordo. Lei aprì il finestrino per lasciar entrare l'aria tardo-primaverile. La temperatura era perfetta, né troppo calda né troppo fredda. La fresca brezza la fece rilassare. Per un giorno, non era una fuggitiva, né una ragazza degli hot dog, e stava uscendo con un favoloso giocatore di baseball, per una divertente avventura a base di giostre da urlo e zucchero filato, insieme a gente normale.

Poggiò la schiena sul sedile, determinata a godersi ogni attimo. La sera precedente, al buio, non era riuscita a fuggire dalla verità. Era destinata a presentarsi al procuratore distrettuale, perché era la cosa giusta da fare e non poteva continuare a fuggire per sempre. Ma, in quel momento, aveva deciso di lasciarsi andare, di essere sé stessa e di divertirsi. Un sorriso rifiutava di lasciare il suo volto.

Dan le strinse la mano mentre le sorrideva. La sua stretta la scaldò molto di più delle sue dita. Non aveva senso negare la chimica che c'era tra di loro. Avrebbe ceduto, si sarebbe divertita e si sarebbe lasciata andare senza resistere. Quel giorno sarebbe stata la ragazza di Dan Alexander, senza preoccuparsi per il domani.

Imboccarono la strada che conduceva al parcheggio. Dan pagò e lasciarono l'auto. L'odore del vecchio legno delle giostre si mescolava al dolce profumo dello zucchero filato e delle mele caramellate. Il rumore dei carrelli dell'otto volante si mescolava alle urla dei passeggeri. L'atmosfera crepitava di entusiasmo.

"Io voglio andare sul Wild Mouse e sul Dragon Coaster," disse Lisa.

"E sul Tilt-A-Whirl e quella roba con i tronchi dentro l'acqua," aggiunse Sarah.

Dan le portò alla biglietteria. Mostrò il gold pass e ricevette un blocchetto di biglietti per ognuno di loro. Iniziarono a incamminarsi, ispezionando il posto.

Holly non era mai stata in un parco di divertimento. Trovava incantevole quell'antica atmosfera kitsch. Le ragazze di Park Avenue non frequentavano parchi di divertimento di bassa qualità. A dire il vero, non frequentavano affatto i parchi di divertimento pinto. Osservò le giostre, il cibo, le persone, e fece un respiro profondo, respirando l'odore unico di Playland. La musica, i suoni delle giostre, le urla e una valanga di profumi la assalirono, sopraffacendola e rendendola felice.

Affascinata da tutto questo, Holly si ritrovò a guardare ogni giostra dicendo di volerci salire. Dan intrecciò le dita tra le sue.

"È la tua prima volta qui?" le chiese.

Lei annuì.

"Non sei mai stata a Playland?" domandò Lisa.

"Dove sei vissuta?" disse Sarah.

"New York City."

"Decisamente un'infanzia triste," disse Dan. "Ovviamente, nemmeno io sono mai stato qui. Ma sono stato ad altri parchi di divertimento."

"Io no. Per me, questa è la prima volta," ammise Holly.

"Beh, ragazze, dove la portiamo per prima?" chiese Dan.

"Al Dragon Coaster!" Le ragazze urlarono all'unisono, indicando a destra.

Percorsero l'ampio sentiero, fermandosi a guardare giostre che facevano venire a Holly la nausea solo a guardarle. Il Whip, che sembrava piuttosto innocente, la incuriosì, finché la giostra non si fermò. Non sembrava poi così tremenda.

"Eccolo!" esclamò Lisa, indicando.

Dan guardò Holly. "Ti fai un giro?"

Lei annuì. "Non posso mettere in imbarazzo le ragazze tirandomi indietro al primo giro, no?"

"Puoi fare tutto quello che vuoi, tesoro," disse lui.

I loro occhi s'incrociarono appena in tempo perché lei potesse vederlo arrossire. Forse quel "tesoro" gli era sfuggito per sbaglio? "Andiamo," disse, prendendogli la mano.

Si misero in fila e presto fu il loro turno, in attesa di un posto libero. Le ragazze saltellavano su e giù.

"Questa è la migliore," disse Sarah.

"Anche la più spaventosa," aggiunse Lisa. "Soprattutto se ci sediamo nel primo carrello."

"Oh, sì! Il primo carrello! Dobbiamo farlo," rispose Sarah.

Lo stomaco di Holly ebbe un sussulto. Non si sentiva pronta per qualcosa di spaventoso.

"Puoi tirarti indietro in qualunque momento," sussurrò Dan.

Scosse la testa. I carrelli arrivarono e le ragazze si diressero verso il primo. Dan e Holly scelsero quello subito dietro al loro. Lei si sedette prima di lui. L'uomo che manovrava la giostra, che aveva un'aria stanca, tirò giù le sbarre sulla loro vita, bloccandoli. Poi, ritornò ai comandi, le fece un debole sorriso, e tirò indietro l'enorme barra di comando in legno. Cominciarono a muoversi.

Dan le mise il braccio intorno alle spalle, poggiandole le dita sul braccio. Il carrello continuava a salire, sempre più in alto. Sembrava che non avesse intenzione di fermarsi. Il battito di Holly aumentava. Nella sua testa esisteva il vecchio cliché "quello che sale, deve anche scendere." Strinse le mani intorno alla barra di acciaio che la bloccava, finché le nocche le diventarono bianche.

Improvvisamente, il carrello rimase in piano. Iniziò a muoversi in semicerchio, prendendo velocità. Holly vide il precipizio davanti a sé. Si sentì prendere dal panico. Quando il carrello iniziò la caduta verticale, urlò con tutta l'aria che aveva nei polmoni.

Dan la strinse forte a sé. Con una mano si afferrò alla sbarra, mentre con l'altra gli stringeva la maglietta. E il carrello continuava ad andare giù, sempre più giù. Le sembrava di precipitare. Si sentiva il sangue scorrere dalla testa. Non appena chiuse gli occhi, certa che si sarebbero sfracellati al suolo e sarebbero morti, il carrello si fermò e iniziò a risalire.

"Apri gli occhi, Holly. Va tutto bene. Il peggio è finito," disse Dan.

Le ragazze nel carrello davanti continuavano a ridere e a urlare. Holly si avvinghiò a Dan per salvarsi la pelle.

"Va tutto bene, tesoro. Va tutto bene."

Ma la giostra riprese velocità. Su e giù, su e giù, prima per un percorso tortuoso e poi dentro un tunnel buio. Holly urlò e poggiò il viso sul petto di Dan. Adesso, era completamente tra le sue braccia, tutta tremante. Non aveva mai avuto così tanta paura in vita sua, tranne quando gli uomini di Flash erano venuti a cercarla.

Prima che potesse fare un altro respiro, il giro era finito. Il carrello si fermò e le sbarre si aprirono. Cercando di tenere ferme le mani tremanti, Holly inciampò nell'uscita. Dan la afferrò, stringendola.

"È stato fantastico! Voglio andarci di nuovo," disse Sarah.

"Anch'io," intervenne Lisa.

"Di nuovo?" Holly riusciva a malapena a respirare.

"Abbiamo bisogno di sederci per un attimo," disse Dan, tenendo ancora il braccio intorno a Holly. La accompagnò ad una panchina di legno. Lei si lasciò cadere, con il respiro corto.

"Tutto bene?" chiese Lisa.

"Mi sono spaventata a morte. E voi volete andarci di nuovo?"

Le ragazze annuirono.

"Perché non proviamo qualcos'altro? Se volete, possiamo tornare qui dopo qualche giostra più tranquilla," suggerì Dan, guardando preoccupato Holly.

"Non voglio fare la guastafeste."

"Non lo sei. Ci sono molte altre giostre qui," disse. "Andiamo."

"Che ne pensate del Whip? Sembra divertente," disse.

Le ragazze storsero un po' il naso, ma accettarono comunque, perché quelle erano le regole. Holly salì per prima, con Dan all'esterno. Chiusero la sbarra e partirono. Il cartello urtava a destra e a sinistra fino ad iniziare a oscillare verso la fine, aumentando di velocità e facendo sbattere Dan su Holly.

"Scusa," le disse. Ma lei non pensava che gli dispiacesse andare a sbattere su di lei. Sorrise, niente affatto dispiaciuta di sentire i suoi muscoli sul petto e sul fianco. Chi avrebbe mai detto che il Whip fosse una giostra erotica?

Dopo quel giro, le ragazze erano affamate. Mangiarono hot dog con senape, sottaceti e patatine fritte.

"Sei sicura di volere un hot dog?" le chiese Dan, pagando.

"Beh, magari un hamburger." ridacchiò Holly.

Mentre mangiavano, diverse persone riconobbero Dan.

"Hey, guarda! Dan Alexander," urlò una ragazzina.

Dopo meno di un minuto, dozzine di persone erano riunite intorno a Dan, chiedendogli un autografo.

"Mi scusi, signora Alexander..." disse una donna con la penna in mano, cercando di avvicinarsi.

Dan guardò la sua ammiratrice, poi Holly.

"Oh, no, non sono sua moglie." Scosse la testa.

"Troppo brutta per lui," borbottò un ragazzino, osservandola.

Il lanciatore fece un breve sorriso, poi fece l'autografo a chiunque glielo chiedesse. Holly si allontanò e lasciò Dan al suo meritato momento di gloria.

"Scusate, signore. Non dico mai di no a un fan," disse a Lisa e Sarah.

"Possiamo capirlo," disse Lisa.

Holly nascose un sorriso dietro la mano.

Fecero un giro veloce in una stanza oscura piena di figure spaventose. Le ragazze erano abbastanza spaventate, mentre Dan si limitava a ridere. Poi, l'autoscontro. Si coalizzarono contro il lanciatore, urtandolo e circondandolo, per non farlo scappare.

"Ok, ragazze, scegliete voi la prossima," disse Dan.

"Il Dragon Coaster!" dissero Lisa e Sarah canticchiando.

"Posso guardare?" chiese Holly.

"Certo. Faccio salire le ragazze e le riprendo quando finisce il giro. Tutte d'accordo?" suggerì Dan.

Le ragazze riuscirono di nuovo a salire sul primo carrello. Dan scese la rampa e raggiunse Holly.

"So che penserai che sia il giro più lungo del mondo, ma torneranno tra pochi secondi. Vedrai," disse, prima di avvicinarsi a lei e poggiare le labbra sulle sue.

Holly si sentiva pronta a baciarlo. Le mise il braccio intorno alle spalle, avvicinandola a sé.

"Prendi una stanza, amico," disse un uomo passando.

Dan si tirò indietro, arrossendo. "Mi dispiace. Mi sono lasciato trasportare."

Anch'io, ma non te lo dirò mai.

Prima che potesse rispondergli, il giro era finito. Prese le ragazze e le seguì.

"Zucchero filato!" urlò Sarah.

"Facciamo prima la ruota panoramica?" domandò Dan.

"Ok," rispose Lisa.

Holly sentì una stretta allo stomaco. Aveva paura dell'altezza, ma aveva già fatto una figuraccia con le montagne russe e non voleva dire di no anche a quello. *Magari sarebbe durato poco.* Lei e Dan si sedettero nel carrello dietro alle ragazze.

"Il panorama sarà fantastico. Scommetto che da là sopra si può vedere anche New York City," disse, mettendole il braccio intorno.

"Non riuscirò a vederla con gli occhi chiusi," disse Holly.

Corrugò le sopracciglia e si voltò verso di lei. "Con gli occhi chiusi?"

"Paura dell'altezza."

"Perché non hai detto niente?"

"Non volevo rovinare tutto. Correrò il rischio."

Ma, mentre salivano sempre più in alto, si sentiva i nervi a fior di pelle. Si afferrò alla sbarra così forte che le dita le diventarono bianche.

"Sei spaventata a morte," disse Dan.

"Solo un pochino."

La abbracciò, stringendo il braccio intorno a lei. "Mi dispiace molto. Non ne avevo idea."

"Non è colpa tua."

"Aspetta. Presto sarà finito."

Chiuse gli occhi e poggiò il viso sulla sua spalla. Aveva un buon odore. Il suo dopobarba, che sapeva di bosco, insieme al suo profumo unico, rendeva ancora più caldo il suo meraviglioso corpo. Holly sarebbe rimasta lì anche dieci anni. Le baciò la fronte.

"Tutto bene?"

"Sì." Concentrò la sua attenzione sul suo corpo e si dimenticò dove fosse.

"Stiamo tornando giù. Puoi aprire gli occhi."

Certo, erano ad appena tre carrelli dal suolo. Si sganciarono l'uno dall'altro in tempo per scendere. Le ragazze stavano ridacchiando.

"L'avete fatto diventare il Tunnel dell'Amore," disse Lisa.

"No, non è vero. Solo che Holly ha paura dell'altezza. Tutto qui"

"Piuttosto comodo," disse Sarah.

"Zucchero filato?" Dan prese la mano di Holly.

Le ragazze urlarono e corsero verso il chioschetto.

"Ti piace lo zucchero filato?" chiese.

"Mai assaggiato," rispose Holly.

"Hai avuto un'infanzia triste."

Le ragazze si divisero un bastoncino di quel dolce appiccicoso. Holly ne prese un pezzetto e poi rifiutò. Lisa e Sarah mangiarono il resto, sporcandosi tutte le dita. Un chioschetto di souvenir si trovava proprio accanto a quello dello zucchero filato. Dan prese il portafogli dalla tasca posteriore.

"Vuoi un souvenir? Qualcosa per ricordarti questa giornata?" chiese.

"Io? Oh, no."

Lui sollevò le sopracciglia.

"Non potrei mai dimenticarmela," disse arrossendo. "Andiamo a darci una rinfrescata." Holly cercò una toilette.

Si separarono mentre le ragazze andavano a rinfrescarsi.

"Dan è innamorato di te," disse Lisa, lavandosi le mani.

"Cosa? No, non penso. Mi conosce appena."

"Continua a toccarti. Ho letto un articolo su Teen Crush Magazine che diceva che, se un ragazzo vuole toccarti tutto il tempo, vuol dire che ti ama."

"Non sempre, Lisa. Dan e io siamo...ehm, amici. Credo. Sì. Amici."

"Negalo quanto vuoi. Ma l'articolo diceva così," insisté Lisa, prendendo un pezzo di carta.

Holly non lo avrebbe mai ammesso, ma le piaceva il modo in cui Dan si prendeva cura di lei. Era passato molto tempo da quando aveva ricevuto quel tipo di attenzioni. Forse non era mai successo.

Alle quattro, il gruppo era pronto per partire.

"Deve essere fantastico qui di sera," disse Lisa.

"Credo che tu abbia ragione. E, quando avrai diciotto anni, potrai tornare a scoprirlo." Holly accompagnò le ragazze verso il parcheggio.

"Mi sono divertita molto. Grazie per avermi invitata, Lisa. E grazie a voi, Holly e Dan," disse Sarah, allacciandosi la cintura.

"Prego, Sarah. Grazie, Dan, per averci portate qui. È stata una giornata fantastica. Non avevo idea di cosa mi fossi persa fino ad ora." Holly voleva baciarlo ma, con Lisa che guardava, decise di stringergli il braccio.

La guardò prima di avviare l'auto. "Piacere mio, signore. Non andavo a un parco di divertimento da quando ho lasciato l'Indiana."

C'era qualcosa nel modo in cui la guardava che le toglieva il fiato, il calore nei suoi occhi, il suo sorriso. Quando raggiunsero l'appartamento, le ragazze salirono per prime al piano di sopra.

"Aspetta un secondo," disse Dan, parcheggiando e mettendole la mano sulla spalla.

"Salgo tra un attimo," disse Holly alle ragazze.

"Stasera. Usciamo, giusto? Cena, il locale?"

"Mi piacerebbe. Ma devo cambiarmi."

"È presto. Vengo a prenderti alle sette?"

"Perfetto."

Le si avvicinò poggiando le labbra sulle sue, poi premette più forte, rendendo quel bacio appassionato. Holly gli strinse le dita intorno al collo, avvicinandolo a sé. Aveva un sapore dolce, come quello dello zucchero filato. Quando la sua lingua la toccò, aprì le labbra per aumentare l'intensità di quel bacio. Il suono di un clacson riportò la coppia alla realtà. Il tipo parcheggiato accanto al marciapiede voleva uscire. Si separarono lentamente. Gli occhi di lui erano offuscati dal desiderio. Lei sentì un fremito lungo la schiena.

"Stasera. Alle sette."

"Ok."

Scese dall'auto e lo guardò allontanarsi. La salutò. Lei si toccò il labbro inferiore e poi alzò la mano mentre lui si allontanava a velocità. Ogni sua idea di respingerlo era svanita.

Capitolo Sette

Quando Holly entrò nell'appartamento, Lisa stava raccontando la giornata a sua madre. Le ragazze risero alla reazione di Holly sulle montagne russe. Lisa raccontò ogni cosa nel dettaglio. Nancy si sedette, immobile e con gli occhi lucidi, ad ascoltare sua figlia.

"E Dan ha una cotta per Holly," disse Lisa, concludendo il suo racconto.

"No, non è vero" Holly scosse la testa. "Devo cambiarmi."

"Esci?" domandò Nancy.

"Dan mi porta a cena e poi a ballare al suo locale."

Le ragazzine scoppiarono a ridere. "Visto?"

La ragazza degli hot dog scomparve in camera sua. Prese il vestito argentato che aveva comprato per la serata. *Beh, magari ha una piccola cotta. Magari è solo curiosità. Magari anch'io ho una cotta per lui.* Allontanò quei pensieri dalla mente mentre si dirigeva verso la doccia. Quella sarebbe stata una serata speciale. Immaginava di potersi concedere una serata di divertimento dopo così tante serate di paura.

Dopo che si tolse l'asciugamano, si morse il labbro. Il profumo costoso che si era portata entrando nel programma di protezione testimoni era rimasto a Pine Grove. Per quella sera, avrebbe dovuto accontentarsi del bagnoschiuma. Un ragazzo famoso come lui voleva davvero una ragazza semplice? Non avrebbe preferito una modella? Alzò le spalle.

La sua amica Jory le aveva detto di fare il meglio con quello che aveva, così Holly mise da parte i suoi dubbi e indossò la sua lingerie. Era riuscita a portare con sé un bel completino rosa. Sorrise. Dopotutto, non occupava molto spazio in valigia.

Uno dei benefici di essersi tagliata i capelli era che non richiedevano molto tempo ad asciugarsi. Con un tovagliolino, lucidò il suo unico paio di scarpe eleganti — un paio di sandali di vernice nera. Indossò il vestito argentato, che le arrivava appena sopra il ginocchio. Non riuscì a mettere del tutto da parte la sua educazione andando in giro con un vestito così corto da sembrare una tunica o una camicia. Non si era mai sentita a suo agio con vestiti di quel genere. Sarebbe stata costantemente in tensione, cercando di tirarlo giù nel tentativo di coprire qualcosa che non sarebbe mai riuscita a coprire.

Quella sera, non aveva bisogno di qualcosa che la rendesse più nervosa di quanto già non fosse. Aveva un appuntamento, un vero appuntamento, con un uomo meraviglioso. Sentiva i nervi a fior di pelle. Erano passati due anni da quando era uscita con qualcuno, da quando avevano arrestato Flash.

E non era un uomo qualunque. Era Dan Alexander, un famoso lanciatore supersexy, ricco, affermato, che probabilmente era abituato a uscire con le attrici. Era la sua unica chance di superare le sue possibilità, anche se solo per una sera. S'immaginava i titoli dei giornali — *la ragazza degli hot dog ha avuto successo*. Sorrise alla sua battuta. I suoi genitori di Park Avenue sarebbero infastiditi del suo nuovo soprannome. Cercò di immaginarsi le loro facce quando glielo avrebbe detto, *se* glielo avrebbe detto.

Le brave ragazze delle scuole private non vendono hot dog, non escono con i gangster e con i giocatori di baseball. Si trovano un bel banchiere noioso e tranquillo e se lo sposano. Non si lamentano mai, non fanno né indossano mai qualcosa di cattivo gusto e sprecano la propria vita ad essere quello che qualcun altro vuole che siano.

Holly non aveva ancora deciso cosa fare per vivere. Aveva solo vent'anni e stava ancora assaporando la varietà della vita. Di certo escludeva un lavoro — vendere hot dog allo stadio. Andava bene come part-time, ma niente di più. Aveva lavorato in un forno a Pine Grove e le era piaciuto. Sfornare gustosi dolcetti le piaceva. Ma quella serata sarebbe stata piacevole solo per sé stessa. Niente pensieri seri né sensazioni deprimenti.

Cenerentola non è niente in confronto a me. Questa è la mia serata al ballo e me la godrò. Si tirò su il vestito senza maniche sui fianchi e cercò di raggiungere la cerniera sul retro. Non avrebbe mai potuto tirarla su da sola. Qualcuno bussò alla porta.

"Sei pronta? Dan sarà qui tra quindici minuti," disse Lisa.

"Entra, entra. Appena in tempo. Ho bisogno d'aiuto."

La ragazza entrò e rimase senza fiato vedendo il vestito. "È il vestito più bello del mondo! Posso indossarlo al ballo?"

"Ne hai uno perfettamente adatto. Questo non va bene per la tua età. Per favore mi aiuti con la cerniera?"

"Almeno ci ho provato," disse, avvicinandosi a Holly. "Grazie per aver accompagnato Sarah e me oggi."

"Vi siete divertite?"

Annuì. "È stato fantastico. Tu sei molto simpatica. Non come mia madre."

"Non dire così. Anche tua madre è simpatica."

"È autoritaria. Mi dice sempre cosa devo fare. Io so cosa devo fare."

"È quello che fanno le mamme."

"Scommetto che tua madre non lo fa." Lisa alzò lentamente la cerniera.

Gli occhi le si riempirono di lacrime. Sì, la madre di Holly lo faceva. Tutto il tempo —" Non fare questo," "Non fare quello," "Fa questo," "Fa quello." La faceva diventare matta. Sua madre aveva ragione? Non sempre, ma forse a volte sì. E oggi, nel suo cuore, Holly sapeva cosa provasse sua madre e cosa no. Ma Nancy era diversa, non era così dura. "Mia madre faceva così con me tutto il tempo. Anche peggio. Sei fortunata ad avere una madre come lei. Nancy ti ama tantissimo. Vuole solo che tu sia al sicuro e che faccia delle scelte giuste."

"Non voleva questo anche tua madre?"

L'emozione soffocò Holly. Era quello che voleva sua madre? Forse no. Forse voleva soltanto quello che sarebbe sembrato giusto agli occhi degli altri, che l'avrebbe fatta sembrare una brava madre, la madre migliore che ci fosse. Holly si sentiva confusa, ma di certo non avrebbe confessato a Lisa quali fossero i difetti della signora Ransom Merrill. "Forse. Forse sì. Se le confronti, tua madre e la migliore."

Lisa finì di alzare la cerniera. Holly si voltò.

"Sei bellissima."

"Grazie." Holly la abbracciò, desiderando davvero che quella ragazza fosse la sua sorellina.

"Non sarò mai carina come te."

"Sì, lo sarai. Anche di più. E più intelligente. Grazie di avermi aiutata."

Lisa si morse il labbro, poi disse, "Spero che t'innamori di Dan e che lo sposi!"

Holly si mise a ridere. "È un pensiero carino, ma dubito che succederà."

Sottobraccio, le due ragazze si diressero verso il salotto.

* * * *

Non essendo mai stato nervoso per un appuntamento, Dan si sorprese notando le sue mani sudate mentre era seduto sul divano dei Magee. Dopo una meravigliosa giornata insieme a due ragazzine sorridenti, Dan era più confuso che mai riguardo a Holly. Sembrava forte, ma vulnerabile, responsabile, ma non si tirava indietro se c'era da fare qualche bambinata — c'erano così tanti contrasti in lei da fargli girare la testa.

Il suo affetto per Lisa e il suo stupore infantile nel trovarsi al Playland per la prima volta l'avevano affascinato. Non riusciva nemmeno a immaginarsi Valerie per quel tipo di appuntamento, in cui lei non fosse al centro dell'attenzione. Il pomeriggio era stato dedicato interamente alle ragazze, con qualche momento rubato insieme a Holly. Dalla dolcezza di un attimo alla tremenda paura di quello successivo, alle risate, al viso appoggiato sulla sua spalla — tutto ciò gli aveva toccato il cuore.

Ma era la ragazza degli hot dog e non sapeva nemmeno da dove venisse. Era cresciuta in un caseggiato del Lower East Side o in un attico della Quinta Strada? Perché una ragazza di classe come lei si era messa a vendere hot dog allo stadio? Non ne aveva idea e lei non diceva niente.

Pronto per passare un po' di tempo da solo con lei, voleva ottenere risposte alle sue domande prima di essere ulteriormente coinvolto. Deglutì. Il suo cuore ben protetto era già uno degli elementi di quest'equazione. *Dannazione!* Poteva fidarsi di lei o vi erano profondi segreti oscuri che l'avrebbero fatto scappare nella direzione opposta? Forse era la giornalista di qualche giornale scandalistico, che si era avvicinata a lui per ottenere una storia, per violare la sua privacy, *per passare una notte con Dan Alexander*? Quest'idea lo fece deglutire nervosamente e ripensare ai suoi piani per la serata.

Prima che nella sua mente potesse dipingerla come la donna più subdola sulla faccia della terra, lei apparve. Tutti i suoi pensieri negativi s'infransero in un milione di pezzi, come il vetro di un parabrezza. Era magnifica, capelli scuri, vestito argentato e una scollatura che lo tentava. Una leggera tensione nei suoi pantaloni lo spinse a uscire velocemente prima di imbarazzarsi.

"Sei bellissima, magnifica" disse.

"Grazie. Pronto?"

Annuì, alzandosi dal divano. Nancy e Bud continuavano a dire quanto fosse bella.

Dopo aver abbracciato i Magee, Holly lo raggiunse. "Non sono molto stabile con questi tacchi. Ti dispiace?"

"No, no. Affatto. Lascia che ti aiuti." Le prese il braccio e la accompagnò alla porta. "Ho parcheggiato proprio qua davanti."

Profumava come una fresca giornata in campagna. Nessun pesante profumo scadente, solo acqua, sapone e il suo odore personale — un aroma inebriante per il suo naso. Si avvicinò per odorarle il collo, nudo davanti ai suoi occhi. Le diede un bacio veloce, lì nella privacy dell'ascensore.

"Dove stiamo andando?"

"Volevo portarti da Freddie, ma tu sei troppo bella per quel posto. Andiamo da Chez Maxim."

"Ovunque tu voglia."

Le aprì lo sportello dell'auto, poi entrò e si allontanò dal marciapiede. "Chez Maxim non è lontano dal locale."

"Il locale?"

"L'Hide-Out. È lì che vado di solito il sabato sera."

"Ma oggi non è sabato."

"Niente partita domani. Quindi per noi è come se fosse sabato," disse, dirigendosi verso Broadway.

Parcheggiò l'auto in un garage ed entrò con Holly nell'elegante ristorante francese. Al suo interno, Dan fu accolto calorosamente dal maître Paul e, nonostante ci fossero persone in attesa, furono portati subito a un tavolo.

"Ti conosce?"

"Vengo qua un paio di volte l'anno e lascio buone mance."

"Con donne diverse?"

Il maître la aiutò a sedersi.

Dan si sentì arrossire il collo. "Qualcuna."

Paul porse loro i menu. Holly si guardò intorno. Il pavimento era di legno chiaro, pulito e splendente. Le pareti erano dipinte di un tenue grigio blu con decorazioni crema. I piccoli tavoli rotondi erano coperti da tovaglie con stampe damascate color crema. Anche le sedie erano color crema. Una candela bruciava in un candeliere cloisonné. Le porcellane avevano una fantasia di gigli rosa sul bordo e le posate in argento sterling completavano l'atmosfera.

Aprirono i loro menu. I nomi dei piatti erano scritti sia in inglese che in francese. Dan scelse una bottiglia di vino consigliatagli da Paul. Il sommelier la stappò e lo versò. Gli occhi di Holly si spalancarono quando quel liquido dorato le raggiunse la lingua.

Quel vino d'annata costava centocinquanta dollari, ma voleva il meglio per la sua ragazza degli hot dog. Lui capì che lei non aveva mai assaggiato niente di così eccellente e non aveva mai mangiato in un posto così elegante. Voleva essere lui a condurla in quest'elegante esperienza.

"Hai già deciso cosa ordinare?" le chiese, cercando di nascondere il suo compiacimento.

Annuì. "Tu cosa prendi?"

"Il filet mignon."

Paul venne a prendere il loro ordine. Holly sorrise a lui e poi a Dan, prima di ordinare in un perfetto francese. Dan spalancò la bocca. Paul fece un ampio sorriso, rispose al suo ordine in francese, fece un leggero inchino e si allontanò.

"Tu parli francese?"

"Sì."

"Non ne avevo idea."

"Non me l'hai mai chiesto."

"Dove l'hai imparato?"

"Al liceo, poi l'ho perfezionato durante l'anno trascorso alla Sorbona," disse, bevendo un sorso di vino.

"La Sorbona? A Parigi?"

"Vedo che ne hai sentito parlare"

Si mise a ridere. "Non avevo capito."

"Che intendi dire?"

"Sei una ragazza benestante."

"Se così si può dire"

Dan sollevò il bicchiere. "Alla Quinta Strada."

Lei rispose al brindisi. "Park Avenue, per la precisione."

Si strozzò bevendo.

* * * *

Holly ci aveva visto giusto. Doveva cancellare quell'espressione di superiorità dal suo volto. Quando aveva ordinato il vino, sapeva che stava cercando di impressionarla. Cavolo, suo padre ordinava bottiglie simili ogni volta che andavano fuori a cena. Quando aveva visto il menu in francese, non aveva potuto resistere.

Aveva nascosto per troppo tempo il suo ambiente sociale di lusso. Dan era stato un tale tesoro che gli spettava conoscere un po' di verità su di lei e quella era l'occasione perfetta. Sorrise per la sua espressione quando ordinò.

Era stato così carino che doveva assicurarsi che non si stesse semplicemente abbassando al livello della ragazza degli hot dog, un'orfanella senza famiglia. Non voleva essere una ragazza che portava in un bel ristorante per farle un favore, per mostrarle come vive l'altra metà della gente. Voleva di più da lui. Voleva che sapesse che era abituata alle cose più pregiate della vita, anche se in quel momento non le aveva. E che sapeva come comportarsi in un ristorante elegante e costoso.

Il cibo era ottimo, cucinato perfettamente. Fece i complimenti per lo chef a Paul, ovviamente in francese.

Dan le prese la mano durante la cena. Il vino l'aveva rilassata, facendole abbassare la guardia.

"Park Avenue, eh? Di sicuro farebbe vergognare la mia famiglia," disse, tra un boccone e l'altro.

"Non esserne certo. Il denaro non è tutto. Dal modo in cui parli, sembra che tu abbia passato una bella infanzia normale. Molto meglio di me."

"Non è stata poi così normale. Mio fratello maggiore aveva molti problemi."

"Avrei voluto avere un fratello."

"Figlia unica?"

Lei annuì, mettendosi un pezzo di capasanta in bocca.

"Eri tremendamente viziata?" chiese sollevando un sopracciglio.

Lei ridacchiò. "Non esattamente. Collegio, colonia estiva, tate, cameriere, governanti. Se questo per te vuol dire viziata."

Strinse le dita sulle sue. "Piuttosto, direi sola."

"Dici bene." Si fermò, con gli occhi che le si stavano riempiendo di lacrime.

Si portò la mano di Holly alle labbra, mandandole un brivido lungo il braccio e oltre. "Di certo non ti comporti da viziata," disse.

"E tu non ti comporti come se venissi da una famiglia piena di problemi."

"Non hanno tutti delle famiglie problematiche? Voglio dire, in una certa misura? Nessuno è perfetto."

"Certo, ma i Magee sembrano piuttosto attaccati," disse.

"Ti piace stare lì?"

Lei annuì un'altra volta.

Paul portò un piattino di pasticcini francesi assortiti come dessert.

Holly si accarezzò la pancia. "Non credo di poter mangiare ancora."

"Devi provarne uno. Sono famosi per i loro dessert."

"Beh, magari un piccolo éclair," disse, finendo il suo vino e prendendo un dolcetto con le molle.

"A proposito, cosa ci fai lì? Voglio dire, se vieni da una famiglia ricca, perché non vivi da sola o insieme a loro?"

"Lunga storia. Non posso dirtelo. Vorrei farlo, ma non posso."

"Hai fatto qualcosa di orribile? Rapinato una banca?" Rideva con lo sguardo.

Holly posò la forchetta sul piatto. *Forse lo sa?* Scosse la testa e i loro sguardi s'incrociarono.

"Oh cavolo, si tratta di questo, non è vero? Stai scappando dalla legge?"

"Non esattamente."

"Hai commesso un reato?"

"No. No, non l'ho fatto. Non posso dirti altro. Per favore, non chiedermelo." Abbassò lo sguardo e finì il suo secondo éclair.

Alcune gocce di sudore scesero dalla fronte di Dan. "Odio chiedertelo, ma sono in pericolo?"

"No. Assolutamente no. Non sarei qui se sapessi di metterti in pericolo."

Sorrise. "Non lo pensavo. Ma dovevo chiedertelo. Posso aiutarti?" Strinse di nuovo la mano intorno alla sua.

Il tono tenero della sua voce le sciolse il cuore. Le lacrime che aveva a lungo trattenuto le scivolarono sulle guance. Le asciugò con il tovagliolo. "Nessuno può aiutarmi. So cosa devo fare, ma non sono pronta."

Annuì, come se sapesse di cosa stava parlando. Il suo sguardo di comprensione le riscaldò il cuore. Pagò il conto e se ne andarono. Guidò in direzione del locale.

"È bello fuori. Ti dispiace fare una passeggiata?" le chiese.

"Certo che no."

Le prese la mano, la strinse a sé e le mise il braccio intorno alle spalle. Holly gli mise il suo intorno alla vita e si strinse a lui mentre camminavano lungo la strada. Gli poggiò la mano sul muscolo. Toccarlo le dava la pelle d'oca. Mentre la sua serata da Cenerentola continuava, alzò lo sguardo, cercò la prima stella ed espresse un desiderio.

"Stai esprimendo un desiderio?"

Annuì. "E tu?"

"Non sapevo che lo facessero a Park Avenue. I ragazzi non fanno queste cose."

Lei corrugò le sopracciglia.

"Ok, ok. Sono colpevole."

"Allora, cosa hai desiderato?"

Lui arrossì. "Non posso dirtelo, altrimenti non si avvererà."

"Ho la sensazione che si avvererà, che tu me lo dica o no."

Sorrise e si avvicinò a lei per darle un bacio appassionato. La spinse contro un lampione. Le premette il petto contro il suo, facendole indurire i capezzoli. Lei avvicinò i fianchi ai suoi, sentendolo irrigidirsi sotto il tessuto dei pantaloni. Corpo contro corpo, lingua contro lingua, labbra contro labbra, la voglia aumentava tra di loro. Il desiderio le scorreva nelle vene, fermandosi tra le sue gambe.

"Hey, amico, forza. Prendetevi una stanza. Andate via," disse un poliziotto.

Ansimando, i due innamorati si separarono.

"Mi scusi, agente, ma questa bella ragazza... Insomma, mi capisce —"

"Dan? Dan Alexander? È davvero lei?" La voce stupita di quell'uomo fece sorridere Holly.

"Sì," disse, annuendo.

"Mi farebbe un autografo per mio figlio? Dedicato a Joey?" Il poliziotto si frugò nelle tasche fino a quando non trovò un pezzo di carta e lo sventolò davanti al viso del lanciatore.

"Certo." Dan cercò una penna nella sua giacca.

"Vincerete il gagliardetto anche quest'anno?"

"Ci proveremo, agente. Joey, eh?"

"Sì. Joey Santoro."

Dan finì di scrivere e lo restituì al poliziotto.

"Grazie. Grazie mille. Hey, se volete continuare, non dirò niente."

"Ok. Messaggio ricevuto. Vieni, Dan." Holly gli prese la mano incoraggiandolo a seguirla. L'agente fece un cenno col berretto e si allontanò. "Ti succede spesso, non è vero?"

"Essere interrotto da un poliziotto durante una pomiciata? Ehm, no."

Gli diede una forte pacca sulla spalla. "Sai cosa intendo."

"Gli autografi? Sì. Amo i miei fan."

Quando raggiunsero l'ingresso dell'Hide-Out, Dan aprì la porta a Holly. Il buttafuori la fermò, finché non riconobbe il lanciatore. Gli strinse la mano. Dan gli diede un po' di soldi ed entrarono. Il locale era buio. Su un piccolo palco, una band suonava un pezzo assordante. Le luci viola conferivano un aspetto strano alla pelle delle persone. Dan diede il cinque a un paio di compagni di squadra al bar e cercò di presentare loro Holly, ma la musica era troppo alta. Le prese la mano e si diresse verso la pista da ballo. Sorrise mentre la conduceva tra la folla.

Dan colpì Holly con il suo modo di ballare. Il suo corpo si muoveva al ritmo della batteria. La musica sembrava scorrere dentro di lui mentre le si avvicinava. Ballare al ritmo della musica la eccitava. Con ogni movimento, si sentiva più consapevole dei suoi fianchi, delle sue gambe, dei suoi piedi e delle sue spalle mentre si strofinava sul suo corpo. L'energia sessuale la spinse ad aggrapparsi ai suoi fianchi e alle sue cosce. Sollevò le braccia e iniziò a strofinare il sedere sul suo inguine. Lui si abbassò e le diede un veloce bacio sul collo, mentre le stringeva il braccio intorno alla vita, incollandola a sé. I loro bacini si muovevano all'unisono. Quello non era ballare. Erano preliminari.

Le mise le mani sui fianchi, tenendola dolcemente, guidandola al suo ritmo. Al suo tocco, il suo corpo si scaldò. Voleva di più. La canzone finì e la band fece una pausa. Dan e Holly raggiunsero i suoi amici al bancone. Ordinò dello champagne.

"Ragazzi, lei è Holly," disse, porgendole un flute.

"La ragazza degli hot dog?" chiese Matt.

Il lanciatore annuì. "Si chiama Holly."

Lei diede la mano ad ognuno di loro. I loro sguardi di apprezzamento per il suo corpo le fecero saltare i nervi. Ogni giocatore guardò Dan negli occhi in segno di approvazione, con un sorrisino o un sopracciglio sollevato.

La band iniziò a suonare un lento. Dan andò al bar a posare i loro drink, quando una donna gli si avvicinò.

"Come va, Dan?"

Holly guardò la bionda mettergli un braccio intorno.

Lui si tirò indietro. "Ciao, Val. Bene. Scusami," disse, prendendo la mano di Holly.

Guardò la donna dall'alto in basso, aggrottando la fronte. "Non male. Ma puoi fare di meglio."

"Guarda," disse, portando Holly sulla pista da ballo. La avvicinò a sé, stringendo le sue lunghe braccia intorno a lei e poggiandole le mani sui fianchi.

"Chi è?" gli sussurrò all'orecchio.

"Una vecchia ragazza."

"Vi siete lasciati da molto?"

"Ovviamente, non abbastanza," disse, abbassandosi per baciarle il collo.

Holly sorrise e gli mise le braccia intorno. Quando sollevò il mento, lui le diede un bacio. I loro corpi si fusero insieme. Chiudendo gli occhi, sperò che tutte le altre persone svanissero ma, quando li riaprì, erano ancora lì.

"Vuoi andare via?" le chiese.

"Mi leggi nel pensiero."

Quando la canzone finì, le prese la mano, fece un cenno di saluto ai suoi amici e si diresse alla porta. Holly intrecciò le dita con le sue, ignorando lo sguardo cattivo della biondina. Non avrebbe assolutamente permesso a un'odiosa sorellastra di rovinare la sua serata da Cenerentola.

La coppia si diresse verso l'auto. L'orologio di una chiesa batté le dieci.

"È presto. Vuoi venire a casa mia?"

"Pensavo che non me l'avresti mai chiesto," disse, sorridendogli.

Guidò nel traffico di North Manhattan, fermandosi davanti a un palazzo di lusso, alto circa quattordici piani. Il portiere le aprì lo sportello.

"Parcheggia lui l'auto per me." Dan fece scivolare un po' di denaro, insieme alle chiavi, nella mano di quell'uomo.

Il parcheggiatore fece un cenno di saluto con il cappello a Holly e si sedette dietro al volante.

"Ho comprato due appartamenti e li ho riuniti," disse Dan, aprendo la porta.

Entrarono nel salone, due pareti del quale erano due finestre a grandezza naturale. Le altre pareti erano bianche. Il divano e le sedie erano neri e di cromo. C'era un tavolino da caffè in vetro e un tavolo da pranzo quadrato di vetro. Il divano componibile aveva i cuscini turchesi e dorati. Di fronte c'era un enorme televisore a schermo piatto e le meravigliose finestre.

"Stupendo," disse Holly, avvicinandosi per guardare il panorama.

"Grazie. Vuoi qualcosa da bere?"

"Magari un ginger ale, se ce l'hai"

"Niente alcolici?"

"Stai cercando di farmi ubriacare per sedurmi?" gli lanciò un'occhiata provocante.

Si mise dietro di lei, mettendole un braccio intorno alla vita. "Ho bisogno di farlo?" Le strofinò il collo col naso.

Lei si mise a ridere. "No."

Si allontanò e scomparve in cucina. Holly amava le luci lungo il fiume nel New Jersey. Più in basso, vide i lampioni che illuminavano Inwood Park. Appena a nord, c'era lo stadio.

"Niente ginger ale. Ti va bene una Seven-Up?" le chiese.

"D'accordo."

Un attimo dopo, tornò con la sua bevanda in un alto bicchiere freddo e pieno di ghiaccio. Lei bevve un sorso. Non voleva rovinare in alcun modo quell'esperienza bevendo troppo alcol. Voleva essere totalmente lucida per la notte migliore della sua vita.

"Che cosa stai bevendo?"

"Coca-Cola."

Era felice che nemmeno lui stesse bevendo alcolici.

"Adesso, è l'ora del vero dessert che stavo aspettando," disse, prendendo i loro drink e posandoli sul tavolo.

La prese tra le braccia, cercandole la bocca con la sua. Lei sentì un fremito tra le labbra, che scese velocemente per tutto il suo corpo. Aprì la bocca, e sentì la lingua di lui cominciare ad esplorarla. Si lasciò sfuggire un lieve gemito. Era da tanto che non faceva l'amore con un uomo.

Gli strinse le spalle mentre le sue mani scivolavano giù per afferrarle il sedere, tirandola verso di sé. La sua voglia aumentava sentendo la sua lingua danzare con la sua. Strinse la presa e inarcò la schiena, spingendo il seno sul suo petto.

"Oh, bambina," sussurrò, alzando la testa. I suoi occhi nocciola, carichi di desiderio, fissavano i suoi. "Non voglio metterti fretta."

"Non lo stai facendo."

"Non sei una giornalista, vero?" Una goccia di sudore gli scivolò dal sopracciglio.

Lei si mise a ridere. "Alla ricerca di una storia subdola su di te? No. No, non lo sono."

"Volevo solo accertarmene," disse, riavvicinando la bocca alla sua.

Capitolo Otto

Dan fece un ampio sorriso. Gli accarezzò una guancia, poi gli passò le dita tra i capelli. Si leccò le labbra, e allora lui capì. Il suo bacio fu possessivo stavolta. Iniziò a toccarle il torace con la mano, concedendole abbastanza tempo per dirgli di no o per fermarlo. La sua impazienza aumentava per il suo approccio cauto. Ma si rendeva conto che, essendo un atleta famoso, doveva tutelarsi contro eventuali false accuse di stupro e abuso sessuale.

Quando le sue mani raggiunsero il suo seno, si sentì un fuoco dentro. Mise la testa indietro.

"Devo firmare una liberatoria o va bene così?"

Lui si mise a ridere, la prese in braccio e la portò in camera da letto, chiudendo la porta con un calcio alle loro spalle. Il suo letto king-size aveva un copriletto nero con i cuscini dorati. La rimise a terra e ricominciò a esplorarla con la bocca. Con una mano le massaggiava il seno, mentre con l'altra le toccava la schiena, fino a quando le sue dita non raggiunsero la cerniera del vestito.

Gli mise le mani sui pettorali e premette i fianchi contro i suoi, giusto nel caso in cui avesse bisogno d'incoraggiamento. Era da settimane che ci giravano intorno. La voglia ribolliva nelle loro vene. Muovendo la mano fino al suo ginocchio, le sollevò la gamba, bloccandosela sul fianco. Con la mano, le accarezzò il retro della coscia fino ad afferrarle il sedere.

Aveva fatto dei progressi nello slacciarle il vestito. L'aria rinfrescò la pelle nuda tra le sue scapole. Il corpino si allentò. Ancora qualche centimetro e avrebbe potuto lasciarlo cadere per terra. Raggiunse con le dita i bottoni della sua camicia. Le lasciò allentare la sua cravatta, poi lasciò scivolare la sua gamba per lanciarla su una sedia. Nel frattempo, Holly gli aveva già sbottonato la camicia. Se la tolse e si tolse anche la maglietta, facendola passare dalla testa. Entrambe andarono a fare compagnia agli altri vestiti.

"Tocca a te."

Riusciva a malapena a sentirlo. La sua attenzione era concentrata sul suo petto nudo. Magnifico era l'unica parola che le veniva in mente. Una leggera peluria scura copriva i suoi pettorali. Fece scivolare le mani sul suo corpo, facendo un po' di pressione con le dita per testarne la compattezza. Era una roccia. Si avvicinò e iniziò a baciarlo sul petto. Lui sentì un fremito in tutto il corpo.

"Il vestito. È molto carino. Adesso, toglitelo," disse, aprendo tutta la cerniera. Il vestito argentato atterrò sul pavimento, e lei lo lasciò andare togliendosi anche le scarpe col tacco.

"Wow! Fantastica. Mooolto carina," disse, osservando il suo reggiseno rosa, le mutandine rosa e tutto quello che c'era in mezzo.

Holly gli aprì i pantaloni. "Il resto è tuo," gli disse.

Si tolse la cintura e lasciò andare i pantaloni sul pavimento prima che lei potesse battere ciglio. Indossava dei boxer scozzesi. Quando abbassò lo sguardo, notò le prove del suo desiderio. Si leccò le labbra.

"Sei rimasta indietro," disse, avvicinandosi a lei e slacciandole il reggiseno. Le cadde sui gomiti, così abbassò le braccia per farlo scivolare giù. Fece un leggero fischio guardandole il seno. Non erano enormi, ma perfettamente rotonde. Lei ne era sempre stata orgogliosa.

"Bellissime," disse, stringendovi intorno le mani. Spostò i pollici sui capezzoli, dandole un brivido. Infilando le dita sotto i suoi boxer, gli mise le mani intorno al sedere. Era perfetto. Sembrava un modello, un ragazzo da calendario, ed era tutto suo — almeno per quella sera.

Ridacchiò, mettendo una gamba tra le sue e spingendole il ginocchio sul sesso. Abbassando la testa, iniziò a leccarle un capezzolo mentre accarezzava l'altro con le dita. Aumentò la pressione col ginocchio fino a farla gemere.

"Ti piace?" sussurrò.

"Oh, sì."

Voltandosi sul fianco, spostò la mano e afferrò la sua asta. Si accese a quel contatto diretto, poi iniziò a gemere sul suo seno. Premette il suo seno sulle guance, sussurrando il suo nome. Holly alzò la gamba e gliel'agganciò intorno alla vita. Lui lasciò scivolare una mano tra le sue cosce.

"Piccola," disse.

Sapeva di essere bagnata. Le strofinò il suo lungo dito medio sulla fica prima di passarlo sotto il bordo elastico delle mutandine e iniziare a esplorare. Iniziò ad accarezzarla, alla ricerca del suo punto più sensibile. Era ovviamente un amante esperto, quindi lo trovò velocemente, fece pressione e iniziò a ruotarvi intorno con la punta del dito.

L'intensità del calore nel suo corpo le fece perdere la concentrazione. Perse l'equilibrio. La afferrò con il suo forte braccio e la tirò verso di sé. Per ritrovare l'equilibrio, Holly mise il braccio intorno ai suoi impressionanti bicipiti. Si tirò su per succhiargli il collo, mentre con l'altra mano gli afferrò il cazzo.

"Aspetta. Fermati un attimo."

Lui si tirò indietro, agganciando i pollici ai bordi delle sue mutandine e tirandole giù. Lei se le tolse e tirò giù i suoi boxer. Se li tolse anche lui e rimasero così, tutti nudi, a guardarsi negli occhi.

"Sei un'opera d'arte," disse, sentendo il suo sguardo scaldarle la pelle.

Sentì salire quel rossore dalla pancia al seno.

"Non farai mica la timida con me, vero?"

Lei scosse la testa, ma era una bugia.

Le sue grandi mani le cinsero la vita. "Forza. Stenditi." Tirò via le coperte e con un gesto del braccio la invitò a distendersi.

Scivolò tra le fresche lenzuola di cotone, seguita da Dan.

"Sei protetta?" le chiese, mettendole un braccio intorno e avvicinandola a sé.

"No. Mi dispiace. È passato tanto tempo."

"Sono il primo dopo molto tempo?"

Lei annuì.

"Bene." Con la mano libera, aprì un cassetto del comodino e prese un preservativo.

Lei affondò il viso sul suo petto. Lui le baciava il collo mentre lasciava scivolare la sua mano tra le cosce. Stringendola per un attimo, lasciò scorrere un dito tra la sua carne bagnata prima di metterlo dentro. Scosse i fianchi, tirando indietro la testa per guardarlo negli occhi.

"Fallo."

"Nessuna fretta. "Abbiamo tutta la notte, no?"

"Io ti voglio."

Sorrise. "Va bene, ma nessuna fretta, prima tu."

Lei sorrise vedendogli brillare gli occhi. Lui ci dava dentro, muovendo a ritmo la mano mentre le succhiava il clitoride. Holly cercò di trattenersi, di resistere, ma lui era inarrestabile. Infine, la pressione raggiunse il culmine mentre l'eccitazione aumentava, fino a esplodere nell'orgasmo più intenso che avesse mai provato. Urlò il suo nome mentre stringeva gli occhi. Lui non si fermò, ma continuò finché lei non si distese, esausta e troppo sensibile al suo tocco. Dolcemente, spostò la mano. La guardò mentre apriva gli occhi.

"Sei una ragazza passionale," disse.

"Tu sei un ragazzo passionale," rispose.

****

Dan osservò con gioia il corpo nudo di Holly Merrill. Era distesa sul letto, in una posa molto sexy, come se stesse posando per una rivista per uomini. Aveva fantasticato molto su di lei ed era felice di vedere che la realtà aveva di gran lunga superato la sua immaginazione. Aveva la pelle rosea e i suoi capezzoli erano di una perfetta sfumatura di rosa scuro. Ciò lo sorprese. Non si sentiva nervoso a letto con una donna da anni e non capiva come mai si sentisse nervoso adesso.

Il suo odore di muschio si mescolava a un profumo fresco, forse uno shampoo o un balsamo? Poteva essere semplicemente l'odore della sua pelle? I suoi capelli corti, sparsi sul cuscino bianco, sembravano ancora più scuri e setosi. Le sue labbra erano leggermente gonfie ed erano ritornate al loro rosa naturale, ora che il suo rossetto si era consumato. Era la donna più bella che vedesse da secoli. C'era qualcosa di fresco in lei, di inviolato, quasi virginale.

Forse perché non aveva avuto un uomo per tanto tempo. O forse era il modo in cui lo guardava. Una luce, un bagliore nei suoi occhi — era amore quello che vedeva? Quel luccichio non somigliava allo sguardo duro di Valerie. Il suo atteggiamento falso a volte gli faceva perdere l'erezione. Ma con Holly, il suo sguardo lo rendeva più duro, più turgido. Mentre si infilava il preservativo, si meravigliò tra sé che fosse duro come l'acciaio.

Tutto questo non era successo per amore. Solo per fare sesso e non restare da solo. Aveva ancora diversi anni di carriera davanti prima di innamorarsi. Holly riusciva a tirar fuori qualcosa di diverso in lui. Lei era vulnerabile in un modo che non aveva mai visto. Non in senso bisognoso, o lamentoso, ma era come se avesse bisogno di qualcuno che la proteggesse. Sorrise pensando a sé nel ruolo di uomo protettivo, come nei suoi giochi infantili. Superman era stato il suo più grande eroe.

Non riusciva ad aspettare di entrare dentro di lei. La fantasia di farlo con la ragazza degli hot dog stuzzicava i suoi sogni da settimane. Ora stava per diventare realtà. Solo che non era più la "ragazza degli hot dog." Ora era la dolce Holly Merrill, sofisticata bellezza di Park Avenue, che parlava francese e aveva classe da vendere, il che aumentava la sua eccitazione. Ogni nervo del suo corpo era pronto e vivo.

Lei gli toccò l'avambraccio con la punta delle dita, facendogli sentire i brividi in tutto il corpo.

Sistemò le gambe di Holly come voleva, poi si chinò per baciarla. Si strofinò su e giù sulla sua fica ed entrò con dolcezza. Essendo passato molto tempo, sarebbe stata molto stretta, il che lo eccitava ancora di più. Lo accolse con un gemito, spalancando gli occhi.

"Troppo forte? Tutto ok?"

"Non fermarti." I loro sguardi s'incrociarono. I suoi occhi azzurri si accesero di passione.

Lui continuò a spingere dolcemente. Era così stretta che credeva che sarebbe venuto dopo pochi secondi. Lei si sporse in avanti e lo baciò. Il bacio più caldo e sensuale che avesse mai dato. Fu allora che capì che non sarebbe stata l'avventura di una notte.

Bevve la dolcezza della sua anima dalle sue labbra mentre affondava dentro di lei. Strinse le gambe intorno a lui, muovendosi al suo ritmo. Lui iniziò a gemere, tenendole le dita tra i capelli, sentendo la loro morbidezza. Il sudore iniziò a inumidirgli il petto e la fronte. Le mise la mano sulla nuca, stringendola a sé mentre si muoveva dentro di lei.

"Ancora, ancora, ancora!" urlò lei, alzando il tono di voce ad ogni parola.

"Vieni, tesoro. Vieni per me," sussurrò lui.

Come se avesse acceso un interruttore, i suoi occhi si chiusero, le sue labbra si spalancarono e i suoi fianchi iniziarono a muoversi sotto di lui. Dan non aveva mai visto niente del genere. Le sue palle si strinsero e venne, liberandosi, senza fiato, sentendosi scorrere il piacere nelle vene. Ansimando, crollò addosso a lei.

"Hey!"

"Oops. Scusami. Scusami," disse, sollevandosi sui gomiti.

Gli accarezzò il sopracciglio con le dita, poi scese lungo la guancia. "È stato meraviglioso."

"Già. Anche per me." La guardò, godendosi lo sguardo d'amore sul suo viso. Non l'aveva mai visto prima. Dopo essere stato tradito mentre era in trasferta, era diventato fin troppo cauto. Non mettere il suo cuore in gioco era molto più facile che diventare un tipo sentimentale. Chi avrebbe mai potuto accettare i suoi ritmi frenetici? Trasferte di due settimane, diverse volte durante la stagione. Nessuna donna vuole impegnarsi con un uomo che non è mai presente.

Ma stavolta era diverso. Sbatté le palpebre per essere certo che fosse tutto vero, non un sogno o una fantasia.

"Hey, ragazzo sexy," mormorò, arrotolandosi i suoi capelli intorno alle dita.

Lui si concentrò sulle sue labbra.

"Fai l'amore in questo modo con tutte le donne?"

Si sentì arrossire in viso. Voleva dirle che era sempre stato così bravo. Ma era un pessimo bugiardo fin da quando era nato, così la verità venne fuori prima che riuscisse a trattenersi. "C'è una prima volta per tutto, immagino."

"Wow. Solo wow."

Sorrise. Niente nutre l'ego di un uomo quanto una donna soddisfatta. Si sollevò e si sedette sulle anche, studiandola. "Hai sete?" le chiese.

"Sì."

"Torno subito." Prese i loro drink in salotto e tornò da lei. Sentiva la gioia scorrergli nelle vene. Se avesse appena effettuato uno shut out, non sarebbe stato così felice.

Bevve un sorso, guardandolo dal bordo del bicchiere. La sua espressione amorevole aveva ceduto il posto alla stanchezza. Posò il bicchiere e prese il vestito.

Le prese il polso con la mano. "Resta."

"È tardi."

"Passa qui la notte."

"Non posso. Mi staranno aspettando."

Dan prese il telefono. "Chiama Bud. Digli che non torni a casa."

Lei corrugò un sopracciglio. "Ottieni sempre quello che vuoi con le donne?"

"Non ottengo mai quello che voglio con le donne."

Lei rise. "Faccio fatica a crederci."

"Intendi il sesso? Sì. Certo. Potrei fare sesso con qualunque ragazza del locale. Ma diventa presto stancante. Non fa per me. Non stasera."

La stanchezza sparì per un istante dal suo volto. Lo osservò. "Vorresti dire che sono io? Che è con me che vuoi passare la notte?"

Annuì. "Esattamente."

Lei corrugò il viso davanti a lui. Si mise le mani sugli occhi, ma non riuscì a nascondere le lacrime.

Merda. Fanculo. Che cosa ho fatto? "Hey, hey. Forza. Non piangere. Che cosa ho detto?"

Lei cercò di controllarsi, ma le ci volle quasi un minuto prima di riuscire a rispondergli.

Le si avvicinò, accarezzandole la schiena con la mano. "Tranquilla, tesoro. Tranquilla."

Gli si appoggiò sulla spalla, stringendo le braccia intorno a lui. I suoi lievi singhiozzi gli riverberavano sul petto. Dan le accarezzava la testa e la schiena, godendosi il tocco della sua pelle morbida e dei suoi capelli.

"Qualcosa non va? Che cosa ho detto?"

"Niente. Niente. Sono un'idiota. Dimenticatene, per favore. Va bene?"

Le afferrò gli avambracci e la voltò. Il suo viso segnato dalle lacrime era pateticamente dolce, triste e adorabile. "Come potrei?"

"Tu non hai fatto niente." Si allontanò da lui per prendere il suo drink, dandogli le spalle.

"È difficile crederlo."

"È qualcosa che mi porto dentro da tempo. Una sorta di tristezza. Capisci? Magari solitudine. Tu mi hai fatta stare bene." Fece una risata triste. "So che sembra folle. Ma tu mi hai fatta sentire desiderata. Non mi sentivo così da tanto tempo." Tirò su con il naso e si avvicinò alla scatola di fazzolettini sul comodino.

La strinse di nuovo tra le braccia. "Tu *sei* desiderata. Vuoi restare?"

Prese il cellulare e fece il numero. "Nancy? Sono io. Resto da Dan stanotte. È un problema? Bene. Sì. Moltissimo. A domani. Grazie." Riattaccò il telefono. "Ti va di abbracciarmi? Solo per un po'?"

Lui si riappoggiò ai cuscini e la strinse a sé. Quando si trovò tra le sue braccia, con la mano sul suo petto, tirò su il lenzuolo e la baciò sulla fronte. Qualunque cosa le fosse successa, doveva essere stata molto brutta. Dan sospirò.

Il suo respirò si calmò. Prima ancora che se ne accorgesse, si addormentò. Lui sorrise, spense la luce e chiuse gli occhi. Dormirono fino alle tre, quando lui si svegliò con la bocca di lei sulla sua asta. Spalancò gli occhi. No, non era un sogno.

"Bel modo di svegliarsi, no?" disse.

Riuscì solo ad annuire. La lasciò fare, catturandolo, stregandolo con la sua magia, paralizzato dal desiderio e incapace di muoversi. Contro la sua volontà, la fermò in tempo, per restituirle il favore. Mettendosi tra le sue cosce, la fece urlare per qualche minuto. Poi, la riprese con passione ed energia.

Soddisfatto, Dan si strinse a Holly. Lei emise un lieve gemito, mentre lui la stringeva saldamente a sé. Gli strinse l'avambraccio con le dita e si strinse più forte a lui. Dormirono abbracciati fino a quando la luce del sole illuminò la stanza.

Il suo corpo caldo, disteso accanto al suo, gli pompava il sangue nelle vene. Le passò la mano sul braccio e lei si distese sulla schiena. Dopo aver tirato giù il lenzuolo per scoprirle il seno, osservò la sua bellezza prima di toccarla.

Stavolta, fece l'amore con Holly più lentamente. Quando finirono, si mise su un fianco e lasciò scivolare la mano sul suo seno. Riappoggiandosi sul cuscino, Holly si tolse qualche ciocca di capelli dal viso.

"Sei meraviglioso," sussurrò, voltandosi verso di lui.

"Dicono che gli atleti lo fanno meglio. Non sono certo di questo, ma compensiamo la mancanza di esperienza con la resistenza."

Si rannicchiò al suo fianco, poggiando la guancia sul suo petto, e si riaddormentò con il battito del suo cuore.

****

Passarono due giorni. Quando tornò dai Magee, due giorni dopo, Holly indossò velocemente la sua uniforme e andò di corsa allo stadio. Il leggero indolenzimento che sentiva tra le gambe le ricordava la passione di Dan. Quel giorno avrebbe giocato e lei non vedeva l'ora di fare il tifo per lui. Con un sorriso ampio quanto il Grand Canyon, afferrò il carrello e caricò le provviste.

Bud entrò. "Eccoti, dunque. Mi stavo chiedendo se avresti mai fatto una pausa."

Holly arrossì sotto il suo sguardo indagatore.

"L'appuntamento più lungo del mondo?" le chiese aggrottando le sopracciglia.

"Ho più di ventun'anni, Bud. Per favore, lascia perdere," disse, afferrando una manciata di tovaglioli.

"Hai ragione. Scusa. Non sono affari miei." Si voltò.

Lei gli mise la mano sul braccio. "Scusami. Non volevo essere brusca. Apprezzo tutto quello che fai per me. Mi hai salvato la vita. Ma avevo bisogno di una o due sere di vita normale. Di divertirmi. Era da tanto tempo che non mi rilassavo e non mi divertivo. Dan è un uomo magnifico."

"Però non ferirlo, ok?"

Si mise a ridere. "È più probabile che sarò io a soffrire, non pensi?"

Bud scosse la testa. "Chi sono io per dirlo? Sono fuori dal giro da vent'anni. Dopo aver trovato la mia donna ideale, ho smesso di cercare."

"Siete una grande coppia."

Bud sorrise. "Buona fortuna, Holly. Ma fa attenzione, ok?"

Lei annuì, afferrò il carrello e si diresse tra gli spalti. Li raggiunse mentre l'inno nazionale stava finendo. Osservò Dan Alexander mentre teneva il berretto sul cuore. Le squadre raggiunsero le panchine, poi i Nighthawks occuparono il campo.

Prima di iniziare il riscaldamento, Dan alzò lo sguardo. Holly lo vide. Lui le sorrise e si tolse il berretto. Da allora, era diventata un'abitudine. I tifosi si voltavano a cercare la donna alla quale faceva quei cenni, ma nessuno la notava. Dopotutto, era solo la ragazza degli hot dog. Quale atleta di successo si sarebbe mai interessato a lei? La sua invisibilità tutelava la sua privacy.

Un sorriso segreto comparve sulle sue labbra mentre si voltava per salire le gradinate. "Hot dog! Comprate i vostri hot dog!"

Stavano giocando una serie di tre partite contro i Boston Bluejays, i loro arcinemici. Poi, i Nighthawks avrebbero fatto una trasferta di due settimane.

Il primo lancio fu uno strike. Anche il secondo. Si fermò a guardare mentre Dan eliminava il primo battitore. Era un buon segno. Le aveva spiegato che, quando riusciva a eliminare il primo battitore, sarebbe stata una buona partita.

Al mattino, mentre prendevano il caffè a letto, le aveva parlato della fiducia in sé stesso e di come questa influenzasse il suo lancio. Si era anche alzato per mostrarle come lanciava un tiro a effetto e la differenza tra un drop e un tiro veloce. E l'aveva fatto completamente nudo. Holly aveva cercato di controllare le sue risate, ma dovette nascondersi la bocca con la mano. Era stato terribilmente difficile concentrarsi sulle sue dita quando c'erano altre cose che richiamavano la sua attenzione.

Il battitore successivo fece un singolo, ma il terzo colpì una palla a terra, permettendo a Skip, Nat e Bobby di eseguire il perfetto doppio gioco per concludere l'inning. Sorrise al lanciatore mentre si allontanava dal monte di lancio e i Bluejays occupavano il campo. Alzò lo sguardo, facendole un sorriso prima di abbassare la testa e di raggiungere la panchina.

Holly vendeva gli hot dog mentre dava un'occhiata al campo. Tre battitori eliminati — i Nighthawks erano riusciti a raggiungere le basi come i Bluejays. Dan raggiunse il monte di lancio. Non alzò lo sguardo e lei capì. Aveva bisogno di concentrare tutta la sua attenzione sul gioco. Un'altra palla a terra, poi una palla alta. Tre battitori eliminati e il punteggio era ancora zero a zero.

Scuddy Figeroa, il lanciatore dei Bluejays, aggrottò la fronte. L'espressione sul suo volto fece capire a Holly che non si sarebbe arreso senza lottare. La tensione crebbe tra gli spalti mentre gli altri tre battitori dei Nighthawks raggiungevano il campo. Ora, capì cosa intendessero gli annunciatori quando dicevano che una partita era "un duello tra lanciatori." Si mordicchiava il labbro inferiore con i denti mentre andava su e giù per gli spalti.

Dan raggiunse di nuovo il monte di lancio. Stavolta, i Bluejays fecero immediatamente un singolo. Con un uomo sulla base, l'interno entrò in campo e i difensori rimasero all'erta per un possibile doppio gioco. Ma il miglior battitore dei Bluejays ne mandò una all'angolo sinistro del campo, uno stand-up doppio per lui, e ora i Boston avevano un uomo anche sulla seconda e sulla terza. Il loro secondo difensore impugnò la mazza e fisso Dan. Holly iniziò a sudare.

Una palla alta fece intervenire il giocatore in terza base, ma l'esterno dei Nighthawks la prese e superò il battitore per pochi secondi, eliminandone due. Ora, il punteggio era uno a zero, a favore dei Boston. Dan eliminò il battitore successivo agli strike. Si asciugò il sudore dalla fronte con la manica cedendo il monte di lancio a Figeroa.

Era la parte bassa del sesto inning e i Nighthawks stavano perdendo. Chet Candelaria, l'esterno centro, si preparava alla battuta. Quella stagione non era andata bene per lui, ma era un bravo esterno e le sue braccia erano tra le più forti di tutta la squadra. Dan era nel cerchio di attesa.

Holly non aveva mai visto battere prima. Chet mandò una papera sopra la testa dell'interbase in esterno campo per un singolo. Ora, Dan raggiunse il piatto. Aveva detto a Holly quanto lo rendesse nervoso giocare in battuta. Gli allenatori l'avevano fatto esercitare nei bunt, diceva. Lei si chiese cosa avrebbe fatto.

Dan stava con la mazza sulla spalla, fissando Scuddy, che fece un drop per la prima palla. Alexander affondò il piede nel terriccio, agitò la mazza un paio di volte e se la rimise sulla spalla. Scuddy fece uno swing e lanciò un tiro a effetto, alto ed esterno, per la seconda palla. La fronte di Dan si imperlò di sudore. Si asciugò il viso con la manica prima di mettersi in posizione.

Dan aveva spiegato a Holly che un lanciatore non vuole mai regalare la base al battitore più debole della squadra. E quello di solito era l'altro lanciatore. A Scuddy Figeroa mancavano solo due lanci per farlo, mettendo a repentaglio il loro vantaggio. Holly vide anche lui asciugarsi il viso. Una cosa era certa, entrambi i lanciatori stavano sudando moltissimo. Chet ottenne un grande vantaggio sulla prima base. La tensione pervase lo stadio. Holly si morse le labbra.

Dan sollevò la mazza in aria e rivolse la sua attenzione sul lanciatore, ma non appena Scuddy iniziò il suo swing, Dan si preparò per il bunt. Stavolta era una palla veloce, proprio al centro. Dan la mandò per un pelo sulla linea di terza base e si allontanò. La palla scivolò, restando in territorio neutro, e le gambe di Alexander scattarono il più velocemente possibile. Scuddy si precipitò sulla palla, che dribblò verso di lui. La raccolse, a mani nude, e la scagliò verso il primo difensore. Ma ritardò di una frazione di secondo.

Quando la palla non arrivò sfrecciandogli accanto alla testa, Dan si mise a correre più veloce e arrivò in base prima del tiro. Il Jumbotron mostrava la partita alla moviola. Fu chiamato time out e il manager di Boston decise se accettare o no la sfida. Dan espirò, si mise le mani sui fianchi e rivolse la sua attenzione al lanciatore.

Holly si sentì orgogliosa. Ce l'aveva fatta. Aveva fatto un bunt e ce l'aveva fatta, facendo spostare il giocatore in posizione punto in seconda base. C'era qualcosa che Dan Alexander non sapesse fare?

Cal Crawley chiamò time out e si consultò con Dan. Lei si chiedeva cosa stesse succedendo. Andando di corsa al bar, mise Bud in un angolo e glielo chiese.

"Crawley sta cercando di capire se Dan può giocare un altro paio di inning o se devono far entrare un corridore di rimpiazzo al suo posto. Questo darebbe al sostituto più tempo per riscaldarsi. Anche se di solito iniziano al quinto inning."

"Un corridore di rimpiazzo?"

"La maggior parte dei lanciatori lanciano così forte e veloce da arrivare esausti al settimo inning. Negli ultimi due inning, un sostituto prende il loro posto. Se Crawley farà continuare a giocare Dan nel prossimo inning, potrebbe comunque schierare qualche Speedy Gonzalez per raggiungere le basi, invece di correre il rischio che Dan possa farsi male. Inoltre, Dan non è Jesse Owen, se capisci cosa intendo."

"Pensavo che corresse veloce," disse Holly.

Bud agitò la mano. "Nessuno riesce a sconfiggerlo, ma è un lanciatore, non un rubatore di basi. Se Cal mette Bart Carozzi in base, potremmo ottenere una doppia rubata...e fare punto."

"Perché non gioca?"

"Carozzi non è molto bravo a battere. Ma è bravissimo a rubare le basi."

Holly annuì, ringraziò Bud e ritornò nel suo territorio, appena in tempo per vedere Dan sostituito da Carozzi. Il lanciatore uscì dal campo tra gli applausi. Carozzi si piegò in avanti, poggiando le mani sulle ginocchia, masticando una gomma e tenendo lo sguardo fisso su Figeroa.

Nat Owen sorprese tutti colpendo una palla che rimbalzava tra gli spalti per un doppio per regola di campo, portando Chet in casa base e mandando Bart in terza base. Poi ci fu una volata di sacrificio di Skip, verso il campo esterno. Carozzi colpì forte la palla e raggiunse la casa base. Ora, il punteggio era due a uno, a favore dei Nighthawks.

Bobby batté un line drive al secondo difensore eliminando il terzo. Chip Sanderson entrò per eliminare i prossimi sei battitori, riuscendoci, garantendo la vittoria ai Nighthawks e a Dan Alexander.

Holly era raggiante quando riprese il suo carrello. Bud le diede un cinque.

"Dan è stato magnifico," disse, passandosi le dita tra i capelli.

"Lo è. Spero solo che continui così."

Il sorriso di Holly svanì. Porse a Bud il suo carrello e si allontanò. La sua espressione si fece seria mentre si faceva domande sulla trasferta di Dan. Avrebbe trovato altre donne mentre era fuori città? Si ricordò la sua affermazione su come potesse avere qualunque donna che incontrasse in un bar. Sarebbe andato a letto con qualcuna durante la trasferta, e lei sarebbe stata meglio di Holly? Il suo cuore ebbe un sussulto. Quale donna non sarebbe stata meglio di lei? Nessuna si portava dietro un fardello come il suo. Il suo weekend con Dan era stata solo un'avventura?

Holly si chiese se chiamare o no Dan mentre era in viaggio. Alla fine, decise di non farlo. Doveva solo aspettare e pregare che avrebbe ancora preferito lei al suo ritorno. La tensione aumentò e le si bloccò tra le spalle. Sarebbero state due lunghe settimane.

Capitolo Nove

Con la squadra in trasferta e Lisa ospite a casa di un'amica, Nancy aveva l'opportunità di parlare con Holly. Dopo cena, la donna prese una coperta che stava facendo all'uncinetto per Lisa per Natale. Tirò fuori l'uncinetto, raccolse il gomitolo e si schiarì la gola.

"Io non so esattamente cosa ti ha portato in casa nostra. Sei stata una vera benedizione con Lisa. Io e Bud ti consideriamo un'altra figlia."

"Grazie." Holly si alzò a mettere su il bollitore per il tè.

Nancy proseguì, "Nessuno può scappare per sempre. Anche Il Fuggitivo alla fine è stato preso."

"Lo so," disse Holly, lasciandosi cadere sul divano. "Ho riflettuto. Ho fatto quello che ho fatto perché ero molto arrabbiata con i miei genitori. Un po' come Lisa. Forse è per questo che andiamo così d'accordo. Non che voi somigliate ai miei genitori, credimi. Lisa ha molte meno ragioni di ribellarsi di quante ne avessi io."

"Deve essere doloroso essere allontanati dalla propria famiglia."

"Alcuni giorni, lo è. Forse parte di quello che è successo con i miei genitori è stata colpa mia. Quando ero adolescente, non rendevo loro le cose facili."

"E quale adolescente lo fa?" Nancy sorrise e continuò col suo uncinetto.

"Non mi sono fermata lì. Non ottenendo la reazione che avrei voluto, continuai. Uscire con Flash Kincaid non è stata soltanto una stupida ribellione."

Nancy spalancò gli occhi. "Uscivi con Flash Kincaid?"

La ragazza annuì. "Avevo solo ventiquattro anni. Che cosa potevo saperne? Era bello, aveva i soldi, mi portava nei locali o a Portorico per il weekend."

"Ne eri affascinata." Nancy fece un cenno con la testa.

"Esattamente. E sapevo che i miei genitori non avrebbero approvato. Sapevo che l'avrebbero odiato. Odiavano ogni ragazzo con cui uscivo."

"Odiare è una parola piuttosto forte."

"Ok, lo disapprovavano." Il bollitore fischiò e Holly si alzò per andare in cucina.

"Ma sei uscita con lui comunque?"

"Sapevo che a loro non importava, così almeno mi sarei divertita." Holly versò l'acqua calda in una teiera di porcellana.

Nancy annuì e continuò a lavorare. Holly mise le tazze e i piattini su un vassoio con il tè e lo portò in salone, poi tornò a prendere il latte e lo zucchero, in contenitori di porcellana abbinati.

"E poi cos'è successo?"

"Non sapevo da dove prendesse i suoi soldi. Onestamente, non lo sapevo."

"Non te lo sei mai chiesta? Voglio dire, andava a lavorare ogni giorno?"

"No. Non andava mai a lavorare. Durante la notte, scompariva per un paio d'ore. Pensavo che suo padre fosse ricco e che gli desse lui il denaro. Ero idiota. Stupida. Ingenua."

"Direi di sì."

"Non sapevo che vendesse droghe e che gestisse un giro di prostituzione."

"Come l'hai scoperto?"

"Una delle sue ragazze si avvicinò a me nel bagno delle donne in uno dei suoi locali preferiti. Mi disse la verità su Flash. Quello spiegò tutte le cose strane che succedevano quando eravamo insieme."

"E cos'hai fatto?"

"Ho chiamato i miei genitori. Ero terribilmente spaventata. C'erano degli uomini che parlavano qualche lingua straniera. Facevano piuttosto paura."

Nancy smise di lavorare. "E?"

"Erano a un evento di beneficenza. Non potevano parlare."

"Davvero?" Nancy corrugò la fronte.

"Già. Così, decisi di lasciare il locale fingendo di dover andare in bagno. Uscii dalla porta sul retro e attraversai il vicolo. Uno degli uomini di Flash era lì. L'ho visto sparare a un tipo."

Nancy mise giù il lavoro. "Oh mio Dio! Cos'hai fatto?"

"Sono scappata. Solo più tardi ho saputo che quel tipo era morto."

"Dove sei andata?"

"Alla polizia. Mi hanno inserita nel programma di protezione testimoni. Ma qualcuno deve aver parlato, perché gli uomini di Flash mi hanno trovata. È per questo che sono qui."

"Che storia!"

"Sembra molto meglio di quanto non sia."

"I tuoi genitori devono essere tremendamente preoccupati."

"Non lo so. Non li ho più visti e non ho più parlato con loro da quando ho fatto quella telefonata. È passato un po' di tempo." Holly versò il tè nelle tazze.

"*Devono* essere davvero preoccupati."

"Forse. Qualche volta, vedo le loro foto sui giornali. Partecipano a molti eventi di beneficenza."

"La polizia ti sta cercando?"

"La polizia, l'FBI e Flash."

Nancy accarezzò la mano di Holly e prese una tazza. "È molto stressante."

"Stavo pensando di chiamare i miei genitori. Magari di scusarmi. So che è molto imbarazzante per loro."

"Non pensi che si preoccupino che tu possa essere morta?"

"Forse. Se li chiamassi, potrei dire loro quanto mi dispiace. Forse potrei tornare a casa." Holly mise del latte e dello zucchero nel suo tè.

"Sembra un piano." Nancy aggiunse del latte, poi bevve un sorso.

"Mi costituirei alla polizia se avessi un posto dove vivere. Non voglio tornare nel programma di protezione testimoni."

"Concedi ai tuoi genitori un'altra possibilità. Sei una persona diversa ora. Scommetto che lo sono anche loro."

"Mi piacerebbe molto avere quello che ho qui, Nancy."

Furono interrotte dal cellulare di Holly. Era Dan.

"Hai visto la partita?" le chiese.

Andò in camera sua per avere un po' di privacy, si tolse le scarpe e si distese sul letto. Trascorsero il successivo quarto d'ora a parlare della partita, della qualità del materasso nella sua camera d'albergo, di come Matt avesse preso un altro due di picche al bar dell'albergo e di come Dan sentisse la sua mancanza. Quando riagganciò, sorrise. Parlare con lui le aveva riempito il cuore di gioia. Capì che quella telefonata voleva dire che non sarebbe uscito a cercare un'altra donna. Era amore? Forse. Odiava trascorrere un giorno senza parlare con lui e non riusciva a smettere di desiderare un'altra notte di fuoco nel suo letto enorme.

Vendere hot dog non sembrava così male quando poteva guardarlo giocare. Ora, le faceva un cenno col berretto a ogni partita. Si infittiva il mistero su chi fosse la persona alla quale era rivolto quel dolce gesto. Holly non ammise mai la verità con nessuno. Voleva tenere Dan il più lontano possibile dal suo discutibile passato.

Col cuore pieno d'amore, e sperando per il meglio, digitò il numero dei suoi genitori.

"Pronto?"

"Mamma? Ciao."

Silenzio.

"Sono Holly."

"Holly? Oh mio Dio! Sei davvero tu?"

"Sì. Mi dispiace di non aver chiamato prima."

"Non sapevamo se fossi viva o morta. Ransom, prendi il telefono."

Suo padre alzò la cornetta. "Holly, dove sei?"

"Non posso dirtelo, papà. Ma sto bene."

"Sono tuo padre."

"Comunque, non posso"

Silenzio.

"Voglio chiedervi scusa. So che ero difficile da gestire quando ero adolescente."

"Adolescente? Anche dopo!" disse suo padre.

"Tu sei nata difficile da gestire," aggiunse Marva.

"Grazie, mamma." Holly fece un respiro profondo. Era più difficile di quanto immaginasse.

"Che cosa vuoi?" Ransom era il tipo che arrivava sempre dritto al punto.

"Speravo di poter tornare a casa. Testimoniare e poter tornare da voi, essere di nuovo una famiglia?"

Silenzio.

Holly si morse il labbro e recitò una preghiera nella sua testa.

Ancora nessuna risposta.

Finalmente, suo padre si schiarì la voce. "Sai che ci hai causato molto dolore con quello che hai fatto."

"Intendi dire assistendo a un crimine?"

"Non giocare con me, figlia mia. Sai esattamente cosa voglio dire."

"Alcuni dei nostri amici non ci parlano più. Da quando hai cominciato a frequentare quel farabutto," disse sua madre.

"Ci stiamo appena riprendendo dallo scandalo."

"Mi dispiace," sussurrò Holly, trattenendo le lacrime.

"Lo sappiamo che i figli si ribellano. Questo ha colpito tua madre più di me. Gli affari sono affari, quindi io ho ancora i miei amici. Ma a tua madre è stato chiesto di lasciare un gruppo di bridge ed è stata esclusa dal comitato East Side Cotillion."

"Davvero? Mi dispiace così tanto, mamma."

"Come se i loro figli fossero così bravi. Almeno tu non sei un eroinomane." Marva tirò su col naso.

"È riuscita a farsi dei nuovi amici. Non è stato facile."

"Quindi, cosa state cercando di dirmi?" *Questo non è un brutto sogno. Prima o poi mi sveglierò.*

"Non è che non ti rivogliamo indietro, tesoro," piagnucolò Marva.

"No, no, certo che no. Ma questo non è il momento migliore," intervenne Ransom.

Di nuovo silenzio.

Holly mise da parte quel po' di orgoglio che le era rimasto. "Quando sarebbe il momento giusto?"

"Beh, vedi," iniziò sua madre, poi si fermò.

Sentì il suo respiro al telefono.

"Non lo so. Magari l'anno prossimo?" disse suo padre.

"Non posso stare qui tutto questo tempo"

"E il programma di protezione testimoni?" le chiese Ransom.

"Qualcuno ha parlato. Flash mi ha trovata. Sono dovuta andar via."

"Abbiamo letto che eri scappata, ma nient'altro," disse Marva.

"Non sono scappata. Mi hanno abbandonata."

Silenzio.

"Sono scappata per non essere uccisa."

Nessuna risposta.

"Quindi, non sono la benvenuta a casa?" Holly si diede un pizzicotto, sperando di svegliarsi.

"Non è così," disse Marva.

"Certo che no. Saremmo felici di riaverti qui — se le cose fossero diverse. Voglio dire, se vai a testimoniare ed entri nel programma di protezione testimoni per qualche anno, poi tutti si dimenticheranno. Potrai tornare e nessuno si ricorderà niente. È il modo migliore," disse suo padre.

"È la vostra ultima risposta?"

"È che non sapevamo nemmeno se fossi viva," disse sua madre.

"Non ho mai letto niente su questo. Voglio dire, non ne hai mai parlato con i giornali."

"Certo che no. Nessuno vuole sapere dei nostri problemi," disse Marva.

"Ho una riunione tra mezz'ora dall'altra parte della città, Holly. Devo scappare. Allora, siamo d'accordo?" chiese Ransom.

"Certo."

"Bene. Saremo in tribunale quando sarà tutto finito. Ti auguriamo buona fortuna. Sta al sicuro," disse suo padre riagganciando.

"Sì, sì. Sta al sicuro. Buona fortuna, Holly. Grazie per aver chiamato," aggiunse sua madre.

L'ultimo click rimbombò come un chiodo piantato su una bara. La ragazza si abbandonò al nervosismo. Iniziò a piangere e fece un profondo sospiro. Rinnegata. Finita. Senza famiglia. Senza un posto dove andare. Di certo non poteva restare lì dopo aver testimoniato. Avrebbe messo in pericolo l'intera famiglia Magee.

Qualcuno bussò alla porta. Come se stesse camminando sott'acqua, Holly si diresse verso la porta e la socchiuse.

"Tutto bene? È successo qualcosa?" domandò Nancy.

Le lacrime le offuscavano la vista mentre annuiva. "Sto bene."

"Che è successo? Era Dan?"

Holly scosse la testa. "Tutto bene," disse, chiudendo la porta.

La paura le scorreva nelle vene. Doveva scappare di nuovo o testimoniare ed entrare nel programma di protezione testimoni? Nessuna delle due soluzioni le sembrava buona. Era stanca di stare da sola, isolata, era davvero esausta. Mise la testa sul cuscino e iniziò a singhiozzare. Pensava già di aver vissuto la più profonda solitudine, ma quello era stato solo l'inizio.

* * * *

Con la squadra in trasferta, non c'era lavoro per Holly. Aveva un'altra settimana libera, così decise di tornare a Pine Grove a trovare Jory. Sperava che parlando un po' con la sua amica avrebbe trovato la chiarezza che stava cercando.

Holly aveva messo da parte un po' di denaro. Tirò fuori qualche banconota stropicciata dalla borsa per pagare il biglietto. Chiudendosi la giacca in una fresca giornata di fine estate, salì sull'autobus. Spegnendo il cellulare per evitare una conversazione con Dan che non era pronta ad affrontare, Holly aprì un libro e si sedette.

Non riuscendo a concentrarsi sulla storia, guardò fuori dal finestrino e ripensò alla sua vita. Sapeva di dover fare le due cose che temeva di più — dire a Dan la verità e costituirsi. L'obbligo di testimoniare contro l'uomo che aveva commesso l'omicidio e contro Flash Kincaid spazzava via tutti gli altri pensieri dalla sua mente.

Il desiderio di discutere le sue scelte con Jory la stava consumando. Scappare, nascondersi ed evitare la verità non funzionava. Non si può scappare dalla colpa e dalle responsabilità — nemmeno dalla paura. Si stava innamorando di Dan Alexander. Come avrebbe potuto trascinarlo in tutto questo? Se lo amava, doveva affrontare tutto e testimoniare. Rabbrividì, immaginando nella sua mente orribili titoli di giornale. Dan era un personaggio pubblico, amato da molti. Come poteva rovinare la sua reputazione? Holly si morse il labbro. L'avrebbe sicuramente perso. E il pericolo che correva a causa degli amici di Flash? Era già abbastanza difficile che dovesse affrontarlo lei. Non poteva mettere a rischio anche Dan.

L'autobus entrò nella stazione di Pine Grove. Quando scese, Jory la guardò, poi continuò a scrutare gli altri passeggeri. Holly sorrise. Jory non l'aveva mai vista con i capelli corti.

"Jory! Jory! Sono io."

"Mmm?" Jory Stevens si voltò. Spalancò gli occhi. "Sei tu, Holly?"

La ragazza dai capelli scuri annuì. Le due donne si abbracciarono, poi si diressero verso il SUV. Il marito di Jory, Trent, aveva spento il motore mentre aspettava. Entrarono in auto.

Durante il tragitto verso casa, parlarono del nuovo taglio e del nuovo lavoro di Holly. Quando si accomodò comodamente nel loro salone, bevve con loro un bicchiere di vino prima di cena.

"Ti chiamano la 'ragazza degli hot dog'?" chiese Jory, prendendo il drink offerto da suo marito.

"Sì. Lo fanno i giocatori. E lo fanno anche i clienti."

"Come sono, visti da vicino e a livello personale?" domandò Trent, sedendosi accanto a sua moglie.

"La squadra? Io ho un rapporto più stretto solo con uno di loro," disse Holly, sentendosi arrossire.

"Chi?" chiese Jory, posando il suo drink.

"Dan Alexander."

"Ma dai! No. Davvero? Esci con Dan Alexander?"

Holly annuì. "Sì. Suppongo."

"Che vuol dire suppongo?" domandò Trent.

"Siamo usciti qualche volta."

"Vai a letto con lui?" le chiese Jory, spalancando gli occhi.

"Jory!" Holly si rivolse alla sua amica.

"Beh, le menti curiose vogliono sapere."

Trent si mise a ridere. "Immagino che la risposta sia sì."

"Immagini bene," disse Holly, alzandosi per riempirsi il bicchiere. "Ne volete ancora?"

"Mi piace. Punti in alto, ragazza," disse Jory, porgendo il calice alla sua amica.

Mentre Jory e Trent preparavano la cena, Holly fece zapping fino a trovare un telegiornale. Si appoggiò la schiena, fino a quando una notizia non attirò la sua attenzione.

"Ragazzi! Ragazzi! Venite qua!" urlò.

Jory e Trent si precipitarono in salone e si sedettero accanto a lei sul divano. Holly tratteneva il respiro mentre il giornalista parlava.

"Mentre si avvicina il processo contro Flash Kincaid, il procuratore distrettuale di New York, Al Housman, lancia un appello disperato."

La stazione trasmise un video del procuratore distrettuale.

"La nostra testimone chiave nel caso di droga e prostituzione riguardante Flash Kincaid e il caso di omicidio di Joseph Malone è scomparsa. Non abbiamo sue notizie da diversi mesi. Le nostre fonti indicano che è viva e in fuga. Si nasconde con il nome di Terri Samuels. Se la conoscete, per favore, ditele di chiamare questo numero." Un numero di telefono comparve sullo schermo. "Entrambi i processi si svolgeranno fra tre settimane. Abbiamo bisogno del suo aiuto. Possiamo proteggerla, signorina Samuels, se vorrà presentarsi."

Holly deglutì. Jory e Trent si voltarono verso di lei.

"Sai cosa devi fare," disse Jory.

Holly annuì. "Ma prima devo dirlo a Dan." Si sentì travolgere dalla paura. Ora o mai più. Fece un respiro profondo.

"Sii forte. Sai che puoi farcela. Te la sei cavata per tanto tempo" Jory le diede una pacca sulla spalla.

"Lo so. Ma Dan complica le cose."

"Se ti ama, capirà."

"Lo farà? Ho deciso di rientrare nel programma di protezione testimoni. Non so quanto tempo dovrò restarci. È la mia unica scelta. Come faccio a chiedergli di aspettarmi?"

"Se deve essere così, l'amore troverà un modo."

I luoghi comuni e gli atteggiamenti positivi dei suoi amici non confortarono molto Holly. Quella notte, rimase sveglia a letto per tanto tempo, pensando a cosa dire a Dan. Esausta, scostò le coperte e si avvicinò alla finestra. Scrutando l'oscurità, guardò la luna, poi permise al suo sguardo di superare il cortile. Un pipistrello volò vicino alla finestra, spaventandola. Guardò un procione cicciottello barcollare sotto la luna e arrampicarsi su un albero.

La sua mente continuava a pensare al suo amante. Era arrivato il momento. Tre settimane al processo. Lui sarebbe tornato entro la fine della settimana. Poi, si sarebbero detti addio. Il dolore le strinse il cuore. Prima, non aveva niente da perdere. Ora, doveva mettere tutto in gioco. Tornando a letto, si rigirò per un'altra ora prima di addormentarsi profondamente.

Alle sette si svegliò, stanca e sconfitta. C'erano cinque messaggi di Dan. Non poteva assolutamente parlargliene al telefono. Avrebbe aspettato il suo ritorno dalla trasferta. Anche se affrontarlo sarebbe stato difficile, decise che quella era la cosa giusta da fare.

* * * *

I Nighthawks arrivarono a Baltimora il giorno prima che iniziasse la loro serie di tre partite contro i Badgers. Cal Crawley voleva dare alla squadra la possibilità di sistemarsi prima di giocare. I Badgers erano una squadra forte, quindi gli Hawks avevano bisogno di tutto il vantaggio possibile.

Dan andò al bar con Matt e Skip. Avrebbe preferito restare da solo per lanciare il cellulare contro il muro, ma i ragazzi uscivano sempre insieme quando erano in trasferta. Ordinarono dei soft drink e sgranocchiarono qualche pretzel seduti a un tavolino rotondo.

"Sei già incazzato e ancora non hai nemmeno affrontato Butch Johnson," disse Matt sorseggiando la sua cola.

"Chiudi quella cazzo di bocca."

"Wow! Che diavolo succede? Che cosa ho fatto?"

Dan fissava il suo bicchiere.

"Deve trattarsi di una ragazza," disse Skip.

"Holly?" domandò Matt.

"Sono in trasferta da dieci giorni e mi ha già scaricato. Probabilmente si starà divertendo con qualcun altro."

"Non mi sembra quel tipo di ragazza," disse Matt.

"Sono tutte quel tipo di ragazza. Quando tu non ci sei." Dan bevve un sorso.

"Non tutte," intervenne Skip.

"Sì, tutte. Fottute troie infedeli," borbottò Dan.

"Che sta succedendo?" chiese Matt.

"L'ho chiamata cinque volte. Non risponde. Non richiama."

"Stai saltando alle conclusioni," disse Matt.

"Ha ragione. Non puoi saperlo. Magari è malata," disse Skip.

"Sì, o morta."

Dan spalancò gli occhi. "Cosa? È orribile."

"Dubito che lo sia. Ma ci sono molte altre spiegazioni oltre alla possibilità di portarsi a letto tutta Manhattan. Ecco cosa voglio dire'." Matt svuotò il bicchiere e ordinò un altro drink.

"Mi succede sempre. Mi prendono sempre in giro. Cristo, le donne hanno la fedeltà di una pulce. Voglio dire, dai. Uno sta fuori città un paio di giorni. Magari una settimana. E lei non risponde alle sue telefonate."

"Dimenticatene, Dan. Domani devi giocare," disse Skip.

"Sì, lo so. Starò bene."

"Sarebbe meglio," borbottò Matt.

"Che cosa devo fare?" chiese Dan, stringendo le dita in un pugno.

"Niente. Rilassati. Forza," Matt mise la mano sulla spalla del suo amico. "Non permetterle di farti questo."

"Ma non era solo la 'ragazza degli hot dog'?" chiese Skip.

Matt gli fece cenno di non dire niente, ma l'interbase non colse il segnale.

"Era così, finché non l'ho conosciuta. Non è come le altre ragazze con cui sono uscito. È davvero speciale. Una spanna sopra. Di classe. Almeno pensavo che lo fosse. E pensavo di piacerle anch'io."

"Il nostro seduttore si è innamorato?" domandò Skip, sorridendo.

"No, no. Non è così." Dan scosse la testa.

"Invece credo di sì. Non ti è mai importato prima. Merda, hai lasciato Valerie, la super sexy Val, in un batter d'occhio quando l'hai vista con un altro ragazzo."

"Valerie non è nemmeno sullo stesso pianeta di Holly," sussurrò Dan.

"È decisamente amore." Matt annuì.

"Dalle un po' di tempo, Dan. Non correre."

"Sì, forse," disse Dan, finendo la sua bevanda e alzandosi. "É ora di andare a letto. Devo essere in forma per domani. Vado."

Si diresse lentamente verso l'ascensore. Aveva una bellissima stanza all'elegante Baltimore Savoy. Il suo primo pensiero fu quanto sarebbe stato bello condividerla con Holly. Adesso, non sapeva nemmeno se l'avrebbe rivista. Cosa diavolo era successo? Le cose erano andate così bene.

Scosse la testa. Tutto gli faceva pensare che Holly fosse solo una che si portava a letto le celebrità. Ma il suo cuore non era d'accordo. Era possibile che non riuscisse ancora a riconoscerle? Maledizione, sì. Riusciva a notarle lontano un miglio. Ma se Holly non lo era, allora cos'era? E perché non gli rispondeva al telefono o non lo richiamava?

Si spogliò e s'infilò nel letto. La voleva lì con lui. Fare l'amore con lei mille volte prima di giocare il giorno dopo l'avrebbe fatto rilassare, l'avrebbe fatto stare meglio, l'avrebbe fatto essere più sveglio. Spense la luce e chiuse gli occhi.

Le immagini di lei tra le sue braccia gli ritornarono in mente. Doveva smettere di sognarla adesso. Quando sarebbe tornato a New York, avrebbe sistemato tutto. Dan pregò che i ragazzi avessero ragione e che ci fosse una spiegazione ragionevole per il suo silenzio. Voleva che fosse così, ma la sua esperienza gli diceva che era impossibile.

Senza energie, Dan si lamentò quando suonò la sveglia. Una lunga doccia calda lo rinvigorì. Gli interni erano già a colazione quando portò le sue chiappe nella sala da pranzo privata. Dopo aver salutato la squadra, si riempì il piatto al buffet e si sedette a mangiare. Da un capo del tavolo, Cal Crawley lo fissava.

"Sei in ritardo. Tutto ok, Alexander?" Il coach strizzò gli occhi.

"Sì," disse Dan, mangiando il suo bacon.

"I Badgers sono forti questa stagione. Mirano ai playoff. Queste partite sono importanti. Niente errori, niente imprecisioni. Capito?"

La squadra borbottò il suo assenso. Contro la sua volontà, Dan pensò a Holly durante il tragitto verso lo stadio. Si sarebbero riscaldati per un paio d'ore prima della partita. Nello spogliatoio, c'era più tensione del solito. I Baltimore Badgers erano grandi rivali dei Nighthawks da anni. Un paio dei loro giocatori, in particolare Basil Carter, l'ex centrocampo degli Hawks, avevano cambiato squadra quando erano diventati free agent, lasciando la squadra di New York ed entrando nei Baltimore.

I Nighthawks provavano risentimento nei confronti di quei giocatori. Pur sapendo di dover andare dalla parte dei soldi mentre si era ancora abbastanza in salute per continuare a giocare, non avevano accettato di buon grado il loro rifiuto all'offerta di restare. Era come se un piccolo bersaglio fosse attaccato sulla schiena di Basil. Aveva fatto parte del giro di Dan ed era stato un suo intimo amico. Settimana dopo settimana, riusciva anche a ottenere il punteggio più alto nella gara a chi scovava la ragazza più sexy.

Anche se non avevano mai litigato, lo ignoravano quando le loro squadre si scontravano. L'anno precedente, i Badgers li avevano quasi battuti per i playoff, soprattutto grazie alla potente battuta di Carter. Come se volesse rigirare il coltello nella piaga, Basil sembrava battere un fuoricampo ogni volta che giocava contro la squadra di New York. L'animosità crebbe.

Alle due in punto, la squadra entrò in campo per l'inno nazionale. Dan si mise il berretto sul cuore e iniziò a cantare. Suo padre gli aveva detto di cantare sempre l'inno prima di una partita. Gli avrebbe portato fortuna. Il fatto di essere distratto, di non aver lanciato bene durante le esercitazioni e di essere ancora incazzato con Basil Carter non avrebbe reso facile la vittoria.

Dopo l'inno, Dan raggiunse la panchina con il resto della squadra.

Mentre Nat Owen si dirigeva in casa base, Chet Candelaria si sedette accanto a Dan e gli porse un berretto pieno di banconote. "Partecipi?"

Il lanciatore scosse la testa.

"Hai paura di un po' di competizione? La mia vista è buona quanto la tua."

"Sì, ma non riusciresti a riconoscere una ragazza sexy se ti facesse un pompino."

Chet diede una pacca sulla spalla al suo amico e sorrise.

"Pensavo di dare a voi ragazzi la possibilità di raggiungermi," disse Dan.

L'esterno alzò le spalle e si avvicinò a un altro compagno di squadra. L'ultima cosa che interessava a Dan era guardare altre donne. Voleva soltanto Holly Merrill. E, se lei non era lì, non gli importava di guardare chi fosse seduto tra gli spalti.

Scosse la testa. Se voleva smettere di cercare le ragazze sexy tra gli spalti, merda, era davvero cotto. Quando era stato colpito dall'amore? Lo sfuggente lanciatore aveva giocato a dodgeball con Cupido per tutta la sua vita. Alla fine, la sua freccia aveva lasciato il segno. Sorrise tra sé. Matt Jackson l'aveva capito prima ancora di lui. *Forse è a questo che servono i migliori amici?*

Prima di poter continuare a esaminare la situazione ulteriormente, Bobby Hernandez li eliminò al piatto, era il turno dei Nighthawks, tre battitori eliminati, altri tre in campo. Dan si tolse il berretto, si alzò in piedi e fece un po' di stretching prima di dirigersi al monte di lancio.

Dopo un paio di lanci di riscaldamento, la prima base dei Badgers si mise la mazza sulla spalla e cercò il contatto visivo con Dan. Matt gli fece il loro segnale per il nuovo tiro a effetto. Non era andata bene durante le esercitazioni, ma credette a Matt e fece il suo lancio. Un fuori zona. Altri due lanci. Uno strike e un altro fuori zona. Il quarto lancio fu un fuori zona e Dan iniziò a sudare.

Matt cambiò segnale e chiamò una palla veloce. Dan concentrò tutta la sua energia nel lancio di una palla che si limitò a colpire l'angolo del box. Non funzionò. La palla andò a finire al centro e il battitore la colpì. La palla a terra raggiunse l'esterno sinistro, permettendo al battitore di raggiungere la prima base.

Primo inning, un giocatore in prima base, nessuno fuori — quello non era il suo solito inizio. Matt fece una smorfia per un secondo, poi cambiò segnale. Dan fece un tiro lento ed eliminò al piatto il secondo battitore. Il giocatore in prima base continuava ad aumentare il suo vantaggio. Tenendo sott'occhio l'idiota che cercava di rubare la base, tentando di mandare il suo lancio alla massima velocità all'interno del box, cercò di concentrarsi. Dei rivoli di sudore gli si formarono sulla fronte. Li asciugò con la manica.

Spinto dall'abitudine, Dan guardò tra gli spalti. Ma quello non era il suo stadio e la persona che vendeva gli hot dog era un uomo. Scosse le spalle e cercò di non pensare a Holly. Era stata il suo portafortuna, lì tra gli spalti, sorridendogli e facendo il tifo per lui. A Baltimora, doveva cavarsela da solo.

Il battitore successivo raggiunse di corsa l'interbase. Lo stronzo in prima base aumentò ulteriormente il suo vantaggio. Matt fece il segnale a Skip e Dan. Era un pitchout e il corridore stava proseguendo. Dan si abbassò e Matt lanciò la palla a Skip, che eliminò il giocatore — una circostanza fortunata per Dan. Con due battitori eliminati, la sua fiducia in se stesso aumentò abbastanza da eliminare il battitore successivo.

Nel secondo inning non fu così fortunato. Affrontò Basil Carter come battitore iniziale. Mettendo da parte l'animosità nei sui confronti, Dan vide il segnale di Matt per un tiro lento e iniziò il suo swing. Ma non riuscì a controllarlo e la palla finì proprio al centro, il punto preferito di Carter. Il battitore la mandò tra gli spalti. Due palle in base e un altro singolo fecero ottenere ai Badgers un vantaggio di due a zero.

Gli Hawks non avrebbero potuto fare di peggio. Il lanciatore di Baltimora lasciò al piatto sei battitori e mandò solo due palle in base. Inning dopo inning, i Nighthawks facevano un out o un pop-out. Jake Lawrence ne fece uno che fu preso sulla pista di avvertimento, ma non si avvicinavano più di così a segnare un punto.

E Dan Alexander non se la passò molto meglio. Fu eliminato dopo tre strike. Dopo, regalò altri due punti. Alla fine del quarto, stavano quattro a zero per i Badgers. Dan si tolse il berretto e lanciò il guanto in panchina. Si scolò una bottiglia d'acqua e sprofondò in panchina. A meno che la sua squadra non avesse iniziato a segnare, non si sarebbe riposato molto. Di certo — tre battitori eliminati e altri tre in campo.

Il panico per la sua mancanza di controllo fece solo peggiorare le cose. Dan regalò la base al primo battitore nella parte bassa del quinto.

Cal Crawley raggiunse il monte di lancio. "Che succede, Dan?"

"Non lo so. È una giornata no."

"Te la senti di giocare questo inning? Sanderson si sta già riscaldando."

"Sì, sì. Sto bene."

Crawley ritornò in panchina. Anche se era riuscito a convincere il coach, Dan non ci credeva. Fece tra sé un piccolo discorso d'incoraggiamento prima del lancio successivo. Fu uno strike. Ma i due lanci successivi furono due palle in base, che eliminarono il battitore.

Matt raggiunse il monte di lancio. "Che diavolo succede?"

"Il tiro a effetto non funziona."

"Non funziona un cazzo," disse Matt, nascondendosi la bocca col guanto per evitare che le telecamere riprendessero le sue parole.

"Prova qualcos'altro."

"Un tiro lento?"

Dan annuì e Matt ritornò sul piatto. Non servì. Dan aveva perso. Aveva rinunciato a una valida da due basi e regalato la base a un altro battitore. Cal Crawley emerse dalla panchina, dirigendosi verso il monte di lancio. Il tempo di Dan era finito.

"Basta, Dan. Non è la tua giornata." Crawley diede una pacca al lanciatore e Dan andò all'ombra, in cerca del conforto dei suoi compagni di squadra. Bevve due bottiglie d'acqua e si lasciò cadere sulla panchina. Ribolliva di rabbia, tutto rosso in viso e amareggiato.

Bart Carozzi, corridore di rimpiazzo, scivolò sulla lunga panchina di legno accanto al lanciatore. "Lasci che una figa influenzi il tuo modo di giocare."

Dan rimase seduto in silenzio.

"Quella ragazza degli hot dog ti è entrata nel cervello. Devi dimenticartela, amico."

"Chiudi quella cazzo di bocca," disse Dan, lanciando un'occhiata velenosa al suo compagno di squadra.

Bart alzò le mani. "Hey, non spararmi. Ti sto solo dicendo come stanno le cose."

"E chi te l'ha chiesto?" Dan si alzò e si avvicinò al coach.

Capitolo Dieci

Le mani di Holly tremavano mentre si infilava l'uniforme. La squadra era tornata e avrebbe giocato una partita a mezzogiorno. Erano le undici e lei era in ritardo. Oggi era il giorno in cui avrebbe parlato a Dan della sua situazione. Mordicchiandosi il labbro inferiore, si immaginò diversi scenari. Nessuno di questi le fece rallentare il battito del cuore.

"Buona fortuna," disse Nancy, abbracciandola sull'uscio.

"Grazie. Ne avrò bisogno."

Holly andò di corsa allo stadio. Caricò velocemente il carrello e prese il suo posto vicino alla prima base. Diede un'occhiata alla panchina degli Hawks, ma distolse velocemente lo sguardo. Dan era lì e lei non era ancora pronta a guardarlo negli occhi.

I ragazzi si alzarono per l'inno nazionale. Dan le lanciò uno sguardo arrabbiato, poi guardò da un'altra parte. Il battito del cuore le aumentò, per quanto possibile. *Merda! È furioso con me.* Ovviamente, non aver risposto alle sue dozzine di chiamate e messaggi lo aveva fatto leggermente arrabbiare. Fece un respiro profondo e si mise la mano sul cuore. Si sentiva confusa e non riusciva nemmeno a ricordare le parole.

Quando finì, osservò il lanciatore e gli sorrise, ma lui non guardava nella sua direzione. La tensione aumentava dentro di lei. *E se non gli importasse nemmeno?* Nuovi pensieri negativi le invasero la mente.

"Hot dog, comprate i vostri hot dog!" urlò, come se avesse il pilota automatico.

Julio Suarez era il lanciatore di inizio degli Hawks. Holly non riusciva a concentrarsi sulla partita. Si sentiva come stordita. Preoccupata per la sua imminente conversazione con Dan, non vendette molti hot dog.

"Hey, signorina!"

Holly si voltò.

"Vende hot dog o guarda la partita? La sto chiamando da mezz'ora."

Holly si scusò e si precipitò a prendere il suo ordine. Mentre gli porgeva il quarto hot dog, la folla esultò. Si volto appena in tempo per vedere il lancio di Jake Lawrence mandare la palla tra gli spalti per un fuoricampo. Skip e Nat lo aspettavano in casa base. Si diedero il cinque, Jake si tolse il berretto e si sedettero.

I Nighthawks vinsero, cinque a tre. Holly depositò il carrello al chioschetto e rimase in disparte, lasciando uscire i tifosi dallo stadio.

Si avvicinò a Bud. "Potresti andare nello spogliatoio e chiedere a Dan di aspettarmi?"

"Certo."

Bud si fece strada tra la folla mentre Holly raggiungeva il bagno delle donne. Si lavò il viso e si ritoccò il trucco. Le mani le tremavano, impedendole di mettersi il mascara. La cosa più importante nella sua mente era che Dan capisse. Ora sapeva che Flash Kincaid era stata una brutta scelta. Aveva fatto molte brutte scelte nella sua vita.

Aveva già iniziato un percorso diverso — uno nel quale sperava di inserire Dan. C'erano milioni di ragioni per farlo scappare a gambe levate da una ragazza come lei. Sussurrò una preghiera, sperando che sarebbe rimasto. Dopo essersi sistemata la camicia e aver rimesso il rossetto, attraversò il corridoio vuoto verso lo spogliatoio.

Bud la stava aspettando. "Sta arrivando. Non andartene."

"Grazie, Bud. Ti devo un favore."

"Non importa. Però non spezzargli il cuore, ok?"

"Te lo prometto."

Alcuni giocatori uscirono per primi. La salutarono educatamente, ma niente di più. La loro freddezza la spaventò. Stava succedendo qualcosa e non aveva idea di cosa si trattasse.

Finalmente, Dan uscì. Si fermò, la guardò negli occhi, ma non le sorrise. "Che cosa vuoi?"

"Ho bisogno di parlarti."

"Adesso? Dopo centinaia di chiamate senza risposta, adesso vuoi parlarmi?"

"Non erano centinaia."

"A me è sembrato di sì."

Anche arrabbiato, era così bello. Voleva baciarlo, toccarlo, ma lui si teneva a distanza. "Mi dispiace. È solo che non potevo spiegarti al telefono quello di cui devo parlarti."

Lui arrossì leggermente in viso. "Oh? Davvero? Lasciami indovinare," disse, mettendosi una mano sul fianco. "Hai conosciuto qualcuno. Un ragazzo. Lui non deve viaggiare, è stato il destino, era scritto così..."

"Ma cosa stai dicendo?"

Lui si fermò, con un'espressione seria in volto.

"Non capisco. Non c'entra niente con quello che devo dirti."

"Vorresti farmi credere che non hai conosciuto qualcun altro?" chiese Dan.

"Proprio così. Non l'ho fatto. Perché pensi questo?"

"Perché non mi hai risposto a centinaia di telefonate. Perché non mi hai nemmeno richiamato? Eri troppo impegnata a letto con qualcun altro, forse?"

Ora era lei ad essere arrabbiata. Le lacrime bruciavano. "Sei un bastardo! È una cosa terribile da dire. No. Non ho conosciuto nessun altro. No, non è questa la ragione per cui evitavo le tue chiamate. Non sono quel tipo di ragazza." Rabbia e delusione facevano a pugni nel suo cuore. Non sapeva se dargli uno schiaffo o andare via, così scelse l'opzione meno violenta, girando i tacchi. Forse non avrebbe dovuto dirgli la verità, dopotutto. Con gli occhi pieni di lacrime, affrettò il passo.

Lui era proprio dietro di lei. "Vuoi dire che non mi stai dando il benservito?"

"Non l'avevo pianificato. Ma adesso, è quello che intendo fare."

"Non hai conosciuto nessun altro?" La raggiunse, passo dopo passo, poi le strinse le dita intorno al braccio. "Aspetta! Aspetta. Parlami."

Lei lo affrontò. "Perché dovrei? Hai già capito tutto. Immagino che tu conosca persino le parole che ti avrei detto."

A quel punto, Dan si fece rosso in volto.

"Oh mio Dio. L'hai pensato davvero!" Si coprì la bocca con la mano mentre cercava di trattenere le lacrime.

"Mi dispiace. Per quale altro motivo non avresti accettato le mie chiamate e non mi avresti richiamato?"

"Magari, se me lo lasciassi spiegare..."

"Ok. Ok. Ti ascolto." Le lasciò il braccio.

"Io... Io non posso spiegartelo qui."

"Casa mia?"

Lei annuì.

"Andiamo". Raggiunsero la sua auto e lui le aprì lo sportello.

Adesso, tirarsi indietro non era più possibile. Doveva affrontarlo e dirgli la verità. Il suo battito iniziò ad accelerare, come se il cuore volesse uscirle dal petto, man mano che si avvicinavano a casa sua.

"Caffè?"

"Grazie." Mentre Dan caricava la macchina del caffè, Holly si avvicinò alle enormi finestre e guardò fuori. Le tremavano le ginocchia e aveva lo stomaco in subbuglio.

"Mi dispiace, ma non ho niente da mangiare," disse lui, mentre l'aroma del caffè riempiva la stanza.

"Va bene. Non ho fame, comunque." Holly ritornò in cucina e prese le tazze dallo stipetto. Versò il caffè, lo zuccherò, aggiunse il latte e si sedette davanti a lui.

Gli occhi nocciola di lui incontrarono quelli di lei. Il suo sguardo era incuriosito e diffidente.

Si avvicinò e gli prese la mano. "È un po' difficile da dire. Per favore, non giudicarmi finché non avrò finito. Diversi anni fa, conobbi un ragazzo in un locale nel distretto di Meatpacking," cominciò.

Mentre parlava, Dan le strinse le mani tra le sue. Ogni volta che lo guardava, il suo sguardo era fisso su di lei. I suoi occhi erano puntati sul suo viso, poi guardava le loro mani intrecciate, poi di nuovo il suo viso.

Corrugò la fronte. "Quindi è per questo che non mi hai detto niente di te?"

"Bene. Se vorrai allontanarti, lo capirò."

"Perché dovrei farlo?"

"Perché non dovresti?" Holly deglutì.

"Perché sei una donna meravigliosa. Intelligente. Bella. Unica."

"Ero ingenua. Non sapevo cosa stesse facendo Flash, altrimenti non sarei mai stata con lui."

"Ti credo."

"Davvero?" Sollevò le sopracciglia.

"Certo. Perché non dovrei?"

Alle sue parole, la paura che aveva accumulato si sciolse.

"Il processo è fra tre settimane. Domani, chiamerò il procuratore distrettuale e mi costituirò, ma non potrò incontrarlo fino al giorno prima del processo. Dopo, dovrò rientrare nel programma di protezione testimoni. Spero che stavolta funzioni."

L'atmosfera fu pervasa da un pesante silenzio.

Dan guardò le loro mani. "Hai ancora tre settimane di tempo?"

"Già."

"Resta qui." I loro sguardi s'incrociarono.

"Come?" Dubitò di aver sentito bene.

"Vieni a stare qui con me. Per favore."

"É un po' folle, no? Non ti dà fastidio?"

"Hai solo scelto il ragazzo sbagliato. Non hai fatto niente di male. Non sei stata tu a infrangere la legge. Tutti fanno errori. Il tuo è stato solo un po' più grande degli errori che si fanno di solito. Sarai al sicuro qui. Nessuno saprà dove sei. Voglio che resti con me."

"Non usciamo da molto tempo. Sei sicuro?"

"Vedremo cosa ci riserva il futuro."

Holly si sentì sollevata. "Dopo il processo, dovrò sparire. Almeno fino alla sentenza."

"Ok."

"Non so quanto durerà."

"Ce la faremo." Dan le accarezzò la mano.

"Forse non potremo nemmeno parlarci in quel periodo."

"Sarà una prova."

"E che succederà se non ci riusciamo?" gli chiese.

Con la fronte corrugata, Dan rispose: "E che succederà se ci riusciamo?"

* * * *

Holly non ci mise molto tempo a prendere le sue cose, dire addio tra le lacrime ai Magee e sedersi comodamente nella lussuosa macchina di Dan. Tre settimane insieme a lui erano più di quello che aveva osato sognare. Era Natale? Aveva ricevuto il regalo più bello della sua vita. Accettò di mantenere il suo lavoro allo stadio perché Bud avrebbe avuto difficoltà a trovare un sostituto con così breve preavviso.

La loro prima notte insieme, Dan la portò a cena. Un piccolo ristorante italiano a conduzione familiare, il *Trieste,* proprio dietro l'angolo. Il loro tavolo aveva una tovaglia a scacchi bianchi e neri con al centro una candela inserita in una bottiglia di vino. Il cameriere accese la candela dopo averli fatti accomodare. Di sottofondo, un romantico brano di musica classica.

Dan ordinò una bottiglia di Chianti. "Ho assaggiato tutto quello che hanno sul menu, ed è tutto buonissimo."

Scorse la breve lista e scelse il suo piatto.

"Qui è tutto fatto in casa. La cuoca, Marta, è la moglie del proprietario. È fantastica."

Holly ordinò i ravioli e Dan le lasagne. Si tennero per mano sul tavolo mentre aspettavano i loro piatti. Il cameriere, Gus, sorrise loro e corrugò la fronte.

Dan si mise a ridere. "Non è molto discreto, non trovi?"

"Puoi dirlo forte," rispose Holly con un sorriso.

Il suo sguardo gli scaldava il cuore. Lui le prese la mano e se la portò alle labbra. "Questa è la prima notte del resto della nostra vita..." cominciò.

"Come se niente fosse mai successo prima," concluse lei.

Il cameriere arrivò con i loro piatti. Il delicato aroma dell'aglio si mescolava con il parmigiano. Ogni boccone si scioglieva nella bocca di Holly.

"Questo è il miglior cibo italiano che io abbia mai mangiato," disse. "Anche a Park Avenue?"

Sorrise. "Anche a Park Avenue."

"Che cosa farai nei giorni in cui non ci sono partite? Devo comunque andare ad allenarmi. Ma tu avrai del tempo libero," le disse, prendendo un pezzo di lattuga dalla sua insalata.

"Non lo so. Quando ero nel programma, vivevo a Pine Grove, una piccola cittadina a nord dello Stato. Lavoravo per Laura Dailey. Lei gestiva un piccolo panificio da casa."

"Sai cucinare?" Gli occhi di Dan s'illuminarono.

"Un po'. Laura mi ha insegnato tante cose, ma sono ancora una principiante."

"Puoi fare pratica con me," disse lui, sorridendo.

"A dire il vero, ero piuttosto brava."

"Sei brava anche a vendere gli hot dog. Bud mi ha detto che hai superato gli incassi per la maggior parte delle vendite. È molto dispiaciuto di perderti."

"Stai scherzando, vero?"

"No. È stato lui a dirmelo. Hai guadagnato più di tutti gli altri."

Lei si mise a ridere. "Cavoli! Finalmente sono la migliore in qualcosa. Questo ucciderebbe mio padre. Riesco a immaginarmi i titoli dei giornali, 'Holly Merrill, ragazza degli hot dog, venditrice numero uno.' Diceva che non avrei mai avuto successo in niente."

"Credo che si sbagliasse."

Holly cercò di trattenere l'emozione e le lacrime.

Dan le si avvicinò e la baciò. "In così tanti ambiti," disse il lanciatore.

"Grazie," sussurrò.

Si divisero una fetta di cheesecake. Poi, Dan pagò il conto e uscirono, camminando per strada mano nella mano, mentre tornavano verso casa.

Holly ebbe la sensazione di tornare a casa. *Ma non è così. Quella non è casa mia. Starò solo lì per un po' di tempo.* Tornando alla realtà, il suo viso si rattristò per un attimo.

"Tutto bene?" le chiese.

Annuì. La paura di quello che sarebbe potuto succedere le aveva impedito di rilassarsi. Eppure, non riusciva ancora a impedire alla fantasia di fuggire via insieme al suo cuore. Per tutta la sua vita, era stata delusa dalla speranza per qualcosa che non sarebbe mai successo, e questa situazione era identica. Un uomo famoso come Dan Alexander non avrebbe mai voluto avere a che fare con una perdente come lei. Non aveva nessun talento, né un lavoro e nemmeno una casa. La sua laurea in inglese indicava semplicemente che avesse letto qualche buon libro e scritto qualche recensione, ma questo era tutto.

Si avvicinò a lei e le mise il braccio intorno alle spalle. "Sembra che tu stia andando alla sedia elettrica."

"Davvero? Mi dispiace. Non intendevo questo."

Lui si fermò, la abbracciò e le diede un lungo bacio. "Aspettavo da settimane di riportarti a casa mia," disse dolcemente. "E adesso non te ne andrai."

"Lo farò fra tre settimane."

"Hey, lasciami fantasticare un po', d'accordo?"

Mentre camminavano per strada, gli unici rumori che sentivano erano i clacson delle auto e il *click click* dei tacchi di Holly sul marciapiede.

****

Alle sette del mattino, Holly si vestì e uscì da casa in punta di piedi. Avendo gli allenamenti alle dieci, Dan stava ancora dormendo. Era ansiosa di rimettersi a cucinare. Aveva registrato *In cucina con Bess* dalla tv via cavo. Holly voleva imparare tutto ciò che poteva da Bess nel periodo in cui sarebbe rimasta a vivere da Dan. Magari quelli della protezione testimoni le avrebbero trovato lavoro in quel settore? Incrociò le dita.

Fece la spesa con i suoi soldi e portò a casa la farina, lo zucchero, il burro, le spezie e le mele. Il titolo del programma di Bess era "Una torta di mele irresistibile." Sistemò la busta della spesa e accese la tv.

Dopo aver organizzato gli ingredienti e aver preso una ciotola e una padella in cucina, tornò in salone per seguire le istruzioni di Bess. Avanti e indietro, avanti e indietro. Alla fine del programma, tornò in cucina, preparò le striscioline di pasta frolla e mise la torta in forno.

Programmò il timer e preparò dell'altro caffè. Il profumo delle mele in cottura, mescolato a quello della cannella e del caffè, si diffuse nell'appartamento. Dopo cinque minuti, un Dan mezzo addormentato, con addosso solo un paio di boxer, entrò in cucina.

"Cos'è questo profumino?"

"Caffè? Torta di mele?" Prese due tazze.

"Torta di mele?"

"Già."

"Non è un po' presto per una torta di mele?"

"No. Non è mai troppo presto," disse, controllando il timer. "Mancano solo venti minuti. Poi, dovrà raffreddarsi."

"Posso mangiarne un po' a colazione?"

"Certo."

Si mise dietro di lei, stringendola a sé. Le mise le braccia intorno e le strinse il seno con le dita. Le strofinò il naso sul collo. "Torta di mele e amore a colazione," sussurrò.

Gli occhi di Holly si chiusero mentre si reclinava all'indietro, stretta tra le sue braccia. Era circa trenta centimetri più alto di lei e la sosteneva bene.

"Quanto tempo abbiamo prima che sia pronto da mangiare?"

"Mmm." Cercò di concentrarsi. "Quindici minuti per completare la cottura e forse altrettanti per raffreddarsi? Non lo so. Questa è la mia prima volta."

Lui fece una risatina. "È anche la prima volta che lo fai in questa cucina." Le sollevò il vestito sulla testa e lo lanciò su una sedia, poi le tolse le mutandine. Stringendola tra le braccia, la fece sedere sul piano di lavoro.

Holly spalancò gli occhi, facendosi scappare una risatina.

Dan si abbassò i boxer. "Togliti il reggiseno," disse.

Lei fece per slacciarlo.

"No, aspetta. Lo faccio io."

Con una mano, lo aprì. Cadde sul pavimento. Il suo sguardo le riscaldava la pelle. Alzando lo sguardo, incontrò il suo e la passione le infiammò il corpo.

"Non l'abbiamo fatto qualche ora fa?"

"L'abbiamo fatto? Mmm," disse lui, strofinandosi il mento non rasato. "È stato così bello che credo che dovremmo farlo di nuovo. E poi, non l'abbiamo mai fatto qui."

Il timer suonò. Holly saltò giù, tirò fuori la torta dal forno e la mise lontano dai fornelli.

"Dove eravamo rimasti?" chiese piegando la testa.

Dan la riprese in braccio e la rimise al suo posto.

"Proprio qui," disse lui, mettendole le mani dietro le ginocchia. La sollevò e si chinò in avanti. Lei stava appoggiata sugli stipetti. Non appena la sua lingua incontrò la sua carne, come un fiammifero con la benzina, sentì il desiderio incendiarle tutto il corpo.

Holly gli passò le dita tra i capelli. Lui le fece scorrere le dita dietro le cosce, fino ad afferrarle i fianchi. La accarezzò con le sue mani grandi, mentre i suoi pollici si fermarono sopra il suo sesso.

Con il respiro affannato, Holly ansimò. "Fallo, Dan. Fallo"

Lui sollevò la testa, incontrando il suo sguardo. "Ho sentito qualcosa?"

"Dai che lo sai."

Lui si mise a ridere. "Stai implorando per il mio cazzo?"

"Sai che è così."

"Allora ti darò quello che vuoi," disse.

Poiché Holly aveva iniziato a prendere la pillola, Dan non mise il preservativo. Si sollevò, si strofinò per un po' su e giù contro di lei e poi entrò. Afferrandole i fianchi con le mani, la fece scivolare verso di sé, spingendo intensamente. Holly sollevò le ginocchia fino a poggiare i talloni sul bordo del piano di lavoro.

"Oh, tesoro," disse lui, chiudendo gli occhi e continuando a spingere.

Lei gli poggiò il viso sui pettorali, respirando il suo unico profumo maschile, addolcito da qualche goccia del suo dopobarba. I peli che aveva sul petto le solleticarono il naso. Il contatto con la sua pelle riscaldò le sue guance fredde mentre si muoveva dentro e fuori di lei. Dio, era così bello. Baciò i suoi muscoli, poi iniziò a leccargli un capezzolo, facendolo gemere. Continuò a leccarlo dappertutto, sentendo un sapore leggermente salato.

"Porca miseria! Adoro quando lo fai." ansimò.

La tensione cresceva rapidamente in lei. Si contorse per un attimo prima che la passione ebbe la meglio, indebolendola. Poggiò la testa su di lui. Non riusciva a muoversi mentre sentiva crescere dentro di sé un orgasmo di proporzioni epiche. Lui iniziò a spingere più intensamente e velocemente, facendo eccitare ogni cellula del suo corpo. Si vide passare davanti agli occhi un arcobaleno di colori mentre ogni suo muscolo, prima teso, iniziava a rilassarsi, facendole provare puro piacere.

Dan la seguì poco dopo ansimando intensamente, per poi emettere un lungo gemito. Tre respiri profondi riportarono Holly sulla terra.

"Sesso in cucina. Chi l'avrebbe mai detto?" borbottò, stringendogli le braccia intorno al collo. Alzò il mento per permettergli di baciarla. Era cominciato in modo dolce, per poi diventare sempre più intenso. Riuscendo a malapena a respirare, si allontanò da lui. "Sei incredibile."

"No, tu lo sei," rispose lui. "Sei così calda, che non abbiamo bisogno del forno."

"Sei così caldo, che fai surriscaldare l'autostrada."

Uscì da dentro di lei, prese un tovagliolo di carta e glielo passò tra le gambe. "Sei così calda, che il sole dovrebbe prendere lezioni da te."

"Sei così caldo da non aver bisogno del sole" disse.

"Sei così calda che potrei friggerti un uovo sul sedere." Scoppiò a ridere. "Ma dopo vorresti mangiarlo?"

Fece una smorfia e sorrise. "Sei così caldo, che faresti scattare l'allarme antincendio."

"Sei così calda, che ogni ragazzo nello stadio ti vuole."

"Sei così caldo, che potrei accendere una sigaretta poggiandotela sul braccio."

"Sei così calda, che dovresti portarti sempre un estintore nella borsetta," disse.

"Sei così caldo, che potresti accendere un fuoco strofinando le dita."

"Sei così calda, che hai un idrante antincendio nel tuo appartamento," continuò.

"Sei così caldo, che mi fai godere tantissimo ogni volta che facciamo l'amore." Gli accarezzò la guancia.

"Davvero?"

"Davvero." Sorrise guardandolo negli occhi.

Lui la baciò. "Torta?" sussurrò sfiorandole i capelli.

Lei lo guardò. "Torta di mele?"

Annuì mentre la aiutava a scendere dal piano di lavoro. Holly andò in bagno a lavarsi. Quando tornò, vide Dan infilare un dito nella torta.

"Ma chi sei? Il piccolo Jack Horner *(*n.d.t)* ?" Scoppiò a ridere. "Aspetta un secondo."

Frugò in un cassetto finché non trovò un coltello affilato. Dan prese due piatti. Holly tagliò con cura la torta ancora tiepida e ne mise una fetta su ogni piatto.

"Prendi quella più grande."

"Non voglio discutere con te." Prese la sua torta, prese due forchette, ne porse una a lei e poggiò il piatto sul tavolo. Si rimise i boxer e si sedette.

Holly lo raggiunse, riscaldando il caffè, ormai freddo, nel microonde. Dan si tuffò nella fetta di torta come se non mangiasse da due settimane. Finì la prima fetta e fece per prenderne una seconda.

"Tranquilla. Posso prendermela da solo," disse, dirigendosi verso il piano di lavoro.

Lo guardò mangiare tre fette di torta e bere due tazze di caffè, per poi passarsi una mano sulla pancia.

"Questa sì che è una colazione meravigliosa." Si sedette, sorridendole. Dopo aver dato un'occhiata all'orologio, balzò in piedi. "Merda. Arriverò in ritardo se non esco subito."

Holly mise i piatti nel lavello.

Lui si fermò per baciarla. "Mi rendi difficile uscire."

"Forse dovrei andarmene?"

"Non provarci!" Un altro bacetto e si diresse verso il bagno. Dan indossò i pantaloni della tuta e fu pronto a partire dopo venti minuti, poi fece una pausa per augurarle una buona giornata prima di uscire dalla porta.

*(*n.d.t)* **Il piccolo Jack Horner è il protagonista di una filastrocca per bambini che mette il pollice dentro una torta per prendere una prugna e mangiarla.**

Lei prese una delle ricette di Nancy per lo stufato di manzo, accese la radio e iniziò a prepararsi gli ingredienti. Sorrise tra sé. *La ragazza ribelle diventa una donna di casa.* Scosse la testa, incredula per quanto Dan la rendesse felice. Forse poteva finalmente avere una vita normale? Sempre che si possa definire normale vivere con un giocatore di baseball ricco e supersexy.

Si mise a ridere mentre prendeva la farina per spolverare il piano di lavoro.

Capitolo Undici

Dan parcheggiò l'auto al suo solito posto. Il sangue gli pompava nelle vene e il cuore gli fluttuava per la gioia. A colazione, aveva mangiato la miglior torta di mele del mondo. L'allenatore non sarebbe stato molto d'accordo, ma qualche volta le regole sono fatte per essere infrante.

Entrò nello spogliatoio a prendere il suo guanto prima di raggiungere il campo per l'allenamento. Nat, Skip e Matt stavano andando via.

"Era ora," disse Matt.

"Dove sei stato?" chiese Skip.

"Ora vive con la ragazza degli hot dog," disse Nat, con un sorrisino.

Dan si irritò. "Si chiama Holly."

"Sarebbe meglio se non ti incasinasse la partita," disse Matt.

"Andrà tutto bene con la partita."

"Almeno va a letto con qualcuno," disse Nat.

"E ho anche qualcuno che mi fa la torta di mele," disse Dan.

"Torta di mele? È una nuova posizione? Non l'ho mai sentita," disse Skip.

Dan scoppiò a ridere e raggiunse i suoi amici. Fece una corsa insieme a Matt. Poi, Dan si allenò nel tiro lento. Dopo mezz'ora, i due ebbero bisogno di bere.

"È una cosa seria con la ragazza degli hot dog?" chiese Matt.

Dan aggrottò la fronte. "Vuoi dire Holly?"

"Sì, sì Holly."

"Non lo so. Stiamo facendo un tentativo per tre settimane. Vivendo insieme."

"Sembra piuttosto serio." Matt prese un'altra bottiglia d'acqua.

"Immagino di sì. Non è come le altre donne."

"Quindi, non ti ha tradito mentre eri in trasferta?"

Dan scosse la testa. "No. C'era un altro motivo per il quale non rispondeva alle mie chiamate."

"E qual era?"

"Non posso dirtelo. Lo saprai presto, ma non ancora."

"Un segreto, eh? Sembra una storia di spionaggio," rispose Matt, bevendo un sorso d'acqua.

"In un certo senso, ma non proprio. Credimi. Te lo racconterò quando potrò"

"Ti credo, amico, ti credo." Matt diede una pacca sulla schiena al lanciatore e i due ripresero ad allenarsi.

Dan si allenò alla battuta e al bunt prima di riprendere a lanciare. Al tre, interruppero l'allenamento e raggiunsero le docce. Skip si fece una doccia accanto a Dan e Matt.

"Il ragazzo innamorato qui ha colpito la palla a ventidue miglia all'ora oggi," disse Matt.

"Il ragazzo innamorato? Intendi quello che ama gli hot dog, vero?" chiese Skip.

"Uh uh!" fece Jake.

"Va bene, va bene. Si chiama Holly. E, sì, oggi novantadue. Per la prima volta," disse Dan.

"Immagino che fare l'amore di frequente migliori i tuoi lanci," disse Matt.

"Che cosa stai facendo con quel braccio, a proposito?" domandò Skip.

Dan si risciacquò e prese un asciugamano. "Vaffanculo."

"Ooooh, il Re dei Tiri Lenti è suscettibile," disse Jake.

"Vieni qua fuori e ti faccio vedere io quanto sono suscettibile."

I ragazzi scoppiarono a ridere.

"Ed esser buttato fuori dalla squadra perché il nostro miglior battitore si rompe la mano colpendo la mia mandibola di ferro? No, grazie." Jake fece un passo indietro sotto il getto caldo.

I ragazzi continuarono a stuzzicarlo ma, quando non reagì, iniziarono a provocarsi tra di loro. Dan sorrise. Aveva una ragione per tornare di corsa a casa. La ragazza più bella del mondo lo stava aspettando. Magari aveva anche preparato la cena?

Gli altri ragazzi erano single. Avevano tutto il tempo del mondo da perdere in stupidaggini. Ma non Dan. Aveva tre settimane per conquistare il cuore di Holly. Non aveva tempo da perdere. Accostò e porse le chiavi al parcheggiatore, che lo salutò con un cenno del berretto. Il lanciatore si mise a fischiettare e a battere il piede mentre aspettava l'ascensore.

Una coppia di vigili del fuoco all'ingresso gli chiese un autografo e lui fu felice di accontentarli. L'odore del fumo lo raggiunse molto prima di arrivare al piano del suo appartamento. Quando le porte dell'ascensore si aprirono, all'ingresso c'erano altri vigili del fuoco che si dirigevano verso l'ascensore.

"Non si preoccupi. Va tutto bene adesso," disse uno di loro incrociando Dan.

Attraversò di corsa il corridoio verso il suo appartamento, dove fu accolto dall'odore pungente del fumo. *Holly!* Spinse la porta e trovò due vigili del fuoco, che lo salutarono facendogli un cenno col berretto. Girò l'angolo e raggiunse la cucina.

Holly era seduta lì, col viso tra le mani, in lacrime. L'acqua sgocciolava dal soffitto e dagli stipetti, accumulandosi sul pavimento. Una grossa pentola sui fornelli era piena d'acqua. Al suo interno, galleggiavano diversi pezzi di carne bruciacchiata.

"Holly. Tesoro. Cos'è successo?" Le accarezzò la spalla.

Alzò il viso, pieno di lacrime, e fece un respiro profondo. "Stavo cucinando lo stufato di manzo di Nancy quando mi sono addormentata sul divano. L'allarme antincendio ha iniziato a suonare, la carne ha preso fuoco, il sistema di irrigazione antincendio si è attivato, qualcuno ha chiamato i vigili del fuoco e la cena è andata!" disse piangendo, coprendosi il viso con le mani.

Dan la abbracciò e le sussurrò all'orecchio, "Non ti ho chiesto di stare qui per cucinare e pulire per me, tesoro."

"Voglio rendermi utile. Fare qualcosa." Con la voce ancora tremante, i suoi singhiozzi iniziarono a calmarsi.

"Lo fai, piccola. Lo fai."

"Forse se non mi facessi restare sveglia fino a tardi per fare l'amore, non mi addormenterei mentre preparo la cena." Gli lanciò un'occhiata.

Dan si mise a ridere, spostandole i capelli dal viso.

Si allontanò da lui. "Devo mettere in ordine tutto questo casino."

Le prese la mano. "Fermati. Ho un servizio di pulizie," disse, prendendo il cellulare. "Li chiamo e se ne occuperanno loro."

"Ma tutto questo cibo sprecato." Si asciugò una lacrima.

"Andiamo a cena fuori."

"Ma..."

"Su! Basta. Hai avuto una brutta giornata. Tutto qui. Non preoccuparti."

"Non sei arrabbiato?"

"Come potrei arrabbiarmi quando la mia ragazza mi prepara la cena?"

"Sei stupendo," disse, asciugandosi la guancia con un fazzolettino.

Dan fece il numero. Mentre il telefono squillava, la strinse a sé. "Joe Cleaning? Sì. Sono Dan Alexander. Ho un'emergenza."

* * * *

La loro prima settimana insieme era finita e, nonostante l'incendio in cucina, Holly non riusciva quasi a credere quanto andassero d'accordo.

Sentendosi più rilassata, iniziò a diventare esigente riguardo all'appartamento. Dan doveva togliersi le scarpe davanti la porta.

"I pavimenti sono fatti per camminarci sopra," disse, rifiutandosi di togliersi le sneakers.

"Sì, ma non quelle scarpe orrende, sporche e piene di fango che indossi per l'allenamento."

"Non sono orrende," disse, alzando una gamba per guardare la suola.

"Davvero? Guarda bene."

"Sei una maniaca della pulizia?" le chiese.

"No. Ma un pavimento appena pulito dovrebbe restarlo per un giorno o due."

"Dovrò fare questo tutti i giorni?"

Lei annuì. "Ti abituerai. Inoltre, camminare a piedi nudi serve a massaggiare i piedi." Gli lanciò un sorriso sfacciato.

Lui fece un sorrisetto. "In questo caso..." Si tolse le sneakers. "Sono pronto."

"Aspettami in camera da letto," disse lei, agitando i fianchi mentre camminava.

Altre volte, era Dan a fare lo schizzinoso.

Andava fuori di testa quando lei usava il suo asciugamano.

"Ma voi ragazzi non usate qualunque asciugamano troviate nello spogliatoio?"

"Assolutamente no! Chiunque tocchi il mio asciugamano, deve vedersela con me. Chi può mai sapere che malattie possono avere alcuni dei ragazzi? Con chi vanno in giro a fare sesso. Cavolo. Sono sano e vorrei restarlo."

"Mi dispiace. Mi sono solo asciugata le mani col tuo asciugamano. Non ho nessuna malattia."

"Scusa se ho urlato. È ovvio che tu non ne abbia. È stata solo una reazione impulsiva." La baciò.

"Ti prometto di non farlo più," disse.

Il giorno dopo, trovò un negozietto di biancheria e si comprò due asciugamani rosa. Sapeva che lui non li avrebbe mai usati e lei si sarebbe sempre ricordata quali erano i suoi.

All'inizio della seconda settimana, Holly cercò di mettere da parte il panico che riempiva il suo cuore. Le giornate passarono rapidamente. Era terrorizzata per la sua partecipazione al processo e di dover lasciare Dan per un po'. Se solo avesse potuto fermare l'orologio perché quelle tre settimane diventassero tre anni! Tuttavia, ciò era impossibile, così tutti i giorni si vestiva per andare al lavoro, come sempre, pregando che il loro rapporto durasse.

Holly andò allo stadio con Dan. Era silenzioso e preoccupato i giorni in cui giocava. Lei lo capiva e non lo infastidiva, mettendosi a guardare fuori dal finestrino. Si chiese se le persone che vedeva passare per strada fossero felici come lo era lei. Rifiutandosi di pensare a quello che la aspettava tra due settimane, aveva preso la decisione di vivere nel presente, godendosi ogni momento trascorso con Dan.

Parcheggiò l'auto e le prese la mano. Si salutarono con un bacio all'ingresso dello spogliatoio. Lei voltò a destra e si diresse al chiosco. All'inizio della partita, Dan si tolse il cappello e le sorrise. Lei ricambiò il sorriso. Anche quella piccola attenzione le scaldò il cuore.

"Hot dog, comprate i vostri hot dog," urlava andando su e giù tra gli spalti. Il primo battitore degli Atlanta Athletics era pronto a battere. Lei si fermò per guardare il lancio.

"Strike," urlò l'arbitro.

Tre lanci dritti e lo eliminò. Holly sorrise orgogliosa. Dan si soffiò sulle dita, si raddrizzò il berretto e affrontò il secondo battitore. *Gli porta sempre fortuna quando elimina il primo battitore.*

Dan lanciò la palla dall'altra parte del piatto e vide la sua velocità sul Jumbotron. Novantatré miglia all'ora! Un nuovo record per lui. La folla andò in delirio mentre il secondo battitore riprendeva fiato — anche il secondo fu eliminato.

Dopo aver eliminato i tre battitori dell'Atlanta, Nat, Skip e Bobby raggiunsero il piatto e fecero il loro lavoro, caricando le basi per Jake Lawrence. Nella parte alta dell'inning, gli Athletics avevano battuto un solo fuoricampo, per un punteggio di uno a zero. Ora, Jake aveva l'opportunità di mandare i Nighthawks in testa con un notevole vantaggio. Il ragazzo sul monte di lancio si asciugò il viso due volte, ma continuava a sudare. Mandò una palla al centro e Jake la prese.

Holly guardò la palla andare sempre più in alto, fino a quando atterrò nella terza fila di sedili. Un fuoricampo con le basi cariche! I tifosi erano impazziti. Un uomo balzò fuori dal suo posto, la afferrò e si mise a ballare. I compagni di squadra di Jake lo aspettavano in casa base. Si diedero il cinque e si abbracciarono. Lei osservò i ragazzi che danzavano in panchina e sul Jumbotron li vide mentre si riunivano intorno a Jake.

Era l'inizio di settembre e ogni partita contava. I Nighthawks erano in lizza con gli Athletics e i Boston Bluejays per i playoff. Adesso, erano in vantaggio, quattro a uno nella parte bassa del quinto. Holly sapeva che poteva succedere qualsiasi cosa prima della fine della partita. Pregava che gli Hawks restassero in vantaggio. Il fuori campo caricò gli spettatori. Il tifo si fece più forte e alcuni tifosi diventarono un po' turbolenti, iniziando a imprecare e a litigare. La sicurezza dello stadio intervenne per riportare l'ordine tra gli spalti. Holly non aveva mai visto una partita così entusiasmante. Ogni lancio contava. Si accorse che la concentrazione di Dan non vacillava quando osservava prima Matt e poi il battitore. Fino al settimo inning, continuò a colpire la palla a novanta miglia all'ora e colpì l'area strike il settanta per cento delle volte.

Il punteggio era ancora quattro a uno. Uno degli Athletics spiccò il volo verso Skip in interbase, un altro batté un singolo nella zona sinistra del campo e un altro ancora pescò una base su fuoricampo da Dan. Con due fuoricampo e uno strike all'attivo, Cal Crawley lasciò la panchina. Dan sarebbe andato in battuta nella parte bassa del settimo. Holly si chiese se il manager l'avrebbe fatto uscire. Matt raggiunse i due ragazzi.

Abbassarono la testa per non permettere a nessuno di leggere le loro labbra. Poi, Crawley e Matt ritornarono al loro posto e Dan afferrò la palla con entrambe le mani, preparandosi per lo swing.

Ignorò il primo segnale di Matt, poi annuì per il secondo. Fu chiamato uno strike, poi uno swing e un colpo mancato. Il battitore successivo fece un foul e Matt Jackson lo prese, eliminando il terzo battitore. Dan si asciugò il sudore dalla fronte. Fece un respiro profondo. Holly capì che sarebbe stato felice di cedere il posto a un lanciatore di riserva.

Gli Hawks iniziarono la parte alta del settimo con Matt. Tirò un singolo sulla destra, ma dovette affrettarsi per superare il lancio. Il battitore successivo fece fallo al primo difensore e l'interno in terza base fu eliminato. Il battitore di rimpiazzo per il lanciatore colpì forte la palla oltre la rete per un fuoricampo.

Il giocatore che sostituì Dan fece due fuoricampo nella parte alta dell'ottavo. Il punteggio era sei a tre quando il battitore più forte degli Athletics impugnò la mazza. Con un uomo in base, un fuoricampo li avrebbe fatti restare indietro solo di un punto. Holly trattenne il respiro.

La palla arrivò al centro e il battitore ne approfittò per mandarla tra gli spalti della parte sinistra del campo. Il punteggio era Atlanta, cinque, New York, sei. La ragazza degli hot dog cominciò a sudare. Proprio come Spencer Larkin, il sostituto, che riuscì ad eliminare il battitore successivo concludendo l'inning. Ne mancava solo uno per proclamare la vittoria.

Nella parte bassa del nono inning, fu il turno dei primi tre battitori dei Nighthawks alla battuta. Nat non riuscì a colpire la palla. Skip mandò un lungo fly ball in centrocampo, che fu ricevuto. Bobby Hernandez mandò una palla alta nell'infield. Gli Hawks dovettero pregare che Larkin non facesse fare altri punti alla squadra di Atlanta. Holly salì tra gli spalti per osservare la panchina.

Cal Crawley teneva il piede sul gradino più alto. Masticava lentamente, col berretto abbassato sugli occhi e un'espressione impenetrabile. Dan stava vicino a lui, masticando una gomma, mentre parlava con Cal, che annuiva. I ragazzi fuori dal campo stavano in piedi, alcuni di loro passeggiavano. Il berretto di Dan gli copriva la nuca. Di tanto in tanto, si sporgeva alla sua destra per dire qualcosa a Julio Suarez.

Holly percepiva la tensione nell'atmosfera. Matt raggiunse il monte di lancio per conferire con Larkin. Dopo qualche cenno, il ricevitore ritornò al suo posto. Trattenne il respiro mentre Spencer si preparava, poi colpì la palla. Sentì il rumore della palla colpire il cuoio mentre Matt la afferrava col suo guanto. L'arbitro gridò "strike!"

Asciugandosi la fronte, Larkin continuò a lanciare a grande velocità. Dopo uno strike e un foul a Lawrence in terza base, i tifosi si rilassarono. Tuttavia, all'altra squadra bastava un solo fuoricampo per pareggiare e un homerun con giocatore in base per vincere.

Gli uomini in panchina non sembravano rilassati quando il ricevitore degli Athletics raggiunse il piatto. Scambiò qualche parola con Matt, poi si mise la mazza sulla spalla e si mise in posizione. Larkin accettò il segnale e iniziò il suo swing. *Crack!* La mazza toccò la palla, mandandola in centrocampo. Chet Candelaria la raggiunse facilmente e la ricevette.

Terzo battitore eliminato! Gli Hawks vincono! Holly si mise a saltare su e giù con i tifosi mentre le persone si alzavano per lasciare lo stadio. Quella sera avrebbero festeggiato a casa di Dan. Avevano vinto contro la squadra di Atlanta, migliorando la loro posizione per i play-off.

Holly andò nel bagno delle donne per cambiarsi i vestiti. Incontrò Dan all'uscita per il parcheggio. Lui la abbracciò, la fece volteggiare e le diede un grosso bacio. Sullo sfondo, sentiva i fischi e le urla dei suoi compagni di squadra. Le sue guance arrossirono mentre si allontanava da lui.

"Ce l'ho fatta! Ce l'ho fatta! Ho colpito la palla a novantatré miglia all'ora e ho vinto la partita!"

"Ce l'hai fatta! Congratulazioni, Dan. Fantastico! Stupendo! Sei incredibile!"

"Ora si monta la testa!" disse Matt Jackson.

"Non è ancora finita, Dan. Rimanda i festeggiamenti," disse Cal Crawley passandogli accanto.

"Giusto. E presto dovrai battere di nuovo," lo prese in giro Nat Owen.

"Sarò pronto con il mio bunt, stronzo!"

"Bada a come parli. C'è una signora qui," disse Bobby.

"Scusami, tesoro." Dan le mise la mano sulla schiena e si diressero verso l'auto.

Porse le chiavi al posteggiatore ed entrò con Holly nel suo appartamento.

"Mangiamo il chili rimasto?" chiese lei, togliendosi la giacca.

"No. Ordiniamo qualcosa o andiamo a mangiare fuori. Che cosa preferisci?" Si tolse la felpa.

"Ordiniamo qualcosa."

"Grandioso. Pollo fritto? Da Dizzy's Chicken Heaven?"

"Perfetto! Vado a farmi una doccia," disse lei, dirigendosi verso il bagno.

* * * *

Dan prese una birra e si sedette sul divano, poggiando i piedi sul tavolino da caffè mentre digitava il numero. Aveva una fame da lupo. Fece l'ordine e riagganciò.

Holly entrò in salotto con addosso solo un asciugamano bianco. Aveva i capelli ancora umidi, il viso splendente e un ampio sorriso. Gli tolse il fiato.

"Sei stupenda!" Si sedette meglio, osservando il suo corpo.

"Sapevo che ti sarebbe piaciuto."

"È quello che ti dona di più. Niente. Ti rende più te stessa," disse, toccando dolcemente il bordo dell'asciugamano.

"Uh, uh, uh! Stai cercando di spogliarmi?"

"Come ti viene in mente?" Afferrò il bordo inferiore dell'asciugamano e lo lasciò cadere sul pavimento.

"Oh mio Dio! Sono nuda!" Holly finse di imbarazzarsi, ma lui non ci cascò.

Dan la fece sedere sopra di lui sul divano. Le baciò il collo. Holly poggiò le labbra sulle sue. Si girarono su un fianco, poi Dan la mise sotto di lui. Anche se pensava che sarebbe stato stanco, la vittoria gli aveva dato energia. Lasciò scivolare le mani sotto di lei, spingendola verso di sé, cercando le sue labbra, desideroso di baciarle. Le aprì le ginocchia con le sue.

"Ti voglio," sussurrò, stuzzicandole l'orecchio col suo respiro.

"Adesso?"

"Adesso."

Le prese un seno con una mano, mentre con l'altra le toccava la coscia, per poi spostarla più in alto. La voglia gli fece irrigidire i muscoli. Strinse i denti sulla sua morbida pelle, cercando di trattenersi per non farle male. Aveva bisogno di lei, doveva averla, possederla, lì e subito.

Lei giocherellò con i suoi bottoni, riuscendo a slacciarne due o tre — abbastanza per lasciar scivolare la mano sul suo petto. Il tocco delle sue dita lo fece rabbrividire. Cavoli, la ragazza sapeva come accarezzare un uomo.

Non poteva chiamarlo amore. Voglia, bisogno, mancanza di controllo — c'erano altri mille modi di definirlo. La guardò negli occhi, che brillavano dalla passione. Farla eccitare aumentava a dismisura il suo desiderio. Con le dita, raggiunse il suo punto caldo. Era già bagnata. *Deve sentirlo anche lei. Quello che abbiamo.* Mise le dita dentro di lei, con forza, rallentando solo all'intensificarsi del suo respiro.

"Mi dispiace," disse.

"Sto bene."

Dan non poteva più aspettare. Abbassandosi la cerniera dei pantaloni, tirò fuori il cazzo, duro come un muro di mattoni, e lo inserì dentro di lei. Non doveva impegnarsi troppo per farla accendere. Si eccitava presto come lui. Era una delle molte cose che amava di lei. *Che amava? No, aspetta, che gli piacevano. Già, che gli piacevano molto di lei.*

Una volta dentro di lei, si mise sulle ginocchia e le afferrò i fianchi. Lei urlò il suo nome. Lui spingeva dentro di lei con tutte le sue forze. Lei alzò un ginocchio fino al suo petto, poi l'altro, e lui le entrò dentro il più possibile. I muscoli tesi di lei lo tenevano stretto, lo accarezzavano, lo eccitavano.

Dan cercò di resistere, di prolungare il loro contatto, ma perse il controllo. Lei urlò, muovendo ritmicamente i fianchi, tenendolo stretto tra le sue cosce. Chiuse gli occhi e si leccò il labbro inferiore con la lingua. Il suo orgasmo lo mandò in estasi. Le sue palle si strinsero e venne come uno tsunami. Chiuse gli occhi così forte da vedere rosso mentre il piacere gli attraversava tutto il corpo, facendolo rabbrividire.

Lei gli mise le dita sotto la maglietta e gli affondò le unghie sulla schiena.

Accarezzandole le guance, le diede un tenero bacio. "Mi dispiace se sono stato un po' brusco."

"Va tutto bene. Non mi hai fatto male."

"Non ho mai provato niente del genere prima. Avevo voglia di te. Immediatamente."

Gli accarezzò con le dita il viso, ben rasato per la partita. "Il tuo viso somiglia al culetto di un bambino."

"Oh? E quanti culetti di bambino hai accarezzato?"

Lei sorrise. "Non molti. Mi piace così. Voglio dire, mi piace anche quando hai la barba. Non fraintendermi. Ma così è carino, davvero carino. Niente barba pungente."

Uscì da dentro di lei e si appoggiò sulle anche per osservare la sua pelle. "Sei bellissima. Potrei restare a guardarti per giorni, anche mesi."

Forse anche tutta la vita? Scosse lentamente la testa per allontanare quel pensiero.

"Anche tu lo sei. Bello, voglio dire."

Quando stava per baciarla un'altra volta, suonò il citofono.

"Merda! La cena!" disse.

Scivolando via da sotto di lui, si precipitò in camera da letto, dimenticando l'asciugamano sul pavimento. Mentre si dirigeva lentamente verso il citofono, si alzò la cerniera e cercò il portafoglio nella tasca posteriore.

Tornando dalla porta d'ingresso con in mano una grossa busta dal profumo delizioso, la trovò in cucina, con indosso una soffice vestaglia bianca, intenta ad apparecchiare la tavola.

"Non stai mai tranquilla. Non smetti mai di muoverti."

"No."

Le mise la mano sul braccio. "Lascia fare a me. Posso apparecchiare io e servirti?"

"Sei tu quello che ha giocato benissimo. Dovrei essere io a servirti."

"L'hai già fatto," sussurrò, strofinandole il naso sul collo.

"Io credo che..." iniziò a dire lei, socchiudendo gli occhi e stringendosi a lui. Poi, si fermò, spalancò gli occhi e arrossì.

"Tu credi cosa?"

"Non importa."

Stava per dirmi che è innamorata di me? Voglio che lo faccia? Si diresse di corsa verso il piano di lavoro, aprendo la busta. Rendersi conto che voleva che lo amasse gli tolse il respiro e gli fece sentire i nervi a fior di pelle. Il suo battito cardiaco accelerò e si sentì riscaldare il petto.

Dan iniziò a disporre il pollo su un vassoio. Tirò fuori l'insalata di patate, l'insalata di cavolo e l'insalata di maccheroni dalla busta e si mise a cercare le posate da portata. Mise tutto a tavola, mantenendo lo sguardo basso. Se avesse alzato gli occhi, lei avrebbe visto l'espressione dell'amore sul suo viso, nei suoi occhi. Non avrebbe mai funzionato.

Dopotutto, lei doveva andarsene, e come faceva a sapere quando l'avrebbe rivista? Il pensiero che aveva cercato di allontanare dalla sua testa si ripresentò con insistenza. Non riusciva a sopportare l'idea che lei andasse da qualche parte dove lui non potesse raggiungerla, senza sapere nemmeno per quanto tempo. Poteva essere un anno, o anche di più. Dipendeva tutto dal processo e dalla sentenza. E se fosse successo qualcosa? Avrebbe avuto bisogno di lui per proteggerla, giusto? O ci sarebbero state delle guardie di sicurezza? Non ventiquattro ore su ventiquattro.

Come avrebbe fatto tutto quel tempo senza di lei? *Maledizione. Merda. Merda. Merda. Sì, era proprio amore.* Frugò nel cassetto delle posate e prese due forchette e due coltelli. Neanche lei lo guardava negli occhi. *Forse anche lei prova le stesse cose.*

Mangiarono in silenzio, porgendosi educatamente i piatti e assaporando il pollo fritto. Vergognandosi all'improvviso di sé, lui alzò lo sguardo. Dan Alexander non si era mai tirato indietro davanti alla verità in tutta la sua vita. Era sempre stato onesto e aveva sempre affrontato le cose in modo diretto. E quello non era certo il momento di smettere.

Poggiò la forchetta e le prese la mano sinistra tra le sue. Lei alzò brevemente lo sguardo, poi lo riabbassò. Lui le sollevò il mento con la mano. I suoi occhi meravigliosi, di quel magnifico blu, lo guardavano calorosamente.

"Ti amo, Holly. Non l'avevo previsto. È semplicemente successo."

Capitolo Dodici

Stava davvero succedendo a lei? Sbatté le palpebre e aprì leggermente la bocca, ma non emise alcun suono. Non si sarebbe mai aspettata che si innamorasse di lei. Un'avventura, una situazione comoda, sesso facile — poteva essere centinaia di cose, ma non amore. Lei di certo lo amava, chi non lo farebbe? Era un ragazzo meraviglioso, anche se si dimenticava di togliersi le scarpe prima di entrare in casa.

"Davvero?"

Lui annuì, diventando rosso in viso.

"Anch'io ti amo. Perché mi ami?"

Lui scoppiò a ridere. "Dammi un rotolo di carta igienica e ti faccio la lista."

A quelle parole, si sporse dal tavolo e la baciò.

Saltarono il dolce e andarono direttamente in camera da letto. Il calore che emanavano faceva sembrare quello della zona docce dello spogliatoio dello stadio un semplice tepore. L'emozione riempiva l'atmosfera, penetrando nel cuore di Holly. I loro baci erano incandescenti, il contatto tra di loro era infiammante. Spinti dall'amore reciproco, i due raggiunsero un livello di soddisfazione finora ignoto.

Confusa, esausta, stanca, Holly si addormentò stretta al petto del suo amante.

Si svegliarono sorridenti. Lei si sentì pervasa dalla timidezza. Nessuno le aveva mai detto di amarla. Nonostante la sua notevole raffinatezza, esitò prima di toccare Dan o di parlargli.

"Hey, tesoro. È ora di alzarsi," disse, scavalcandola per spegnere la sveglia. Ritornando al suo posto, le diede un bacio sul naso.

"Davvero? Davvero? Volevi davvero dire quello che hai detto?" Gli spostò una ciocca di capelli dalla fronte.

Dan le prese la mano e gliela baciò. "Sì. Assolutamente. Ora devo andare allo stadio."

Lei si vestì mentre lui si faceva la doccia. In macchina, condivisero un nuovo tipo di silenzio. Si scambiavano sguardi, si sfioravano le dita e si sorridevano, facendo sembrare il tragitto molto più breve. Temendo che Bud vedesse la felicità nei suoi occhi, tenne lo sguardo basso mentre riempiva il carrello.

"Che cosa succede fra te e Dan?"

"Niente di particolare." Lei cercò di sfuggire, ma lui le afferrò il braccio.

"Forza, Holly. Non me la bevo."

"Che intendi dire?"

"Si fanno molte chiacchiere negli spogliatoi su Dan. Su te e Dan. Allora, cosa mi dici?"

"Beh, abbiamo deciso di vivere insieme per le poche settimane che mi mancano prima del processo. È solo per un periodo. Fine della storia."

Bud sorrise. "Nah. È più di questo. I ragazzi pensano che Dan comprerà presto un anello di diamanti. C'è qualcosa di vero?"

Lei scosse la testa. "No. Ne dubito. Assolutamente no."

Bud le fece l'occhiolino. "Forza. Il tuo segreto è al sicuro con me." Lui tornò al chiosco e iniziò a riempire un altro carrello.

Holly alzò le spalle e raggiunse gli spalti. Aveva sperato di tenere segreta la sua relazione con Dan, ma ovviamente non era così. Sorrise tra sé pensando che gli uomini spettegolassero quanto le donne. Per un attimo, si fermò a prendere in considerazione l'idea che lui le facesse la proposta. Cercò di allontanarsela dalla mente e di concentrarsi sugli hot dog.

In piedi per l'inno nazionale, guardò Dan raggiungere di corsa il campo. Il suo cuore era pieno di orgoglio. Era così alto e bello, forte e pieno di talento. E, ancora per qualche giorno, sarebbe stato tutto suo. Iniziò a cantare, tenendosi la mano sul petto.

Alla fine dell'inno, Dan si voltò e le fece un cenno col berretto. Quello che non sapeva era che anche cinque dei suoi compagni di squadra, alle sue spalle, le fecero un cenno col berretto. Spalancò la bocca mentre guardava i suoi amici. Poi, si mise a ridere.

I giorni passarono velocemente. Holly e Dan caddero in una confortevole routine. Lei riprovò a preparare lo stufato di manzo di Nancy, stavolta con successo. Lui le portava i fiori e le faceva i complimenti per la sua cucina.

Dovette impegnarsi molto per evitare di fantasticare. Di tanto in tanto, si svegliava nel bel mezzo della notte, indossava una vestaglia e andava in salotto. Guardando le luci di New York City e del New Jersey, lungo il fiume Hudson, si preoccupava del suo futuro. Finalmente pronta ad andare avanti e a fare la cosa giusta, dubitava che la sua relazione con Dan avrebbe resistito.

Quanto tempo avrebbe dovuto stare lontana? Probabilmente fino alla fine del processo e fino alla sentenza. Non lo sapeva. Il procuratore distrettuale gliel'avrebbe detto. Dan non avrebbe aspettato per sempre — quale uomo lo farebbe? Singhiozzò, guardando dentro di sé alla ricerca di un sentimento di gratitudine. Già, doveva sentirsi grata per il tempo che aveva trascorso con lui.

Ma, essendo umana, voleva di più. Voleva una vita intera con lui, ma non sarebbe mai successo. Sbadigliò, ritornò a letto e si rannicchiò accanto al suo amante. La stanchezza ebbe la meglio, facendola ripiombare in un sonno senza sogni.

* * * *

Tre giorni prima del processo, Holly chiamò l'ufficio del procuratore distrettuale. "Il signor Housman, per favore."

"Il suo nome?"

"Holly Merrill."

"Sta aspettando la sua telefonata?"

"Oh, sì. E credo che sarà molto felice di sentirmi."

Qualche attimo dopo, la segretaria inoltrò la sua chiamata.

"Signorina Merrill?" chiese una profonda voce maschile.

"Sì."

"Fantastico! Non riesco a crederci. Spero che lei sappia di avere un dovere civile da —"

"Si rilassi! Sì, lo so. Sarò al processo. E dopo?"

"Potrà decidere se vivere da sola o se ritornare nel programma di protezione testimoni, ovviamente in una città diversa."

"D'accordo. Dovrò farlo, vero?"

"Se lui deciderà di fare ricorso, e sono certo che lo farà, allora, sì, lei sarebbe più al sicuro se entrasse nel programma."

"Ha più o meno un'idea di quanto durerebbe?"

"Non saprei. Posso cercare di velocizzare le cose, ma non posso prometterle niente. È un problema?"

"No. Sono pronta ad affrontarlo. So che è la cosa giusta da fare."

"Non può nemmeno capire quanto ne sono felice. Ero certo che fosse morta."

"Mi stavo solo nascondendo. In bella vista."

"Ovunque lei fosse, ha funzionato. Magari potremmo trovarle un lavoro nel programma di protezione testimoni," disse il signor Housman scherzando.

"No, grazie. Ho un favore da chiederle."

"Prima pensiamo alla sua testimonianza. Dopo, potrà chiedermi tutto ciò che vuole." Al Housman diede a Holly il suo indirizzo.

Lei riagganciò il telefono e deglutì. Aveva fatto ciò che doveva e il meccanismo per uscire da quell'incubo era in movimento. In quel preciso istante, si chiese perché non l'avesse fatto prima. Ovviamente, se non avesse avuto bisogno di nascondersi, non sarebbe mai andata allo stadio. Non avrebbe mai conosciuto Dan. Forse quella era stata la sua occasione fortunata?

Dan la riportò a cena da Trieste per la loro ultima sera insieme. Lei era talmente emozionata da non riuscire a parlare. Il suo appetito era svanito. Bevve un bicchiere di Chianti e giocherellò con il suo piatto di spaghetti e polpette. Il lanciatore mangiò di gusto, tuffandosi nel suo piatto di manicotti. Holly lo guardava. *È carino anche quando mastica.*

"Qualcosa non va con i tuoi spaghetti?" le chiese.

Lei scosse la testa. Aveva le parole bloccate in gola e aveva voglia di piangere.

"Posso assaggiare?" Lei annuì e lui avvicinò la sua forchetta. 'Sono buonissimi. Se non li vuoi, dovremmo portarli a casa. Avrai fame più tardi."

"Mi sembra di sentire mia nonna."

"Nonna? No mamma?"

"No. Nonna. Mamma non si preoccupava mai di quello che mangiavo."

"Accidenti." Arrotolò un'altra forchettata.

Lo stomaco di Holly brontolava, ma non le andava di mangiare niente.

"Vedo che hai fame. Devi mangiare. Domani sarà una giornata pesante."

"Puoi dirlo forte."

"Vorrei poter essere lì per tenerti la mano."

"È tutto a posto. Al Housman sarà lì."

Dan alzò lo sguardo. "È sposato?" Strizzò gli occhi.

"Non ne ho idea. Onestamente, non puoi preoccuparti di lui. Ha circa cinquant'anni ed è calvo."

"Meglio così," borbottò il lanciatore.

Ritornarono all'appartamento mano nella mano. Holly si strinse a lui, appoggiandogli la testa sulla spalla. Lui colse il suggerimento e le mise il braccio intorno. Aveva la pancia vuota, ma era il cuore a farle più male.

Dan mise il cibo rimasto in frigo, poi si diresse in camera da letto. "È ora di andare a letto."

"Sono solo le otto e mezzo."

"Su, piccola." Le prese la mano e lei obbedì. "Voglio fare con calma. Devo farmelo bastare per tanto tempo," disse spogliandosi.

Fece l'amore con lei lentamente. Holly assaporò ogni momento, conservando ogni contatto, ogni bacio, ogni carezza, nella sua memoria. Quando furono soddisfatti, le lacrime che aveva trattenuto esplosero. Lui la abbracciò, accarezzandole prima i capelli e poi la schiena.

Qualcosa le bagnò la testa. *Le sue lacrime?* Sorpresa, rimase in silenzio per evitare di imbarazzarlo, ma sorrise alla sua reazione. *Un uomo che si commuove dopo il sesso?*

"Mi terrai stretta a te per tutta la notte?" sussurrò, con voce tremante.

"Certo."

Si lavò il viso, poi tornò tra le sue braccia. La stanza era fresca, perché Dan aveva acceso il condizionatore. Si rannicchiò vicino al suo corpo caldo, muovendo il sedere tra i suoi fianchi. Lui le mise un braccio intorno, stringendosela al petto. I suoi peli le fecero per un attimo il solletico. Lui la abbracciava con i suoi forti muscoli.

"Ti amo," le disse. "Non dimenticarti di me."

"Come potrei?"

"Le persone mi vedono come un lanciatore invincibile. Ma io sono soltanto un uomo, Holly."

"Sei molto di più per me." Singhiozzò. La felicità le spazzò via la tristezza dal cuore mentre si abbandonava al sonno. Si concentrò sul respiro regolare di Dan e presto si addormentò anche lei.

Un incubo la svegliò alle quattro. Ebbe un sussulto e si sedette sul letto.

"Che succede?" disse lui con voce assonnata.

Lei lo sfiorò. Con le dita, iniziò a toccare i suoi solidi pettorali. "Niente. È tutto ok. Torna a dormire." Lei deglutì e fece un respiro profondo. Lasciando che i suoi occhi si abituassero all'oscurità, il battito del suo cuore rallentò. Quanti incubi avrebbe avuto prima che quel calvario finisse?

* * * *

Quando si svegliò, la mattina si rivelò nuvolosa e fresca. Holly ritenne appropriato che il cielo fosse coperto proprio il giorno in cui avrebbe incontrato il procuratore distrettuale. Si svegliò prima di Dan. Voltandosi su un fianco, rimase immobile, studiandolo mentre dormiva. Con qualche ciocca di capelli scuri sulla fronte, il suo viso sembrava più bello che mai.

I suoi occhi esaminarono tutto il suo corpo. Dan si prendeva cura di sé, allenandosi, mangiando bene e correndo tutti i giorni. Desiderava ardentemente toccarlo, ma non voleva svegliarlo. Gustarsi quel momento personale e osservarlo senza che lui lo sapesse era troppo bello per perderselo. I muscoli delle sue braccia sporgevano un po'. Le sue gambe erano slanciate e forti, i suoi fianchi snelli. Essendo di fronte a lei, non riusciva a vedere il suo stupendo sedere.

Quasi come se gliele avesse ordinato, si voltò dall'altra parte, dandogliene una vista perfetta. La sua schiena larga e le sue spalle erano forti. Guardarlo le dava i brividi. Era difficile credere che fosse stato il suo amante. Che cosa aveva lei da offrire? Oh, sì, qualche volta cucinava per lui, lo ascoltava parlare del baseball e faceva l'amore con lui ogni volta che voleva. Ma chi non l'avrebbe fatto?

Si girò di nuovo, stendendosi sulla schiena con un'erezione mattutina. Lei decise di dargli il suo regalo d'addio prima che si separassero. Si avvicinò a lui e lo prese in bocca. Lui iniziò a parlare.

"Ma cosa?"

"Buongiorno," borbottò lei, con la bocca piena.

"Che cosa stai facendo?"

"Questo è il mio regalo di addio," disse.

Lui scoppiò a ridere e le accarezzò i capelli.

Quando ebbe finito, entrarono insieme nella doccia. Prima di asciugarsi, lui la prese contro la parete del box. Il profumo e il sapore della pelle di Dan erano così freschi e puliti che lei continuò a tenere la bocca sulla sua spalla mentre entrava dentro di lei.

Quando Holly chiuse l'acqua, Dan si sporse per prendere un asciugamano.

"Lascia fare a me," disse lui, impedendole di prendere il soffice asciugamano. Quando lei abbassò le braccia, lui glielo mise sulla testa e cominciò ad asciugarle i capelli. Le asciugò tutto il corpo e poi asciugò il suo. Iniziarono a baciarsi, prima dolcemente, poi appassionatamente.

Una volta in camera da letto, si tolsero gli accappatoi.

"Ho una partita oggi."

"Buona fortuna. So che vincerai."

"Ogni partita conta adesso."

"Siete in vantaggio, giusto?"

"Di mezza partita. È ancora facile perdere."

"Non perderai. Aumenterai il vostro vantaggio," disse, guardandolo negli occhi.

"La tua fiducia in me è deliziosa, ma non sono l'unico lì fuori."

"La squadra ha giocato molto bene. Il vostro schieramento è il migliore della lega."

"Hai ragione su questo," disse, infilandosi la felpa.

Holly indossò il tailleur blu scuro e la blusa bianca che aveva comprato per il processo. Doveva avere un aspetto ufficiale, adulto, pronto, per testimoniare ed essere creduta.

"Hai un nuovo look."

"Professionale."

"Vorrei strapparti quella giacca e quella camicia di dosso."

Lei si mise a ridere. "Questa non è la reazione che spero di suscitare nella giuria."

Lui la baciò. "Sarai magnifica. Ovviamente, ti crederanno. Dopo tutto, è la verità."

"Lo è. Ma le persone non credono sempre ai fatti."

"Ti crederanno."

Il suo atteggiamento fiducioso la sollevò. Entrarono in auto e lui la accompagnò alla stazione della metro. Accese i lampeggianti e accostò al marciapiede per prendere la piccola valigia di Holly. Si abbracciarono. Holly chiuse gli occhi. Non voleva staccarsi da lui. I fischi rivolti a Dan l'avrebbero infastidita in passato, ma non oggi. Qualche lacrima le scese sulla guancia.

"Non preoccupartene," le sussurrò tra i capelli.

"Non lo faccio."

Infine, si separarono. L'aria le rinfrescava la pelle, ricordandole il calore che aveva condiviso con lui solo pochi attimi prima. Sentendo la sua distanza, fece un passo indietro. Dan aveva uno sguardo triste. Aggrottò la fronte e si passò le dita tra i capelli, spostandoseli dalla fronte. Avrebbe mai trovato un altro amore come il suo?

"Ti aspetterò. Per favore non trovare nessun altro mentre saremo lontani," disse.

"Non potrei mai trovare nessuno come te," rispose lei.

Lui sorrise. "Se vinciamo il gagliardetto, potrai venire a guardare il torneo?"

"Non lo so. Ci sono così tante cose in ballo."

"Comunque, ti lascerò un biglietto all'ingresso. Nel caso in cui tu possa."

"Ok. Farò il mio meglio. Ora, va a vincere la tua partita." Le loro labbra si sfiorarono per l'ultima volta.

Prendendole il braccio, la guardò negli occhi.

"Ti amo, Dan. Ti amerò sempre."

"Anch'io, piccola."

Prese la valigia ed entrò in stazione. Dopo essere salita in metro, per allontanare i suoi pensieri dal suo amante, Holly ripensò alla notte in cui aveva visto la guardia del corpo di Flash uccidere quell'uomo nel vicolo. Il procuratore distrettuale avrebbe voluto sapere tutti i dettagli. Mentre il treno viaggiava velocemente sui binari, ricostruì gli eventi di quell'orribile sera, quando tutto il suo mondo era crollato.

Ad ogni fermata, alcune persone scendevano e altre salivano. Holly scorse le foto di Dan sul suo telefono, rimanendo sulle sue senza guardare nessuno negli occhi. Dopo quindici minuti, arrivò a Canal Street, la sua fermata. Aprendo il biglietto con le indicazioni per raggiungere l'ufficio di Al Housman, proseguì verso est per qualche isolato prima di giungere al n°1 di Hogan Place. Entrò nell'edificio e si mise in fila per i controlli di sicurezza.

Vedere le guardia la fece sentire più al sicuro. Alzò lo sguardo e tornò a respirare normalmente. Ancora pochi passi e sarebbe stata al sicuro nell'ufficio del procuratore.

Quando fu il suo turno, si avvicinò alla guardia. "Il signor Housman mi ha detto di dirle di chiamarlo per dirgli che Terri Samuels è qui."

L'uomo controllò alcuni fogli sul suo tavolo, le diede una lunga occhiata e prese il telefono. "Manda subito qualcuno per accompagnarla, signorina Samuels. Può farsi da parte, per favore?"

Holly si avvicinò alla parete.

"Hey! Ma lei non è Holly Merrill?" L'uomo che l'aveva chiamata le scattò una foto quando lei si voltò verso di lui. Anche se non serviva negarlo adesso, rimase in silenzio. Non vi era ragione di confermare i suoi sospetti.

Una mano calda le si appoggiò sull'avambraccio. Stupita, si ritrovò a fissare un paio di occhi scuri.

"Mi manda il signor Housman. Sono John. Venga con me."

"Hey, signorina Merrill, dove si era nascosta? Come si sente a testimoniare contro Flash Kincaid? Ha paura?" Il giornalista si avvicinò troppo e John lo spinse lontano da lei.

"Se ne vada, stronzo. Non gli parli. Andiamo," disse John, portando Holly a un ascensore sul retro.

Quando le porte si chiusero, si rivolse a lui. "Non importa più che mi abbia riconosciuta, vero?"

"Dipende. Quante persone la conoscono?"

Deglutì. I Nighthawks! Presto, tutti avrebbero saputo chi era. Non la ragazza degli hot dog, ma una fuggitiva. Brontolò pensando a quanto Dan si sarebbe sentito in imbarazzo.

"Sa, John, quando mi metto nei guai, lo faccio fino in fondo." Holly scosse la testa. Ecco, quella era la fine di Dan. Tremò al pensiero di quanto lo avrebbe messo in ridicolo. Non se lo meritava. Dopo tutto, gli aveva detto chi fosse solo quando lui si era già innamorato. Se gliel'avesse detto subito, probabilmente si sarebbe allontanato.

Fece un sorriso. No, non Dan. Non era quel tipo di ragazzo. O almeno lo sperava.

L'ascensore si aprì al settimo piano. Seguì John lungo il corridoio fino agli uffici del procuratore. Lui la accompagnò direttamente da Al Housman. Si strinsero le mani. Era un uomo di altezza media, con i capelli un po' lunghi, tirati indietro, le sopracciglia folte e dei penetranti occhi marroni. Era snello e indossava un abito blu scuro. La giacca era appesa allo schienale della sua sedia e le maniche della sua camicia bianca erano arrotolate fino ai gomiti, mostrando delle braccia leggermente pelose. Nonostante la sua corporatura snella e il suo look casual, trasudava forza e passione, come una volpe.

"Prima di cominciare, questo è John," disse Housman, premendo un pulsante sul suo telefono. Un altro uomo robusto entrò dalla porta. "E questo è Buzz. La proteggeranno fino alla fine del processo. La porteranno nella sua suite in albergo e resteranno lì con lei. Dopo il processo, subentrerà Barb Finn. Ha già una nuova identità pronta per lei. La accompagnerà nella sua nuova casa e le spiegherà il piano. Le consegnerà anche la sua nuova patente e un po' di denaro per ricominciare."

"Grazie, signor Housman," disse, rilassandosi su una poltrona alata in pelle davanti alla sua scrivania.

"Apprezziamo che sia venuta a testimoniare. Sappiamo che è rischioso. Ma qualcuno deve pure allontanare i delinquenti come Kincaid dalla strada. Faremo di tutto per tenerla al sicuro."

Holly abbassò le spalle, rilasciando la tensione. "Grazie."

"Il mio secondo in comando, George, le farà delle domande. Lei sta bene?"

Gli sorrise. "Sto bene. Apprezzo tutto quello che state facendo."

"Con il suo aiuto, quella canaglia sarà presto dietro le sbarre. E lei potrà ritornare alla sua vita."

Al si alzò. La porta laterale si riaprì e un uomo biondo entrò nella stanza. Si presentò e condusse Holly in una piccola sala conferenze. Vi erano alcune persone. Una accese un registratore, mentre l'altra aveva in mano una penna e un taccuino. George le indicò una sedia e Holly si sedette. Non sapeva cosa aspettarsi, ma di certo non pensava che sarebbe diventata una celebrità.

George le versò un bicchiere d'acqua e lo mise davanti a lei sulla lunga tavola. Improvvisamente assetata, ne bevve un sorso.

"Ok, signorina Merrill. Può raccontarci cos'è successo la notte del sei giugno? Si prenda il tempo che vuole. Non ometta niente, nemmeno il minimo dettaglio."

Capitolo Tredici

Dan trovò conforto nelle chiacchiere con i suoi amici nello spogliatoio.

"Matt ha vinto la scommessa le ultime due volte. È il tuo periodo fortunato, Jackson," disse Chet Candelaria, indossando i pantaloni della sua uniforme.

"È perché è sfortunato con le donne," disse Jake Lawrence.

"Già, niente donne con cui infrattarsi per Jackson," intervenne Nat, scuotendo la testa.

"Fanculo. Non ci sono fratte a New York City, comunque. Dite così solo perché non riuscite a scovare una bella ragazza prima di me. Perché non guardate come faccio la prossima volta? Imparate dal maestro."

"Alcuni di noi guardano la partita," disse Bobby Hernandez.

"Come se servisse a migliorare la tua media, coglione."

"Chi hai chiamato coglione?"

"Te, testa di cazzo," disse Matt, indicando il secondo difensore.

"Testa di cazzo? Così va molto meglio. Il mio cazzo? Sì."

"Non è questo che vuol dire," preciso Nat.

"Non me ne frega un cazzo," rispose Bobby.

"Dan vinceva sempre prima, ma ora pensa solo alla sua pollastrella, così non gioca più," disse Jake.

"Vi piacerebbe avere una ragazza come Holly," disse Dan. "In ogni caso, non posso giocare oggi. Devo lanciare."

"Bene. Vedremo se Mister Non Sedurmi continuerà a essere così fortunato," disse Nat.

"Se ha vinto due volte, non è fortunato. È fottutamente fortunato ," aggiunse Jake.

"Gelosi. Siete solo gelosi," rispose Matt.

Dan si infilò le scarpe. "Sfido chiunque di voi a battere il mio record."

"Guardatemi. Ho il radar per le tette grosse," disse Matt.

Jake scoppiò a ridere. "Ti piacerebbe."

"È vero. Riesce a vederle, è solo che non riesce a toccarle", ridacchiò Bobby.

Quando furono pronti, si diressero verso il campo. Dan tenne il berretto sul cuore durante l'inno nazionale. Si sentiva molto triste sapendo che, quando sarebbe salito sul monte di lancio, non avrebbe fatto il suo solito cenno col berretto a Holly.

Matt si avvicinò a lui quando entrarono in campo. "Concentrati, Dan. Dobbiamo vincere."

"Lo so."

Il ricevitore diede una pacca sulla schiena al lanciatore, poi raggiunse il piatto. Dan fece qualche lancio di riscaldamento. Era pronto a colpire, pervaso dall'energia e dalla determinazione. Eliminò il primo battitore.

Matt gli fece un cenno alzando il pollice. Aver eliminato il primo battitore fece rilassare il lanciatore. Gli concedeva un vantaggio e faceva credere all'altra squadra di aver qualcosa da temere. Si sentì più fiducioso. Si preparò, strinse gli occhi, si concentrò e mandò la palla sopra il piatto a novantatré miglia all'ora. Era proprio in forma. La sua bravura durò fino all'ottavo inning. Ricevette una standing ovation quando fu sostituito al nono inning.

Aveva persino eseguito un bunt perfetto, portando Matt in seconda base, dove ricevette un doppio di Nat Owen. Il lanciatore spiazzò tutti con un lancio potente che mandò la palla sul campo sinistro. Corse come il vento e mandò la palla in prima base.

Il punteggio era Nighthawks cinque, Washington Generals due. Aveva battuto un fuoricampo, mandato in base tre lanci e eliminato quattordici battitori, ottenendo un nuovo record personale.

Nello spogliatoio, si mise a canticchiare sotto la doccia. Non dovendo incontrare nessuno dopo la partita, si prese il suo tempo. Con un asciugamano intorno alla vita, si avvicinò al suo armadietto per vestirsi. I suoi cinque più cari amici erano lì intorno. Completamente vestiti, gironzolavano senza guardarlo negli occhi.

"Che succede?"

Matt allungò il braccio. Aveva in mano un giornale. "Hai visto questo?"

Dan strappò il giornale dalle mani del suo amico e diede un'occhiata alla prima pagina. C'era un enorme foto di Holly sotto il titolo —"Testimone scomparsa riappare per inchiodare Kincaid." Lui grugnì. Lei sembrava sconvolta dalla paura.

"Tu lo sapevi?"

"Sì. Lo sapevo. E allora?"

"È la ragazza degli hot dog, la tua ragazza," disse Jake.

"E allora?" Dan si mise le mani sui fianchi. "Volete litigare?"

Tutti i ragazzi borbottarono. Nat e Bobby alzarono le mani e uscirono dalla porta. Matt aspettò il suo amico.

"Ho pensato che volessi prendere qualcosa per cena," disse.

Dan lanciò il giornale su una sedia. "La stampa solleverà un polverone da questa storia."

"Aspetta che scoprano che lavorava qui."

"Non lo scopriranno mai."

"Stai scherzando? La riconosceranno tutti. Qualcuno potrebbe vuotare il sacco."

"E allora? A me non importa."

"Beh, allora si solleverà un polverone anche per te."

"Lo pensi davvero?"

Matt tirò su col naso. "Stai scherzando?"

"Andiamo da Freddie. Ho voglia di un drink."

* * * *

Holly aveva perso il senso del tempo. Non usciva mai, tranne che per essere scortata fino a un taxi per andare in centro a essere torchiata dal procuratore distrettuale e dal suo staff, per poi tornare subito in camera. L'albergo era nel West Side di Manhattan, un edificio di piccole dimensioni, lontano dalla frenesia e dal traffico del centro. John e Buzz erano costantemente con lei. Mangiavano cibo d'asporto, guardavano film infiniti ed evitavano i telegiornali. I due furono felici quando si mise a guardare la partita dei Nighthawks.

Fece il tifo per Dan nel silenzio della sua stanza d'albergo mentre affrontava i Generals. Sentendo il bisogno di raccontare a qualcuno dov'era stata nei mesi precedenti, Holly si confidò con John e Buzz. Non aveva importanza dirlo a qualcuno, perché non poteva comunque tornare lì dopo il processo.

"Davvero? Non mi sta prendendo in giro, giusto?" domandò Buzz.

Lei scosse la testa.

"Non riesco a credere che sia stata lì per tutto il tempo," disse John, con un sorrisino.

Holly cambiò canale per vedere un po' cosa stesse succedendo nel mondo, ma John prese il telecomando e cambiò.

"Mi dispiace," disse, girando su un gioco a quiz.

"Hey. Volevo vederlo."

"Niente da fare. Ordini del procuratore."

"È già abbastanza brutto dover stare rintanata qui. Non posso nemmeno sapere quello che succede nel mondo?"

"Mi dispiace, Holly. Al ha detto espressamente di non farle guardare le notizie."

"Perché?"

"Potrebbe influenzare la sua testimonianza," disse John, stringendo la presa sul telecomando.

"I fatti sono fatti."

"Mi dispiace. Sono gli ordini." Aggrottò la fronte, ma il suo sguardo era comprensivo.

Rimase sul divano, imbronciata come una bambina, con le braccia incrociate sul maglione. Sospirò mentre i suoi occhi esaminavano la stanza. Vide qualcosa sporgere leggermente da sotto la porta. *Un giornale!*

John cambiò canale su una replica di un noto telefilm poliziesco, appoggiò la schiena e sorseggiò il suo caffè. Holly si alzò in piedi e si mise a girare per la stanza. Prese una ciambella nella piccola cucina e iniziò a mangiarla. Dirigendosi verso la porta d'ingresso, continuò a fissare John e Buzz, che dormicchiavano su una poltrona.

Con una mano dietro la schiena, abbassò la maniglia. Quando fu aperta a sufficienza, si abbassò, afferrò il giornale e filò verso il bagno.

"Hey! Che cosa sta facendo?" John si alzò di scatto dal divano, ma lei chiuse a chiave la porta pochi secondi prima che lui la raggiungesse. Lui cercò di girare la maniglia. "Dannazione, Holly! Mi dia quel giornale!"

"Solo quando avrò finito."

"Al aveva detto che sarebbe stata un vero agnellino. Maledetto bugiardo," borbottò.

Si sedette sul water e aprì il giornale. Sconvolta di vedere il suo viso in prima pagina, si mise a leggere l'articolo mentre le lacrime scorrevano sulle guance. Il titolo diceva —" La ragazza degli hot dog è in realtà una testimone in fuga." Scritto in tono di scherno, il nome "ragazza degli hot dog" divenne una specie di nomignolo. L'articolo le rimproverava di non essersi fatta avanti prima. Lei sapeva di aver fatto male a non contattare prima il procuratore distrettuale, ma aveva avuto paura. Fino ad allora, era rimasta al sicuro. Ma non avevano fatto un ottimo lavoro a Pine Grove, no?

Si arrabbiò molto che il giornalista non lo sapesse e iniziò a prendere in considerazione di scrivere una lettera all'editore per spiegare, ma poi decise di non farlo. Fortunatamente non avevano ancora svelato la sua relazione con Dan Alexander. Si sentì terrorizzata. Ovviamente, i cosiddetti giornalisti, affamati di scandali, l'avrebbero scoperto. Avrebbero continuato a scavare fino a conoscere tutta la storia e Dan sarebbe stato trascinato nel fango insieme a lei.

L'articolo la dipingeva come la pupa di un gangster. Non era niente del genere. Flash Kincaid era stato buono con lei. La portava in ristoranti eleganti, le comprava bei vestiti e anche qualche gioiello, rideva alle sue battute ed era un amante attento. Pensava di aver trovato il compagno perfetto, solo che non sapeva cosa facesse per vivere. Ovviamente, avrebbe dovuto capirlo, poiché parlava in modo evasivo del suo lavoro e aveva degli orari folli, con riunioni anche a mezzanotte.

Holly era stata ingenua. Aveva voluto credere che lui fosse il suo principe azzurro, che la salvava dalla sua torre solitaria di Park Avenue. Aveva voluto che fosse la persona giusta e aveva fantasticato su una vita perfetta insieme a Flash. Dopo aver superato lo shock di scoprire cosa facesse per vivere, aveva sofferto molto. Aveva sentito la sua mancanza, ripetendosi ogni giorno che non era l'uomo che credeva che fosse. Ma era stata una fantasia molto intensa, e faceva molto male lasciarla andare.

I giornali avrebbero mai raccontato tutto questo? Probabilmente no. Anzi, certamente no — perché era la verità, una storia umana di vero amore che era finita nell'inganno e nella violenza. Forse avrebbe potuto scriverci un libro? Forse un giornale avrebbe potuto pubblicare una storia a puntate?

Iniziò a scrivere per far passare quelle pigre giornate che trascorreva rinchiusa insieme a John e Buzz. Scrivere la aiutò anche a chiarire gli eventi di quella notte. La aiutò a prepararsi al processo.

Quando si stancò di scrivere di quegli avvenimenti, si chiese se la sua relazione con Dan avrebbe resistito alla loro separazione. Sapeva già dove sarebbe andata, ma non poteva dirlo ad anima viva — nemmeno ai suoi genitori. Non sapere per quanto tempo sarebbe stata lontana e quante altre donne avrebbero incrociato il percorso di Dan la rendeva ansiosa. Attraente, ricco, famoso — Dan era il sogno di ogni donna. Non poteva pretendere di tenerselo stretto molto a lungo dopo essere andata via.

Si lasciò sfuggire un singhiozzo. Non aveva senso preoccuparsene perché non c'era niente che potesse fare. Invece, Holly rivolse i suoi pensieri alla nuova vita che avrebbe avuto non appena il processo sarebbe finito.

Alzò le gambe sul tavolino e si ricordò della sua conversazione con Barb Finn, riguardante la sua nuova vita nel programma di protezione testimoni.

"Stavolta la mandiamo in Pennsylvania."

"Deve essere bello lì in autunno."

Barb aveva sorriso. "Già. Il suo nuovo nome è," aveva detto, frugando in un mucchio di fogli, "Carrie Thomas. La città si chiama Candlewood. Ne ha mai sentito parlare?"

"No," aveva risposto Holly.

"Vivrà nella pensione della signora Hatch. Avrà una stanza e potrà usare la cucina. Oh, siamo riusciti a trovarle il lavoro che voleva. Come apprendista da Bread and Butter, un panificio del luogo."

"Grazie. Carrie Thomas, eh?" Almeno aveva ottenuto il lavoro che voleva.

"Sì."

"Per quanto tempo?"

Barb aveva sollevato le spalle. "Dipende da un'eventuale ricorso in appello e dalla sentenza."

"Grazie. Telefono cellulare?"

Barb aveva scosso la testa. "Magari un telefono usa e getta. Ma solo se promette di usarlo in caso di emergenza. Non riusciremo a tenerla al sicuro altrimenti."

"Giusto." L'umore di Holly si era sgonfiato come un vecchio palloncino. Sperava almeno che avrebbe potuto mandare qualche messaggio a Dan di tanto in tanto.

"Buona fortuna," le aveva detto Barb, abbracciandola. "Sta facendo la cosa giusta."

"Lo spero."

Il suo ultimo brandello di speranza era svanito leggendo la notizia. Dan non sarebbe mai riuscito a trovarla. Ma non ci sarebbero riusciti nemmeno Flash e i suoi uomini. Sarebbe stata al sicuro, da sola, ricominciando tutto dall'inizio.

* * * *

Holly si svegliò presto la mattina del processo. Si vestì, poi raggiunse i due uomini per la colazione in camera. Parlarono della partita. Holly li sorprese con le sue conoscenze di baseball.

Alle otto, i tre lasciarono l'albergo. Un'auto privata li stava aspettando per portarli via velocemente e accompagnarli in tribunale. Con i due uomini al suo fianco, Holly salì i gradini. Aveva le mani sudate e il battito accelerato.

Al controllo di sicurezza, John mostrò i documenti e li lasciarono entrare. I tacchi di Holly facevano rumore sul lucido pavimento in pietra mentre si dirigevano in aula. Al Housman e i suoi due assistenti li salutarono. Strinsero la mano a Holly. John la scortò fino a una sedia della prima fila.

Housman le si avvicinò. "Kincaid o i suoi scagnozzi potrebbero lanciarle qualche occhiataccia. Non si preoccupi. Non possono farle del male qui."

"Grazie." Non l'aveva considerato.

Dopo qualche minuto, l'imputato fu scortato in aula da due guardie. Lei non poté fare a meno di guardarlo. I suoi occhi erano pieni di odio. Fissandola, sputò per terra. Le guardie lo strattonarono e lo rimproverarono. Ma lei ricevette il messaggio. Il suo battito accelerò ulteriormente mentre la paura la sopraffaceva.

Le guardie gli sussurrarono qualcosa. Flash sembrava piccolo e meschino. Si chiese come avesse fatto a innamorarsi di lui. Quando si sedette, guardò fisso davanti a sé.

"Mi dispiace," disse Al. "Non succederà più."

John le strinse la mano. La gratitudine per la sicurezza che lui e Buzz le avevano fornito la rassicurò. Adesso era al sicuro in aula e si sarebbe preoccupata dopo di tutto il resto.

Il cigolio dei cardini della porta la avvertì che altre persone erano entrate nella stanza. Si voltò per vedere a chi potesse interessare il suo caso. Suo padre e sua madre si sedettero nell'ultima fila. Suo padre fece un cenno con la testa e sua madre alzò la mano con un flebile sorriso. *Almeno sono qui.*

Si voltò nuovamente. Un colpetto sulla spalla la spaventò. John afferrò il polso di quella mano. Si sentì raggelare il sangue prima di girarsi. Bud, Nancy e Lisa Magee si sedettero proprio dietro di lei.

"Sono amici," disse Holly a John. Lui abbassò il braccio. "Grazie mille per essere venuti. Non dovevate."

"Siamo qui per te, tesoro," disse Nancy, facendole un sorriso.

Sorpresa dal loro affetto, Holly ricambiò il sorriso. Il battito le rallentò. Avere lì la sua famiglia temporanea a sostenerla la fece sentire sollevata. I cancellieri entrarono in aula e si fermarono al banco del procuratore. I mormorii e il rumore dei documenti erano i suoni più alti. Holly guardò una donna anziana seduta dall'altra parte. Aveva gli stessi lineamenti di Flash, probabilmente era sua madre. La donna lanciò un'occhiata ostile alla giovane testimone, poi alzò il mento e distolse lo sguardo.

Al si voltò per sussurrarle qualcosa. "Cinque minuti."

L'aula fece silenzio. I cardini cigolarono un'altra volta, poi sentì un rumore di tacchi sul pavimento. Ancora una volta, allungò il collo e spalancò la bocca. Dan le sorrise mentre raggiungeva la sedia accanto a

Bud. Non avrebbe mai pensato, nemmeno in un milione di anni, che sarebbe venuto. Ovviamente, aveva giocato il giorno prima, quindi oggi era libero.

Le strinse la spalla prima di sedersi. Una scossa di energia le attraversò il corpo. Le lacrime erano pronte a scenderle dagli occhi. Non aveva mai avuto tutto quel sostegno in vita sua. Prima che potesse parlare, il giudice entrò in aula e l'ufficiale giudiziario chiese a tutti di alzarsi.

Durante il processo, Flash le lanciava di tanto in tanto un'occhiataccia, ma lei rimase impassibile. Era venuta in tribunale per fare la cosa giusta e voleva andare fino in fondo, senza preoccuparsi delle conseguenze.

Finalmente, arrivò il turno di Holly di testimoniare. Il cuore iniziò a batterle più forte nel petto mentre raggiungeva il banco dei testimoni. Fece il suo giuramento e si sedette. Era pronta per le domande di Al. Lui le sorrise, mettendola a suo agio. Lei rispose sinceramente, anche se il cuore continuava a batterle più forte del solito. Poi, fu il momento del controinterrogatorio.

Lo staff del procuratore aveva cercato di prepararla a qualche possibile domanda strana da parte della difesa.

"Cercheranno di farla sembrare colpevole," le avevano detto.

"Colpevole io? Io non ho sparato a nessuno."

"Colpevole di ogni genere di cose. Di aver preso denaro da Flash. Di andare a letto con lui. Qualunque cosa. Cercheranno di danneggiare la sua credibilità screditandola davanti alla giuria. Si prepari."

"Che cosa posso fare?"

"Semplicemente dire la verità."

Fece un respiro profondo mentre un uomo dai capelli scuri, alto circa un metro e ottanta, in abito blu scuro e camicia celeste, si avvicinò a lei. Le fece un sorriso falso. Il suo battito aumentò. Si asciugò le mani sulla gonna.

Lui non perse l'occasione. "Nervosa, signorina Merrill?" L'uomo poggiò le mani sulla sbarra.

"Un po'. È snervante testimoniare in tribunale."

"Oh? Se dice la verità, che bisogno ha di essere nervosa?"

"Io sto dicendo la verità."

"Questo lo deciderà la giuria. Quanto tempo è durata la sua relazione col signor Kincaid?"

Chiuse gli occhi per un secondo per contare i mesi. "Quindici mesi."

"Quindi più di un anno?"

"Sì."

"E in tutto quel tempo non ha mai capito come si guadagnasse da vivere?"

"No, non l'ho fatto."

"Era troppo impegnata a spendere il suo denaro per chiedersi da dove venisse?"

"No. Io non spendevo il suo denaro."

"Oh? Lui non la portava in ristoranti eleganti, non le comprava abiti firmati e non le ha persino comprato un braccialetto di diamanti?", le chiese passeggiandole davanti.

"Sì. Ma era lui a spenderli. Era lui che voleva farlo. Io non gli ho mai chiesto niente."

L'avvocato della difesa, il signor Finch, si mise a ridere. "Davvero? È quello che dicono tutte le donne che fanno sesso per denaro."

"Obiezione!"

"Accolta."

"Ritiro la domanda."

"Io non facevo sesso per denaro!"

"L'obiezione è stata accolta e la domanda è stata ritirata, signorina Merrill. Non deve rispondere."

"Oh. Chiedo scusa, Vostro Onore."

Il giudice sorrise e annuì.

"Ma lei non andava a letto col signor Kincaid?"

"Sì." Ignorò il suo desiderio di cambiare posizione sulla sedia. Ovviamente, le domande si sarebbero fatte più scottanti.

"E lui non le comprava dei regali costosi?"

"Sì. Ma le due cose non erano collegate. Lo faceva di sua volontà. Io non gli ho mai chiesto niente."

"Si ricorda una conversazione riguardante le Bahamas avuta con il signor Kincaid, più o meno nel periodo natalizio?"

"Non mi ricordo."

"Lui le disse che sarebbe andato lì per il Capodanno. Se lo ricorda adesso?"

"No."

"E lei gli ha chiesto di poter andare con lui?"

"Oh. Sì. L'ho fatto." Holly annuì.

"E dice di non avergli mai chiesto niente di costoso?"

Si sentì ribollire le guance. "Questo era diverso."

"Perché?"

"Perché avrei sentito la sua mancanza. Ero innamorata di Flash. Non volevo separarmi da lui."

"Capisco. Eppure non ha mai detto che avrebbe comprato personalmente il suo biglietto aereo per le Bahamas, vero?"

"No." Si sentì umiliata.

"Quindi, lui le offriva cene costose, viaggi e regali, e lei vuole che questa corte creda che lei non sapesse da dove provenisse il suo denaro?"

"È così."

"Quindi, quando ha iniziato a uscire con un'altra donna, lei non era gelosa?"

"Quale altra donna?"

"Su, su, signorina Merrill, non menta. Lei sapeva che il signor Kincaid si era stancato di lei. Così, ha seguito il signor Grundy nel vicolo e si è inventata di averlo visto sparare a un uomo, non è vero?"

"No! Non avevo idea che Flash frequentasse un'altra donna." La rabbia si mescolò al dolore. Lanciò un'occhiataccia all'imputato, che aveva un'espressione fredda e distaccata.

"Certo che lo sapeva. La donna nel bagno delle signore le ha raccontato tutto di Angela."

"No! Non è vero. Mi ha detto soltanto che lui gestiva un giro di droga e di prostituzione!"

"Lei aveva capito che avrebbe perso tutto. E questo l'ha fatta infuriare. Così ha organizzato la sua vendetta. Se lei non poteva mantenere il suo stile di vita elegante con il signor Kincaid che le pagava le bollette, allora nessuno avrebbe potuto farlo. Così, lei ha deciso di mandare lui e il suo socio dietro le sbarre!"

"No, no! Non l'ho mai pensato."

Al Housman balzò in piedi. "Obiezione, Vostro Onore. Non è la testimone ad essere sotto processo."

"Stiamo semplicemente presentando un altro possibile scenario, Vostro Onore."

"Obiezione respinta."

Holly si rivolse a Kincaid. "Flash! Non avevi un'altra donna, vero?"

Il giudice mise il tappo alla sua penna. "Non si rivolga all'imputato, signorina Merrill."

"Chiedo scusa, Vostro Onore."

Il suo battito aumentò e le sue dita iniziarono a tremare. Chiuse i pugni per non far vedere il loro tremore all'avvocato della difesa. *Un'altra donna? Questa è una grossa menzogna. Stava tutto il tempo con me.*

"E lei vuole che questa corte creda che all'improvviso, una notte, spinta dall'impulso, lei decise di lasciare il signor Kincaid? Andandosene senza dire niente?"

"Sì. È così."

"E per caso lei ha visto il signor Grundy sparare a qualcuno?" chiese alzando la voce.

"Sì. Proprio così, esattamente."

"Che coincidenza! Lei crede nelle coincidenze, signorina Merrill?"

"Non è stata una coincidenza. È stato un disperato piano di fuga. Avevo paura."

"Capisco. All'improvviso, lei ha iniziato ad avere paura di quello che era stato il suo amante per più di un anno. Così tanta paura da dover scappare proprio in quel momento. Aveva paura che potesse spararle, signorina Merrill?" le chiese in tono stridulo.

"No. Io...beh, forse. Non lo so."

"Capisco. Lei non lo sa. Quindi, lei ha fatto sesso con il signor Kincaid, notte dopo notte, ha dormito nel suo letto, accanto a lui, notte dopo notte per un anno... e all'improvviso ha pensato che fosse un violento. All'improvviso, ha temuto per la sua vita? È questo che vuol far credere a questa corte?"

Holly trattenne le lacrime.

"Obiezione! L'avvocato Finch sta vessando la testimone."

"Obiezione accolta. Si calmi, avvocato Finch," disse il giudice.

"Chiedo scusa, Vostro Onore."

Ma Holly non vide alcuna espressione dispiaciuta sul suo viso. Invece, lui le fece un sorrisino. "Senza offesa, signorina Merrill."

Lei rimase seduta in silenzio, guardandolo.

"Voglio andare dritto al punto. All'improvviso, in un batter d'occhio, lei ha iniziato ad avere paura del signor Kincaid?"

"No."

"E allora cos'era?"

"Non volevo essere coinvolta in qualcosa di illegale. Se Flash stava infrangendo la legge, io dovevo andarmene."

"Capisco. Lei voleva salvare sé stessa."

"Sì. Io non ho mai infranto la legge."

"Ma la sta infrangendo proprio adesso, mentendo spudoratamente sul banco dei testimoni!"

Al Housman si alzò. "Obiezione!"

"Obiezione accolta."

La determinazione di Holly andò in frantumi. Non riusciva più a sopportare quella pressione e scoppiò in lacrime. Il giudice batté il martelletto e annunciò una pausa di venti minuti per permettere alla testimone di ricomporsi.

Holly lasciò il banco dei testimoni, asciugandosi le lacrime dalle guance. Gli assistenti di Al la portarono fuori dall'aula, ma non prima che potesse scambiarsi un'occhiata con Dan. Lui alzò una mano, con la fronte aggrottata e lo sguardo illeggibile.

Almeno non sono ancora riusciti a collegarmi a Dan.

Gli avvocati le porsero un bicchiere d'acqua e misero per un attimo da parte le domande. Le concessero qualche minuto per lavarsi il viso nella toilette delle donne, poi la riportarono in aula. Nancy le si avvicinò e le toccò la spalla. Un solo sguardo ai suoi genitori, pallidi in volto, disse a Holly tutto ciò che doveva sapere sulla loro reazione.

"Signorina Merrill, potrebbe gentilmente ritornare al banco dei testimoni? Si ricordi che è ancora sotto giuramento," disse il giudice.

Lei annuì mentre si dirigeva verso il banco dei testimoni.

L'avvocato della difesa si alzò e si avvicinò. "Spero che ora si senta meglio, signorina Merrill."

Lei lo guardò, ma non disse una parola.

"Non ho altre domande, Vostro Onore."

"Avvocato Housman?"

"Sì, ho qualche altra domanda per la teste, Vostro Onore."

"Proceda."

"Signorina Merrill, potrebbe gentilmente dire alla corte il suo indirizzo?"

"525 Park Avenue."

"Quanto tempo ha vissuto lì?"

"Tutta la vita."

"I suoi genitori vivono lì adesso, giusto?"

"Sì."

"E lei possiede un'abitazione privata?"

"Ho una suite che hanno ricavato da un altro appartamento. Hanno comprato un'altra casa e l'hanno unità alla loro. Me l'hanno data quando avevo ventidue anni."

"Può descriverci la suite?"

"Obiezione! Irrilevante! L'avvocato Housman sta sprecando il tempo della corte," affermò l'avvocato della difesa.

"Al contrario," ribatté Al.

"Se è pertinente con la precedente testimonianza, proceda, avvocato Housman," disse il giudice.

Holly si chiedeva, come il giudice, a cosa mirasse l'avvocato Housman.

"Quando frequentava il signor Kincaid, aveva un lavoro regolare?"

"No." Si sentì arrossire le guance. No. Era una ragazzina viziata, una parassita nei confronti dei suoi genitori. Ma ora non lo è più.

"Ha mai chiesto del denaro al signor Kincaid?"

"No."

"Allora, come guadagnava il suo denaro?"

"I miei genitori mi davano una paghetta."

"Quanto le davano?"

"Cinquemila dollari."

"Ogni quanto?"

"Ogni mese."

Il pubblico ebbe un sussulto e iniziò a mormorare. Guardò Dan, che aveva gli occhi spalancati. Poi guardò Flash, che la guardò malamente.

"Non pagava l'affitto?"

"No."

"Le bollette del telefono?"

"No."

"Quindi quei cinquemila dollari erano tutti per le sue spese personali?"

"Sì."

"Dunque, non aveva bisogno del denaro o dei regali costosi del signor Kincaid?"

"No, non ne avevo bisogno."

"E lui le regalava quelle cose perché la amava?"

"Obiezione! Invito l'avvocato a concludere," interruppe l'avvocato della difesa.

"Obiezione accolta," disse il giudice.

"Lei direbbe che quei regali e quelle cene le siano stati offerti perché eravate amanti?" domandò Al.

"Obiezione! La domanda è sempre la stessa."

"Accolta. Dovrà porre quella domanda al signor Kincaid, avvocato Housman, se vuole una risposta."

"Certamente, Vostro Onore. Le chiedo scusa."

"Adesso, ritorniamo a quella notte al nightclub. Lei è andata nel bagno delle donne?"

"Sì."

"E ha incontrato qualcuno lì dentro?"

"Obiezione!" urlò l'avvocato della difesa.

"Mi dispiace ma è stato lei a parlarne per primo, avvocato, quando ha nominato quella donna nel suo controinterrogatorio. Obiezione respinta."

"Ha parlato con qualcuno nel bagno delle donne?"

"Sì. Con una donna."

"E che aspetto aveva quella donna?"

"Capelli rossi, ciglia finte, molto trucco, vestito attillato, tette in bella mostra...oops, le chiedo scusa, Vostro Onore."

Il giudice le sorrise e Holly ricambiò il sorriso.

"Le ha detto il suo nome?"

"Mi ha detto di chiamarsi Tiffany."

"Le capita spesso di mettersi a parlare alla toilette con una donna che non conosce?"

"Qualche volta. Ma non sono vere conversazioni. Solo qualche parola sul ragazzo con cui stiamo e roba del genere."

"Capisco. E quella volta è stato diverso?"

"Sì."

"È stata Tiffany a parlarle per prima ho iniziato lei?"

Holly fece una breve pausa per pensare. "Mi sembra che sia stata lei a dire qualcosa per prima, ma non ne sono certa."

"E cosa le ha detto?"

"Mi ha chiesto se ero la nuova ragazza di Flash Kincaid."

"E lei come ha risposto?"

"Le ho detto di sì."

"Cosa le ha detto dopo quella donna?"

"Mi ha raccontato che lavorava per lui da molto più tempo di me. Si è infuriata molto e mi ha detto di non trattarla male perché faceva quel lavoro da tempo, o qualcosa del genere."

"E lei cosa le ha detto?"

"Le ho detto che non ero la sua ragazza nel senso che intendeva lei."

"In che senso pensa che intendesse?"

"Era piuttosto chiaro, pensava che io fossi una prostituta."

"E lo era?"

Holly ebbe un sussulto. "No!" Guardò il viso di Dan, che aveva la sua stessa espressione sorpresa.

"Cosa le ha detto?"

"Le ho detto di essere la sua ragazza."

"E lei come ha risposto?"

"Lei allora mi ha spiegato che aveva una scuderia di sei o sette ragazze e che vendeva anche droga. Poi aggiunse che, se avessi voluto un po' di coca, lui di certo me ne avrebbe procurata un po' gratis."

"E lei accettò la sua proposta?"

"No. Io non prendo droga."

"Come ha reagito alle parole di quella donna?"

"Mi sono spaventata. All'improvviso, tutto aveva un senso. Le riunioni con i suoi soci d'affari a mezzanotte. Le persone con accento straniero che si avvicinavano a noi al locale. E, quando io gli facevo delle domande, lui mi diceva che aveva assunto qualcuno per creare per lui nuovi videogame e che doveva restare tutto in segreto."

"E lei gli credeva?" chiese Al Housman spalancando gli occhi.

Holly abbassò lo sguardo. "Mi vergogno di dire che gli credevo." Poi guardò Al. "Ero innamorata di lui. Credevo a tutto quello che mi diceva."

"E adesso?"

"Adesso so che erano tutte bugie."

"Obiezione!"

"Respinta. Proceda, proceda, signor Housman," disse il giudice, guardando insistentemente l'orologio. "Sia conciso. È quasi ora di pranzo."

"Lei ha creduto a Tiffany?" chiese il procuratore distrettuale.

"Sì. Perché quello che mi ha detto faceva combaciare tutto."

"E cosa ha fatto quando è entrata in possesso di quelle informazioni?"

"Sono scappata. Sono uscita dalla porta sul retro e ho iniziato a percorrere quel vicolo."

"Cosa ha visto mentre era lì?"

"Obiezione! La domanda è già stata fatta e ha avuto una risposta."

"Accolta! Si sbrighi, avvocato Housman."

"Ok. Chiedo scusa, Vostro Onore. Non ho altre domande per il momento."

"Vi concedo un'ora di pausa per il pranzo," disse il giudice, battendo una volta il martelletto.

Si sentì sollevata. Holly alzò lo sguardo. I Magee le fecero un cenno di approvazione alzando i pollici, ma i suoi genitori uscirono dall'aula senza nemmeno guardarla negli occhi. Quando cercò Dan, vide Nat,

Bobby, Skip, Matt e Jake seduti dietro il lanciatore. Si alzarono tutti in piedi, rimanendo davanti alle loro sedie.

Al Housman le si avvicinò. "Ottimo lavoro! Ottimo lavoro, Holly."

"Lo pensa davvero?"

"Penso che lei sia stata molto credibile. I miei colleghi mi hanno detto che alcuni dei giurati annuivano mentre parlava. È difficile esserne certi, ma credo che lei li abbia convinti."

"Dopo essere stata definita una cacciatrice di dote, una persona avida e una prostituta, non mi sento molto fiduciosa."

"Eh, l'avvocato della difesa deve comportarsi così. È solo il suo lavoro. Non la prenda come una cosa personale."

"Non credo che possa essere molto più personale di così."

"Vada a mangiare qualcosa e torni per l'una e mezza. John e Buzz verranno con lei," disse Al, facendo un cenno ai due uomini.

Le guardie del corpo la seguirono. Quando raggiunse Dan, lui le prese la mano. Lei gli si gettò tra le braccia, scoppiandogli a piangere sul petto. I suoi compagni di squadra si riunirono intorno a lei, mormorando parole di incoraggiamento.

"Sei stata magnifica," le sussurrò Dan tra i capelli.

"Non piangere, ragazza degli hot dog. Voglio dire, Holly," disse Matt, porgendole il suo fazzoletto.

Lo prese e gli sorrise mentre si asciugava le guance. "Grazie, Matt. Voi ragazzi siete grandiosi. Grazie per essere venuti."

"Niente partita oggi," disse Nat.

"Dovevamo esserci," intervenne Jake.

"Siete fantastici, tutti voi." Li baciò tutti sulla guancia.

"Andiamo a pranzo," disse Dan.

"Maledizione, sì. Sto morendo di fame," disse Bobby. "Lasciamo qui gli scagnozzi e andiamo."

"Gli scagnozzi restano con lei." John lanciò un'occhiataccia al secondo difensore dei Nighthawks.

"Ok, ok. Senza offesa," disse Bobby, alzando le mani.

Mentre Holly usciva dalla porta, una signora più anziana le si avvicinò e le sputò in faccia.

"Stronza!" sibilò.

John si mise tra Holly e la donna, mentre Buzz si avviò verso la sicurezza. I giocatori circondarono Holly.

"Chi era quella?" domandò Dan.

"La madre di Flash," disse Holly, asciugandosi il viso col fazzoletto di Matt.

Capitolo Quattordici

Quando ritornarono in aula, i giocatori trascinarono i piedi, esitando fuori dalla porta. I fotografi erano pronti a scattare foto a Holly e a chiunque altro fosse legato a questo processo di alto profilo.

Un reporter si avvicinò a Dan. "Lei non è Dan Alexander dei New York Nighthawks?" chiese mettendogli un microfono davanti al viso.

"Sì."

"Come mai si trova qui?" domandò un'altra reporter.

"Sono qui per sostenere un amico." Dan cercò educatamente di evitare quei segugi per tornare da Holly.

"Lei è amico di Flash Kincaid?"

"No. Basta domande, per favore."

"Perché? Ha qualcosa da nascondere?"

"No. Sono solo un privato cittadino che sta cercando di aiutare un amico. Per favore spostatevi."

La donna continuò a bloccargli il percorso. "Chi è il suo amico?"

"Sono affari miei." Dan ne aveva abbastanza di essere educato. La spinse da parte, gentilmente, e si allontanò.

Lei si voltò e strinse gli occhi, fissando Holly. "È lei la sua amica?"

Un altro reporter gli si avvicinò. "È molto sexy. Quindi lei sta uscendo con la vecchia fidanzata di Flash Kincaid," urlò a Dan, che lo ignorò.

Dan raggiunse Holly.

"Capisci cosa intendo?" disse lei.

"Sono innocui."

"Dipende dai titoli dei giornali di domani e da come la prenderà il tuo agente," rispose.

Dan alzò le spalle. "Finché continuerò a segnare punti e a vincere partite, non gliene importerà niente."

Holly si strinse tra sé per evitare di toccarlo. Perdersi tra le sue braccia era così invitante.

"Vorrei restare, ma ho gli allenamenti," disse Dan. Le porse la mano. Quando Holly la afferrò, sentì qualcosa di freddo e duro. Abbassando lo sguardo, vide una chiave. "Ti servirà un posto dove stare."

"Non potrei. Non posso. Tu hai bisogno di starmi lontano. Io sarei una cattiva pubblicità."

"Non mi importa."

"Ma a me importa. Tu non ti meriti articoli negativi sui giornali, ma è questo che avrai se starai con me."

"E allora? Non sono un bambino, Holly. Non devi proteggermi."

"Per favore." Lei gli fece scivolare la chiave nel taschino della giacca.

"Andiamo, Dan," disse Matt, tirandogli la manica. "Arriveremo in ritardo."

Lui si allontanò mentre le macchine fotografiche scattavano.

"Come si sente a uscire con la ragazza di un gangster?" urlò la donna.

Lui la ignorò, continuando a guardare Holly.

Sbattendo velocemente le palpebre, Holly si voltò ed entrò in aula, l'unico posto in cui poteva restare al sicuro dagli sguardi predatori dei giornalisti. Fu accolta dall'odore della vernice per il legno e del cuoio antico. John e Buzz le stavano accanto, uno davanti e uno dietro, per evitare un altro incidente come quello accaduto con la madre di Flash, che non si vedeva da nessuna parte.

Per la prima volta, Holly capì il bisogno della loro presenza.

"Addio, Dan," sussurrò tra sé.

Facendo un respiro profondo, ritornò al suo posto. Una pacca sulla spalla da parte di Nancy le fece tornare il sorriso sul volto. Non era da sola.

Alle quattro e mezzo, il giudice richiese una sospensione fino al giorno successivo.

John e Buzz si presentarono per scortare Holly fino all'albergo. Si fermò per abbracciare i Magee.

"Sei stata bravissima," disse Bud.

"Sii forte. Noi crediamo in te," aggiunse Nancy. "Purtroppo, non possiamo tornare domani. Bud deve lavorare e Lisa ha la scuola."

"Nessun problema. Potrebbero non richiamarmi a testimoniare. È stato magnifico avervi qui oggi. Vi voglio bene," disse la ragazza, mettendo un braccio intorno a Lisa.

Circondata dalle guardie, Holly si diresse verso la metropolitana.

John la fermò. "Niente metropolitana. Troppo pericoloso. La nostra auto ci sta aspettando," disse.

Quando si voltò, vide Buzz aprirle lo sportello posteriore dell'auto. Quando tutti e tre i passeggeri vi salirono, il veicolo si diresse verso la West Side Highway.

"È stata brava," disse Buzz.

"Sì. Io le ho creduto," aggiunse John.

"Grazie, ragazzi. Io spero solo che l'abbia fatto la giuria."

Mentre procedevano lentamente in mezzo a quell'ingorgo di macchine, lei pregò che il processo finisse presto e che potesse iniziare presto il suo inserimento nel programma di protezione testimoni. Si chiese se c'era un modo di salvare quello che aveva costruito con Dan. Probabilmente no, dopotutto, come faceva a sapere per quanto tempo sarebbe stata lontana? Non poteva chiedergli di aspettarla. L'astinenza non era nel suo stile. Aggrottò la fronte, rendendosi conto che il prezzo che avrebbe pagato per le sue cattive scelte e la sua vita dissoluta era molto più alto di quanto avesse immaginato.

Il processo andò ancora avanti per cinque giorni prima della scelta della giuria. Holly ridusse un fazzolettino in mille pezzi mentre aspettava il verdetto. La sua vita era come sospesa. Se avessero dichiarato Flash innocente, lei avrebbe dovuto nascondersi per il resto della sua vita. Se l'avessero dichiarato colpevole, sarebbe dovuta restare nel programma di protezione testimoni fino alla sentenza. Era convinta che lui avrebbe fatto ricorso in appello.

Quando era andata alla polizia, non aveva idea di quanto la sua vita sarebbe stata ancora resa complicata da Flash Kincaid. Si sarebbe ancora fatta avanti se avesse saputo quello che sapeva adesso? Non dubitò nemmeno per un istante. Sì, l'avrebbe fatto. Era la cosa giusta da fare, pur dovendo rinunciare all'uomo migliore del mondo. Alcune decisioni erano ovvie, seppur difficili da accettare.

* * * *

Dan rimase in silenzio durante il tragitto verso lo stadio. I suoi compagni di squadra parlavano del processo.

"Avrei voluto dare un pugno in faccia all'avvocato della difesa," disse Jake.

"Già, maledetto idiota. Dire tutte quelle cose cattive sulla nostra ragazza degli hot dog," aggiunse Matt.

Per Dan, elaborare tutto quello che aveva appreso su Holly risucchiava tutta la sua attenzione. Lei non gli aveva mentito — era stata una cattiva ragazza, d'accordo. Ma aveva dichiarato di non aver mai saputo di cosa si occupasse Kincaid. Voleva crederle. Tuttavia, l'avvocato della difesa aveva messo in luce degli aspetti di Holly che mettevano a dura prova la fiducia del lanciatore nella sua ragazza.

"Le sue frecciatine da quattro soldi nei confronti di Holly mi hanno davvero fatto girare i coglioni," disse Skip.

"Se solo non fossimo stati in un'aula di tribunale, gli avrei tirato un pugno," disse Nat.

Dan guardò fuori dal finestrino e si ricordò della giornata trascorsa al Playland insieme a Holly. Era così preoccupata per le due ragazzine. Le teneva sempre d'occhio, sempre protettiva e ligia alle regole. Tutto questo non combaciava con l'immagine che l'avvocato della difesa aveva voluto attribuire a Holly di una ragazza dissoluta e menefreghista che metteva il denaro al primo posto.

Quando aveva rifiutato la sua offerta di rifugiarsi nel suo appartamento, aveva soltanto rafforzato la sua idea. Aveva messo il suo benessere davanti a tutto, decidendo di entrare nel programma di protezione testimoni, che l'avrebbe obbligata a rinunciare alla sua vita e ad assumere un'altra identità. Non voleva perderla. Aveva sperato che accettasse la sua offerta. Ma lo sperava davvero? Se avesse accettato, quella sarebbe stata una prova sufficiente che lei lo volesse per quello che poteva fare per lei, incurante delle conseguenze che ci sarebbero state per lui? Forse. Si sentiva confuso. Perché questa situazione si era conclusa in perdita per entrambi?

Indossò la tuta e raggiunse la sala per iniziare a riscaldarsi. Dopo il tapis roulant, fece un po' di stretching, poi raggiunse la panchina per rilassarsi. L'allenatore chiese a Matt di ricevere i suoi lanci. Dan avrebbe dovuto giocare nella prima partita della trasferta fra tre giorni, quindi doveva essere al massimo della forma, e allenarsi con Jackson era la scelta migliore.

Il lanciatore e il ricevitore si misero in posizione.

"Lancia un paio di tiri deviati," urlò Matt.

Dan annuì. Fece due tiri che non raggiunsero il box, tre che colpirono l'angolo inferiore, e altri cinque tiri perfetti.

Matt sorrise. "Tiro a effetto."

Dan seguì le istruzioni di Matt, facendo dieci lanci di ogni tipo. Cercò di allontanare Holly dalla sua mente e di concentrarsi sui lanci. Doveva mantenere il suo record. Sarebbero andati ai playoff dopo questa trasferta, se avessero vinto le ultime dieci partite. I Washington li seguivano a ruota, così come i Miami.

Dopo l'allenamento, i ragazzi lo convinsero ad andare da Freddie. Ordinarono hamburger e una pizza da dividersi. Ognuno di loro bevve una birra. Dan si mise a sorseggiare la sua.

"Brutta giornata, eh?" chiese Skip.

Dan annuì.

"Com'è la storia tra te e la ragazza degli hot dog?" domandò Jake, spremendo il ketchup sul suo hamburger.

"Ora non lo so. È tutto molto vago. Dipenderà dal processo. E maledizione! Il suo nome è Holly!" Dan sbatté la sua bottiglia di birra sul tavolo, senza versarne nemmeno un po'.

"Scusa, scusa. Sì. Lo so. Holly," disse Jake, guardando il suo piatto.

"Non per cambiare argomento, ma come facciamo a far scopare Jackson durante la trasferta?" chiese Skip.

"Tappandogli la bocca," rispose Dan.

"Fanculo, Alexander," disse Matt, mentre i ragazzi ridevano.

"Seriamente. Il suo umore sta peggiorando. Ha decisamente bisogno di una donna." disse Jake dando un morso al suo hamburger.

"Non ho bisogno di aiuto."

"Non senti il bisogno di intingere il biscottino, amico?" disse Nat.

"È troppo impegnato nel fai-da-te," disse Bobby.

"È innamorato di sé stesso!"

I ragazzi risero fino alle lacrime. Matt lanciò loro un'occhiataccia, poi bevve un sorso di birra.

"Che cosa farai con quei maledetti reporter?" chiese Nat, rivolgendosi a Dan.

Dan alzò le spalle. "Non c'è molto che io possa fare. A parte ignorarli, suppongo."

Ma, il giorno dopo, i titoli dei giornali erano scottanti.

"Dan Alexander va a letto con la ragazza del gangster"
"Alexander, la star dei Nighthawks, frequenta la pupa di Kincaid"

"Dan si porta a letto la pupa dello spacciatore"

Chiese al suo portiere di andare a prendere i giornali, poi li lanciò contro la parete. *Perché non ci lasciano in pace?*

Preparò la borsa e andò allo stadio. Dopo essersi imbarcato insieme ai suoi compagni di squadra sul pullman diretto verso l'aeroporto, si allentò la cravatta e appoggiò la testa, ma il sonno non arrivava. Seduto accanto a lui, Matt gli offrì un pezzo di gomma da masticare. Dan lo prese e iniziò a masticare, guardando fuori dal finestrino, chiedendosi se anche le vite delle altre persone fossero complicate come la sua.

Appoggiò la schiena e chiuse gli occhi. Gli tornarono in mente le immagini di Holly addormentata, con i suoi corti capelli scuri sul cuscino e la sua pelle chiara nuda solo per lui. Si chiese cosa stesse facendo. Aveva dato un'occhiata ai giornali per avere delle informazioni sul processo, ma non c'era scritto niente. Sperava che presto sarebbe finito tutto e che non ci sarebbe stato un ricorso in appello, ma ne dubitava.

Si ricordò di lei — nella doccia, al club, in preda alle urla sul Dragon Coaster. E dei suoi asciugamani rosa, ancora appesi nel suo bagno. Sorrise. Quando raggiunsero l'aeroporto, si strinse la cravatta, si passò le dita tra i capelli e si preparò a passare i controlli di sicurezza per salire a bordo del jet di lusso fornito dai Nighthawks. Nelson Hingus, il proprietario della squadra, voleva essere certo che la sua squadra viaggiasse con stile.

I ragazzi passarono senza imprevisti i controlli e salirono sull'aereo. Una hostess bionda e carina li accolse. Il jet aveva dei tavoli per giocare a carte e i film venivano trasmessi su schermi di dimensioni decenti. A qualcuno degli Hawks piaceva giocare a carte. Gli allenatori avevano un gruppo di poker. Dan e i suoi amici giocavano a hearts, oh cavolo, e anche a ramino. Matt aveva portato con sé il set da backgammon, il suo gioco preferito. Diceva di essere un giocatore imbattibile.

Durante i viaggi verso la costa occidentale, alcuni dei giocatori si dividevano in squadre per giocare a Trivial Pursuit. Alcuni di loro dormivano. Dan non si sarebbe addormentato stavolta. Si sedette bevendo un milkshake e sfidò Matt a fare una partita.

Dopo averne perse tre di fila, Dan decise di guardare un film. Stavano trasmettendo *Serendipity*. Essendo un fan di John Cusack, provò a guardarlo. La storia romantica gli ricordava Holly. Tuttavia, invece di essere triste, era felice di ricordarsi il tempo trascorso insieme. Skip si sedette accanto a lui e presto fu assorto dal film.

"Questo tipo è un idiota. Non la troverà mai. Che idea assurda," disse Bobby.

"Sì, lo farà. È un film. Deve avere un lieto fine," rispose Skip.

"Stronzate! Magari è un film grottesco. Magari alla fine vengono uccisi tutti."

"Sì, come se Schwartzeneggar sbucasse fuori all'improvviso con un AK-47 e li facesse tutti fuori? Sei tu l'idiota," disse Skip.

"Chiudete la bocca! Non riesco a sentire. Che cosa ha detto?" chiese Matt, unendosi a loro.

Cominciarono a scommettere su come sarebbe finito. Alla fine sarebbe riuscito a trovarla o no? Dan, sempre ottimista, immaginava di sì.

"È così che andrà tra te e Holly?" domandò Matt.

"In un certo senso."

"Come?"

"Dopo il processo, lei dovrà entrare nel programma di protezione testimoni fino alla sentenza o a un eventuale ricorso in appello."

"Quanto durerà?"

"Chi può dirlo?" strinse la mano in un pugno.

"Potrai continuare a parlarle, giusto?"

Dan scosse la testa. "Credo di no."

Matt lo guardò.

"Le daranno una nuova identità, un nuovo lavoro, la faranno trasferire da un'altra parte e non lo diranno a nessuno."

"Cazzo!" Matt prese una manciata di popcorn.

"Le daranno anche un nuovo cellulare."

"Non potrai nemmeno mandarle un messaggio, o dovrei dire *fare sexting*?"

Dan sospirò. "No."

"E se dovesse conoscere qualcun altro?"

"Sono fottuto."

"E se tu conoscessi qualcun'altra?"

"Impossibile. Non c'è nessuna come Holly. Non per me." Dan rivolse la sua attenzione allo schermo.

Il film ebbe un lieto fine. I ragazzi si alzarono per sgranchirsi e prendere qualcosa da mangiare.

"Spero che andrà a finire così anche per voi," disse Skip, dando una pacca sulla schiena al lanciatore.

Dan sorrise. Il suo amico gli aveva letto nella mente.

L'aereo atterrò e la squadra salì su un pullman che li condusse a un elegante hotel. Dan sistemò la borsa, poi si stiracchiò, guardando la luna fuori dalla finestra. L'unica cosa sulla quale poteva contare era la loro corsa verso i playoff. Dovevano vincere.

* * * *

Barb accostò l'auto davanti a una casa di mattoni in Fuller Street, proprio dietro la Main, a Candlewood, in Pennsylvania.

"La padrona di casa e la signora Hatch."

Holly annuì.

Barb sorrise. "Non immaginavo che Al avrebbe ottenuto la condanna. Tuttavia, lei è stata convincente."

"Anche se l'avvocato della difesa mi ha praticamente distrutta?"

"Sì. C'era qualcosa nella sincerità della sua voce e nel suo sguardo."

"Mentre lanciavo occhiatacce a quel bastardo?"

Barb sorrise. "Sì."

"Stavo dicendo la verità. Ora che Flash è stato condannato, quando ci sarà la sentenza? Che cosa succederà dopo?"

"Mi aspetto che la richiesta di ricorso in appello arrivi tra un paio di giorni. La sentenza sarà rimandata fino alla risoluzione."

"Probabilmente non conosce la risposta, ma quanto tempo crede che ci vorrà?"

Barb alzò le spalle.

"Come pensavo."

"Se il ricorso in appello sarà respinto e lui sarà condannato, la avvertirò quando sarà per sempre dietro le sbarre."

"E poi sarò libera di andarmene?"

"Hey, non è in prigione qui. Può andarsene quando vuole, ma a suo rischio."

Silenzio.

"L'ultima volta l'hanno trovata. Io non rischierei, Holly."

Singhiozzò. "Suppongo di no. È giusto così. Bene. Farò meglio a dimenticarmene." Holly fece per uscire, ma Barb le mise una mano sulla spalla per fermarla.

"Ho capito. Se è vero amore, la aspetterà."

"Già. Ha tutte le donne che gli cadono ai piedi. Perché dovrebbe avere bisogno di me?"

"Lei è unica, Holly. Non molte donne avrebbero il coraggio che lei ha dimostrato di avere. Lei è una donna forte."

"Grandioso. Questo e un po' di denaro mi permetteranno di ricominciare."

"Non si è pentita della sua scelta, vero?"

"No. È la prima cosa giusta e altruista che ho fatto nella mia vita."

"Sta per arrivare un "ma"?"

"I miei genitori mi hanno praticamente ripudiata. E Dan. Beh, vedremo. Ma non voglio stare ferma ad aspettare."

"Mi è sembrato che suo padre le desse qualcosa alla fine del processo."

"È così. Un assegno di ventimila dollari. Per poter vivere bene. E lontano da loro per molto tempo. Loro sono solo un danno collaterale," disse Holly.

"Può dirlo forte. Non hanno fatto nulla di male, ma l'hanno comunque umiliata."

"Umiliata è la parola chiave."

"Dato che ha un po' di denaro, non è obbligata a stare qui," disse Barbara.

"Questo denaro deve durarmi per un po' di tempo."

"Ma lei ha un lavoro."

"Davvero? Oh, sì, davvero."

"Come apprendista al panificio, si ricorda? Le permette di guadagnare abbastanza per vivere"

"Giusto, giusto."

Barb sorrise. "Noi cerchiamo di fare il possibile per rendere felici le persone che entrano nel programma di protezione. Qualche volta possiamo, altre volte no"

"È un premio di consolazione. Ma almeno imparerò qualcosa. Dove si trova?"

"Proprio su Main Street. A tre isolati da qui. È della sorella di Theresa Hatch, Mary Placer. Si chiama *Bread and Butter*. Da oggi la ragazza degli hot dog non esiste più."

Holly si sentì arrossire le guance. "Lei lo sapeva?"

"L'ho letto sui giornali."

Holly fece un respiro profondo. "Bene, è ora di ricominciare."

Barb Finn le si avvicinò e la abbracciò forte. "Buona fortuna. Se c'è qualcuno che può affrontare tutto questo e venirne fuori a testa alta, è proprio lei. Ci sentiamo. Le telefonerò ogni settimana o due. Solo per accertarmi che stia bene."

"Mi terrà aggiornata per quanto riguarda l'appello, vero?"

"Certamente."

"Grazie."

"Buona fortuna."

Holly sorrise mentre apriva lo sportello dell'auto. Si fermò in cima agli scalini, voltandosi a guardare Barb che si allontanava. Fu colpita da un'ondata di solitudine. Un'altra città nuova, persone estranee, un nuovo lavoro — avrebbe dovuto ricominciare tutto da capo. Abbassò leggermente le spalle mentre suonava il campanello.

Una donna magra, dai capelli grigi, aprì la porta asciugandosi una mano sul grembiule.

"Salve."

"Lei deve essere la ragazza nuova." La donna strinse i suoi piccoli occhi marroni.

"Carrie Thomas. Lieta di conoscerla." Holly le porse la mano.

"Benvenuta, Carrie. Si accomodi. La accompagno nella sua stanza al piano di sopra."

Holly la seguì, ascoltando le incessanti chiacchiere della donna sulla città.

"La cena è alle sei. La colazione alle sei e mezzo. Credo che Mary la voglia al panificio per le sette. La porta d'ingresso viene chiusa a chiave alle undici. Niente uomini in camera. Il bagno è in fondo al corridoio. Spero che le piaccia qui," disse, porgendole una chiave. "Il primo mese è già pagato. Ritiro l'affitto il venticinquesimo giorno del mese precedente. L'affitto è di trecento dollari."

"Grazie, signora Hatch. Sono certa che starò bene qui."

"Mi chiami Tresa, lo fanno tutti." Sorrise calorosamente.

Holly chiuse la porta a chiave. Entrò in una stanza molto carina, frivola e femminile, tutta bianca e rosa. La coperta del letto era bianca, ma la mantovana era rosa a strisce bianche. Strisce dello stesso colore decoravano le tende. La sua era una stanza d'angolo, con due finestre che davano sul giardino sul retro e una che dava su Fuller Street.

C'erano un armadio, una piccola scrivania, e una poltrona alata foderata in tessuto chintz. Il sole penetrava nella stanza, rendendola allegra. Le pareti erano dipinte di bianco e sul pavimento c'era una moquette beige. Holly si tolse le scarpe e si distese sul letto. Si chiese se avrebbe potuto mettere una casetta per gli uccelli fuori dalla finestra. L'avrebbe fatta sentire meno sola.

I pensieri di Holly si rivolsero poi a Dan, come le era successo ogni giorno da quando l'aveva visto per l'ultima volta. Si chiese cosa stesse facendo in quel preciso momento.

Capitolo Quindici

Inizio di ottobre

I Nighthawks erano ai playoff con i Boston Bluejays. Dan era felice che dovessero soltanto andare e tornare da Boston, senza bisogno di cambiare fuso orario. Aveva vinto tre partite di fila, supportato dalle eccellenti capacità dei suoi compagni di squadra. Erano riusciti a salvare qualche dannato close call. Era grato che i suoi compagni di squadra fossero riusciti ad eliminare i battitori, mandando fuori campo le loro palle alte.

Si diresse in sala allenamenti, dove si riscaldò prima sul tapis roulant e poi fece qualche semplice esercizio per sciogliere i muscoli delle braccia. Dopo, raggiunse la panchina e fece qualche lancio con Matt. Con addosso una T-shirt e un paio di pantaloni della tuta al posto dell'uniforme, non riuscì comunque a nascondersi da alcuni dei suoi fan. Alcuni gli si fecero intorno, guardandolo, pronti a farsi fare un autografo. La maggior parte rimasero in silenzio e non lo interruppero. Eppure, la loro presenza gli fece perdere la concentrazione.

"Che diavolo succede?" chiese Matt, alzandosi. "Che è successo al tuo tiro a effetto?"

"Troppi fan."

"Lasciali perdere. Cerca di concentrarti."

"Lo farò. Lo farò."

"È una perdita di tempo. Andiamo."

Una doccia calda rinvigorì Dan. Strofinò via dalla sua pelle la polvere della panchina e si lavò i capelli. Jake stava cantando mentre s'insaponava. Aveva una bella voce e Dan si chiese se il terzo difensore potesse intraprendere una carriera musicale alla fine della sua carriera nel baseball.

Dan avrebbe giocato durante la prima partita dei playoff. Gli stava bene. Si sarebbe impegnato all'inizio per poi rilassarsi per tutto il resto della serie di partite, in quanto non l'avrebbero più fatto giocare per quel turno. Avrebbero vinto la prima partita. L'anno precedente, erano stati eliminati dagli Orlando Owls. Ma non quest'anno. Avevano stracciato gli Owls, che avevano ceduto il loro miglior battitore a una free agency. Due dei loro migliori lanciatori erano infortunati. Così, gli Hawks li avevano sconfitti. Sarebbero entrati nella World Series quell'anno. Se lo sentiva. Poteva quasi gustarselo. Ma Holly non sarebbe stata lì a vederlo. Nello spogliatoio, mentre si preparava, era a lei che pensava.

"Stai pensando di nuovo a lei?" gli chiese Matt.

Dan aveva smesso di negarlo. Non poteva mentire ai suoi compagni di squadra. "Sì."

"Allora salirò tra gli spalti e mi metterò a gridare 'hot dog' se servirà a farti lanciare meglio," disse Matt.

Dan scoppiò a ridere. "Ti mancano gli elementi necessari, coglione."

Matt si mise due rotoli di carta igienica sotto la maglietta. "Così va meglio?" Iniziò a camminare ancheggiando, facendo piccoli passi col sedere in fuori.

Dan rideva tanto da non riuscire a respirare.

"Guardate, ragazzi, Matt è passato all'altra sponda," intervenne Nat.

Dopo pochi secondi, la stanza si riempì di giocatori degli Hawks, alcuni svestiti, altri divertiti, mentre altri ancora applaudivano e urlavano "togliti i vestiti."

Dan diede una pacca sulla spalla al suo amico e Matt si tolse i rotoli di carta igienica da sotto la maglietta e si infilò i pantaloni dell'uniforme.

Cal Crawley entrò nello spogliatoio per chiamare i ragazzi. "Oggi metteranno in campo Figueroa," disse. "Hanno deciso di schierare il loro miglior giocatore contro Dan. Rowley Banner si è ripreso dal suo infortunio e oggi giocherà."

"Nessun problema," borbottò Matt.

"So che Dan è in grado di tener testa alla maggior parte della loro formazione, ma Banner e tosto."

Dan annuì.

"Io scommetto su Dan," intervenne Jake. La stanza fu riempita dai sussurri di approvazione del resto della squadra.

"Non fare l'eroe, Alexander. Se ti trovi in difficoltà, per l'amor del cielo, fa il tuo segnale. Sarei sorpreso se arrivassi al settimo inning oggi."

"Posso farcela."

"Ti sei tolto quella ragazza degli hot dog dalla testa?"

"Sì, signore."

"Bene. Quando sei concentrato, nessuno può batterti. Skip, tu tieni d'occhio Mullins per rubare. A lui piace entrare in base scivolando con i piedi in avanti. Lo stesso vale per te, Jake. Sta cercando di superare un record quest'anno, e questa partita è molto importante."

I due interni annuirono.

"Bene, possiamo farcela. Stavolta, andremo fino in fondo. World Series. Siete i migliori. Ve lo meritate. Ora, andate in campo e giocate come solo voi sapete fare."

I ragazzi applaudirono.

Crawley si avvicinò alla porta, ma si fermò e si voltò. "Dan!"

"Sì?"

"Tieni lontani i giornalisti. Ti faranno un sacco di domande sul processo e sulla storia con quella ragazza. Ti farebbero solo perdere tempo. Niente distrazioni oggi."

"Capito"

"Mi occuperò io di quei reporter ficcanaso," disse Cal, poi la sua figura smilza attraversò la porta e si allontanò.

I ragazzi indossarono l'uniforme e misero le mani una sopra l'altra per il loro rituale d'incoraggiamento prima della partita. *Quando indosserò questo berretto, Holly uscirà dalla mia mente.* Col berretto in mano, Dan raggiunse il campo insieme ai suoi compagni e si alzò in piedi per l'inno nazionale. Durante la canzone, disse una preghiera, sperando che Holly fosse al sicuro. Alla fine dell'inno, indossò il berretto e strinse gli occhi. Dan Alexander, il lanciatore numero uno, raggiunse il monte di lancio. La sfida tra i Jays e gli Hawks stava per cominciare.

* * * *

Holly non aveva televisione in camera sua. Doveva condividere quella del soggiorno con la famiglia Hatch. Theresa, suo marito Zack e il loro figlio diciottenne Sean entrarono nella stanza. Tresa e suo figlio si sedettero sul divano, mentre Zack si accomodò sulla poltrona di pelle. Rimase libera solo una poltrona alata.

Holly arrivo a casa alle sette, stanca dopo un turno di tredici ore. Ma sapeva che c'era la partita e non vedeva l'ora di veder lanciare Dan.

"Ti ho lasciato un piatto in caldo nel forno, tesoro. Portalo qui e prenditi una sedia," urlò Tresa quando la ragazza ebbe chiuso la porta d'ingresso.

Sentendo l'inno nazionale, iniziò a fischiettare in cucina, mentre prendeva il piatto e un bicchiere d'acqua. Poi, si tuffò nella poltrona e prese la forchetta.

"I Nighthawks giocano contro i Bluejays," disse Zack.

Holly si morse la lingua per evitare di rivelare che sapeva esattamente chi stesse giocando e, soprattutto, chi stesse lanciando. Mentre mangiava le conchiglie con il ragù di carne, guardava Dan per riscaldarsi sul monte di lancio. *Chissà se gli manco! No. Probabilmente no. Troppe cose a cui pensare.*

Le riprese in primo piano mostravano la sua fronte leggermente aggrottata, poiché si stava concentrando mentre aspettava il segnale di Matt Jackson da dietro il piatto. Dio, era così bello guardarlo.

Ecco lo swing e il lancio. Strike!

"Strike! Strike! Vincerà la partita!" Holly balzò su dalla poltrona e si mise a ballare.

Gli Hatch guardarono la loro ospite.

"È solo il primo lancio, signorina," disse Sean.

"Lo so, lo so. Ma quando fa uno strike al primo lancio, vuol dire che vincerà la partita."

"Come fa a saperlo? È solo il primo lancio. Non serve esultare in quel modo. La partita è appena iniziata," disse Zach.

Holly ritornò a sedersi e finì di cenare. Durante la pubblicità, riportò il piatto in cucina, ritornando con un altro piatto e qualche brownie. "Ecco, Mary ha pensato che vi sarebbe piaciuto qualcuno di questi durante la partita."

Si passarono il piatto. Holly si morse il labbro mentre Rawley Banner fece un doppio per regola di campo contro Dan. Lei brontolò.

"Prendi questa partita molto sul personale," disse Tresa, guardandola perplessa.

"Sono una grande tifosa."

"Baseball?" chiese Tresa.

"Sì. Soprattutto dei Nighthawks."

"Hai una cotta per quel bel lanciatore, per caso?"

Holly non riuscì a evitare di arrossire. "Forse. Una specie."

Sean la guardò a lungo. "Sei carina, ma un ragazzo come Dan Alexander può avere tutte le ragazze che vuole. Probabilmente esce con qualche attrice."

Holly si coprì la bocca con la mano per nascondere un sorriso, poi disse, "Probabilmente."

"No, Sean. Ti sbagli. Ha una storia con quella ragazza degli hot dog. Non leggi i giornali?" disse suo padre.

Holly deglutì. "Oh, guardate! Un altro strike out. E ha lasciato quello scimmione in seconda base!"

Essendo riuscita a riportare l'attenzione degli Hatch sulla partita, fece un sospiro di sollievo. Era un close call. Impossibile da ripetere. Si costrinse a restare tranquilla mentre guardava la partita.

Era la parte bassa del primo inning e Nat Owen stava per battere. Scuddy Figueroa lanciò un drop a Nat, che colpì la prima palla. Nat andò avanti, ma Skip e Bobby fecero entrambi strike out. Jake fece un line drive sulla testa del loro secondo difensore, e Nat raggiunse la terza base.

"Forza, Matt," disse Holly sottovoce.

Ma gli altri la sentirono.

"Sei proprio una grande tifosa," disse Zack, con un sorrisino.

"Amo il baseball," ammise.

In questa partita, ogni lancio, ogni inning, contava. Guardarono Matt serrare la mascella e fissare il lanciatore.

"Sta cercando di capire cosa pensa," disse Zack.

"Mai farlo con Figueroa," rispose Sean.

Qualcosa era successo, perché la palla era arrivata proprio in centro, proprio dove voleva Matt. Batté quell'idiota con un fuori campo da due punti. I tifosi erano in delirio. Holly balzò in piedi e si mise a ballare con Sean, che si era alzato dal divano. Un vantaggio di tre punti fece entrare Dan in un territorio più sicuro, sebbene fosse ancora presto.

I Jays segnarono un punto nel secondo inning, ma gli Hawks erano ancora in vantaggio. I tre inning successivi passarono velocemente mentre la partita diventò un vero e proprio duello tra lanciatori. Holly sentì aumentare la tensione in tutto il suo corpo. Pregò che il suo amante vincesse, ma un vantaggio di due punti era troppo poco contro una squadra così valida. Tresa preparò i popcorn. Zack, Sean, e Holly si lanciarono sulla ciotola gigante come se non avessero finito di mangiare appena due ore prima.

Holly guardò Dan asciugarsi il sudore dal viso con la manica. Ignorò sia il primo che il secondo segnale di Matt. Lei poteva leggere l'espressione frustrata sul suo volto. Era il quinto inning.

"Alexander non può resistere ancora per molto," disse Sean. "Si sta stancando."

"Scommetto che riuscirà ad arrivare al settimo. So che gli piace arrivare fino in fondo," disse Holly.

"Come fai a saperlo?" Zack la fissò. "Non lo fa più nessuno. Non si può arrivare al nono inning con dei lanci da centinaia di miglia all'ora."

"Forse hai ragione. Voglio che arrivi al settimo. Poi, vincerà."

"Almeno, non assisterà alla sconfitta," disse Zack.

"Sempre che perdano," intervenne lei. "E non lo faranno"

Ma Dan raggiunse il battitore successivo senza mandar fuori nessuno. Il successivo fu il lanciatore, che fece con successo il suo bunt. Inizialmente fu mandato fuori dalla base, ma poi riuscì a far andare il primo battitore in seconda base. Ora, erano di nuovo in vantaggio.

"Volata di sacrificio," disse Sean.

"Basta! Così porterai iella a Dan," disse Holly, prendendo una manciata di popcorn.

"Non può mica sentirmi. Sei troppo permalosa. Ti piace proprio quel tipo," sottolineò Sean.

"No, no. Non veramente. Sono solo una tifosa dei Nighthawks."

Sean le fece un sorrisetto, con un bagliore negli occhi. *Merda! Non posso lasciare che lo scoprano.* Si obbligò a tenere la bocca chiusa. In silenzio, pregò che lui resistesse

"Strike out," sussurrò. Come se lui o il battitore l'avessero sentita, il giocatore fece uno strike out. La folla esultò e Holly emise il respiro che aveva trattenuto.

"Sembra che tu stia portando fortuna a quel bel tipo," disse Tresa.

"Spero di sì."

Una palla a terra in interbase segnò la fine del inning dopo che il lancio di Skip Quincy fu intercettato da Nat Owen, che eliminò il corridore. Holly notò il sollievo sul viso di Dan mentre la camera inquadrava da vicino il lanciatore, che stava lasciando il monte di lancio.

I Nighthawks non fecero nessun punto nella parte bassa dell'inning. Nessuna delle due squadre aveva fatto punti nel sesto inning, mantenendo invariato il vantaggio di tre a uno per gli Hawks. Holly sentì un nodo allo stomaco mentre Dan raggiungeva il monte di lancio per la parte alta del settimo inning.

"Avevi ragione, signorina, quando hai detto che avrebbe resistito fino al settimo. Vediamo se riesce a resistere per l'intero inning," disse Zack, aprendo una lattina di birra.

Holly si mangiucchiava un'unghia mentre il battitore dei Jays raggiungeva il piatto. Dan fece un cenno a Matt e si mise in posizione. Il lanciatore fece un ball. Altri due lanci, altri due ball, per un totale di tre ball e nessuno strike.

Trattenne il respiro.

"Cosa ne pensi?" la guardò Sean.

Lei scosse la testa. "Non saprei." Incrociò le dita dietro la schiena.

Il rumore della mazza che colpiva la palla le rimbombò nelle orecchie. La telecamera seguì il percorso della palla attraverso il cielo. La palla atterrò al centro del campo. Chet Candelaria iniziò a correre all'indietro in punta di piedi. La ripresa ravvicinata della telecamera lo mostrava mentre guardava la palla che si dirigeva verso di lui. Holly sospirò e trattenne il respiro *Zak!* La palla colpì il guanto e lui strinse la presa!

Nel soggiorno degli Hatch vi fu un sussulto, mentre lo stadio esultava.

"Uno è andato. Ne mancano due," disse Holly a voce alta.

"Due molto difficili," precisò Sean.

Lei lo guardò per un attimo. Poi, Rawley Banner si mise alla battuta.

"Puoi dire addio a Mister Bel Visetto, signorina," disse Zack.

"Si chiama Carrie," disse Tresa.

"Vedremo." Holly strinse gli occhi e analizzò il primo piano del viso di Dan. Lui strizzò gli occhi e Matt scosse la testa. Altri due lanci. Poi, fece un cenno. *Il nuovo tiro a effetto! Vuole provare il nuovo tiro a effetto con quel tipo! Oh, Dan, credi che sia una buona idea?*

Holly aveva il battito accelerato e lo sguardo incollato allo schermo. Si mise in posizione e colpì la palla. Il giocatore fece un cut e la mancò. Il lancio successivo fu un ball. Ancora una volta, Dan ignorò i segnali di Matt. Sapeva quanto fosse determinato a eliminare quel tipo con il suo tiro a effetto. Indietreggiò e poi lanciò. Era come se la sua vita dipendesse da quello. Una sprizzata foul. Matt corse come il fulmine e prese la palla eliminando Rawley.

"Fuori!" urlò l'arbitro.

Era fatta! La parte alta dell'inning era finita. Holly iniziò a battere le mani e a saltare. La presenza del sostituto battitore sul cerchio di attesa segnalava che Dan sarebbe stato sostituito all'ottavo inning. Il tifo era assordante. Dan fu praticamente trascinato fuori dalla panchina dai suoi compagni di squadra per fare un inchino.

La videocamera lo inquadrò in primo piano mentre usciva dal campo e sollevava il berretto. Lui fece un breve sorriso e strizzò l'occhio. Holly si sentì morire. Era rivolto a lei? Non ne dubitò nemmeno per un secondo.

Incantata, non riusciva a smettere di sorridere. Figueroa era stato sostituito all'ottavo. Nessuna delle due squadre segnò altri punti. I Nighthawks avevano vinto la prima partita dei playoff, tre a uno. Holly si mise a ballare per la stanza.

Andò nella sua stanza per chiamarlo o mandargli un messaggio, ma si fermò subito. Poteva solo ricevere telefonate e fare chiamate locali. Non aveva nessuno dei numeri che aveva sul suo vecchio telefono. Non aveva modo di comunicare con Dan. Si sentì sopraffatta dalla tristezza. Le lacrime iniziarono a scorrerle sulle guance. Condividere la sua vittoria sarebbe stato molto dolce. Ma lei non era più Holly Merrill. Era Carrie Thomas, una completa estranea per Dan Alexander. Anche se avesse avuto il suo numero, lui non avrebbe mai risposto. Dopotutto, chi era Carrie Thomas per lui? Nessuno.

* * * *

Cal Crawley incontrò la squadra nello spogliatoio. "Non montatevi la testa. Abbiamo ancora molta strada da fare. Questa è solo la prima partita. Quindi, niente festeggiamenti folli, okay? Vi voglio tutti in forma domani, non ubriachi."

I loro borbottii di assenso fecero sorridere il Coach.

"Andate a cena fuori. Mangiate molte proteine. Bistecche. Hamburger. Solo una birra a testa. A letto per le dieci. Questo è tutto. Avete giocato bene oggi. Fatelo anche domani."

Quando il suo agente si allontanò, Dan si tolse l'uniforme e raggiunse la doccia. Matt entrò in quella accanto alla sua.

"Andiamo al Club stasera?" chiese Matt.

"No. Non posso bere. Sono troppo stanco per ballare. E non voglio abbordare nessuno. Che ne dici di andare da Freddie?"

"Okay. Ci vediamo qui fuori."

Dan si lavò via dal corpo tutta la polvere e il sudore, poi indossò una camicia bianca, una cravatta blu, un paio di pantaloni color cachi e una giacca sportiva blu navy. Determinato a ignorare il suo cuore dolorante, si mise un po' di dopobarba, indossò un paio di mocassini e si diresse verso la porta. *Holly mi stava guardando? Mi ha visto fare l'occhiolino? Era per lei. Oppure sta già vivendo una vita diversa — uscendo con qualcun altro?*

Immerso nei suoi pensieri, ebbe un sussulto quando il suo amico gli diede una pacca sulla spalla. I ragazzi salirono in auto separate e raggiunsero il parcheggio di Freddie. Tommy e suo fratello Mario esultarono quando il lanciatore e il ricevitore entrarono dalla porta.

Dan sorrise. Vincere la prima partita dei playoff era stato grandioso. Era un passo avanti verso la World Series. Vincere anche la seconda avrebbe aumentato lo slancio, portando la fortuna nella loro direzione. Si sentiva sollevato di non dover lanciare durante la seconda partita. La pressione era alle stelle. Chip Sanderson avrebbe lanciato il giorno dopo. C'erano ottime possibilità di vincere anche quella partita. Gli Hawks miravano alla World Series.

"Un tavolo per cinque," disse Matt.

"Cinque?"

"Sì. Vengono anche Skip, Jake, e Nat." disse Matt.

"E Bobby?"

"Sua madre sta organizzando una grande cena. Famiglia in visita."

"Avremmo dovuto andarci anche noi," disse Matt, ridacchiando.

"Probabilmente ci avrebbe invitati. Ma è sempre la famiglia, sai com'è, no?"

"Certo, certo."

I genitori di Dan vivevano troppo lontano per festeggiare con lui. Non aveva mai chiesto a Matt della sua famiglia e il suo amico non gliene aveva mai parlato. Dan capì che era meglio non affrontare l'argomento, perché il volto di Matt si oscurava ogni volta che il lanciatore faceva riferimento alla sua famiglia.

I ragazzi ordinarono una bistecca e una birra alla spina ciascuno. Prima che il cameriere finì di scrivere l'ordine, Skip, Nat e Jake fecero loro un cenno dalla porta, dirigendosi verso il tavolo.

"Di certo hai battuto quel coglione," disse Jake a Dan.

"Già," disse Matt. "Anche se usare il tuo tiro a effetto non è stata una buona idea."

"Lo so che è una novità. Ma avevo bisogno di qualcosa. Un vantaggio su di lui."

Il cameriere portò le birre e i ragazzi brindarono. Anche gli altri ordinarono bistecche.

"Se tu avessi sbagliato quel foul tip, saremmo stati nella merda fino al collo," disse Dan. "Un brindisi per Matt. Il miglior ricevitore della lega."

"Cin-cin," disse Nat, alzando il suo boccale.

Mentre i suoi compagni analizzavano la partita, Dan si limitò ad ascoltare e a guardare. Avrebbe solo assistito alle partite successive, a meno che Crawley non gli avesse chiesto di giocare la partita di chiusura — ma di solito non lo faceva. Tuttavia, credeva che chiunque potesse farlo, se necessario. I migliori giocatori della squadra avrebbero potuto non essere d'accordo.

Restare seduto in panchina, guardando la squadra concentrata, impegnandosi per vincere, non era facile. Aveva sempre voluto partecipare all'azione. Ma adesso, senza Holly, sarebbe stato ancora più difficile. Iniziò a pensare a lei. Lo faceva impazzire non sapere dove fosse, se fosse al sicuro, se fosse felice. E se stesse frequentando un altro ragazzo.

Il cameriere portò loro il cibo. Delle spesse bistecche, cotte proprio come piacevano a loro, patate al forno grondanti di burro e croccanti fagiolini. Un enorme ciotola di insalata col gorgonzola fu portata al tavolo, omaggiata da Tommy.

Mentre guardava i suoi amici mangiare, Dan tagliò un pezzo di carne. Sarebbe stato stupendo se ci fosse stata anche Holly, a festeggiare la vittoria con lui. Sospirò.

"Stai pensando a Holly?" chiese Matt.

Dan annuì, con la bocca piena.

"Sono certo che ha guardato la partita."

"Quale tifoso non l'avrebbe fatto? È stata una partita grandiosa!" disse Nat, affondando la forchetta nella sua patata.

Bud Magee entrò nel ristorante e si diresse al bar.

Dan prese la sua birra e lo raggiunse. "Cosa ci fai qui?"

"Volevo solo congratularmi con voi ragazzi e prendere qualcosa da bere," disse, ordinando una birra alla spina.

"Notizie di Holly?" Dan cercò di sembrare disinvolto, ma non ci riuscì.

"No. Tu?"

Dan scosse la testa.

"Sono certo che le avrai," disse Bud, dandogli una pacca sulla schiena. "Mi è piaciuto molto il modo in cui hai stracciato i Bluejays."

"Con un punteggio di tre a uno, non li ho esattamente stracciati, Bud."

"Per me l'hai fatto!"

I ragazzi continuavano a parlare della partita mentre Bud si scolò velocemente la sua birra. Si fermò al tavolo per qualche minuto per congratularsi con la squadra, ma Dan rimase al bar. Non aveva provato a chiamare il cellulare di Holly. Un sorriso gli illuminò il volto. Forse aveva ancora quel numero? Forse avrebbe risposto, forse avrebbe letto un messaggio. Decise di mandare prima un messaggio, poi telefonò. Rispose una segreteria.

"*Sono Holly. Al momento non posso rispondere, siete pregati di lasciare un messaggio.*"

Il suo sorriso si trasformò in un'espressione accigliata. No, non c'era alcun modo di contattarla. Il suo cuore era infranto dal dolore. Forse non l'avrebbe mai più sentita. Forse avrebbe fatto meglio a voltare pagina.

Capitolo Sedici

Quando non era al lavoro, Holly si incollava al televisore. Le partite per i playoff avevano alti e bassi. I Bluejays vinsero la seconda e la terza. I Nighthawks guadagnarono la vittoria della quarta. La quinta era tutta da giocare. In caso di vittoria, gli Hawks sarebbero passati direttamente alla World Series.

La quinta era una partita serale a Boston. La famiglia Hatch consumò una cena frugale, poi si piazzò davanti alla televisione. Dopo soli cinque giorni di riposo, Dan avrebbe lanciato. Il cuore di Holly batteva sempre più veloce ad ogni inning. Il punteggio era uno a zero, con un fuori campo di Jake Lawrence. Questa era la partita per ottenere il titolo e la pressione era enorme.

Quando la videocamera fece un primo piano, Holly notò l'espressione sul volto di Dan, che continuava ad asciugarsi il sudore sulla fronte. La tensione era così elevata da fargli rabbrividire la pelle. Dan sembrò accettare i segnali di Matt di fare i lanci giusti.

Se la prima partita era stata un duello tra lanciatori, questa lo era ancora di più. I lanci continuavano ad arrivare sempre più veloci. Dan lanciò la prima palla a cento miglia all'ora. Continuava a lanciarle vicino ai battitori, anche a Rawley Banner.

Ma i Nighthawks non erano più bravi alla battuta. Strike out, ground out verso gli interni e qualche occasionale tiro lungo verso il campo esterno battuti da un esterno. Fatta eccezione per Jake, nessuno riuscì a colpire la palla. Holly si mangiò un'unghia mentre Dan andava alla battuta. Si preparò a lanciare la prima palla, ma indietreggiò appena in tempo per segnare un punto. Sembrava tranquillo, e segnò altri due punti. Holly sapeva che in realtà era molto agitato. Battere lo rendeva sempre nervoso.

Quello sarebbe stato il lancio decisivo, e Dan si preparò. Mandò una palla sopra la testa dell'interbase e iniziò a correre velocissimo. I suoi piedi toccarono la base un secondo prima che la palla arrivasse. Il suo fu il primo singolo della partita. I tifosi erano in delirio, sventolavano asciugamani, bandiere e berretti, urlando.

Holly fece un salto esultando. Alzò le braccia e si mise a ballare intorno alla stanza. La sua battuta fu l'inizio della loro ripresa, con Nat Owen che fece una battuta valida con una palla a terra. Skip raggiunse il lanciatore. Bobby iniziò a camminare, caricando le basi, e Jake salì sul piatto.

Lei guardava il suo linguaggio del corpo. Aveva un atteggiamento positivo e fiducioso. E di certo, il lanciatore non aveva sbagliato, mandando una palla alta dritta in centro, proprio come piaceva a Jake. Aveva fatto un grande slam!

Sean Hatch lanciò i popcorn per aria, Holly si mise a saltellare per la stanza come una lepre e persino Tresa si mise ad applaudire. Con un vantaggio di cinque a zero, gli Hawks non avevano bisogno di Dan, così fu sostituito da Moose Macafee per chiudere la partita.

I Bluejays riuscirono a segnare un punto nell'ottavo inning, ma la partita si concluse al nono, quando il loro ultimo battitore fece un fly out al centrocampo. Holly fu pervasa dalla gioia. I Nighthawks erano entrati nella World Series! La sua felicità si unì al dolore di non poter parlare con Dan. Voleva toccarlo, baciarlo, festeggiare e fare l'amore con lui. Ma niente di tutto ciò sarebbe successo, così si dovette accontentare della sua intervista con i giornalisti.

Sorridendo, si tolse il berretto, con i capelli zuppi di sudore, e iniziò a parlare con la giornalista.

"Allora, Dan, cosa si prova ad essere entrati nella World Series?"

"È una sensazione stupenda, Sandy."

"Ti aspettavi di vincere?"

"Io non mi aspetto mai niente. Ma con questa squadra incredibile, era impossibile perdere."

"Che mi dici del tuo nuovo tiro a effetto?"

"È stato un portafortuna."

"Come festeggerai la vittoria?"

"Mi riposerò. Dovrò giocare durante la prima partita della serie."

"Niente feste? E difficile da credere."

Dan sorrise e si guardò le mani. "Beh, forse. Un po'."

"Qualcuno di speciale la raggiungerà alla festa?"

Il lanciatore alzò lo sguardo alla videocamera e il sorriso abbandonò il suo volto. "No. Solo i ragazzi. Posso mandare un messaggio a qualcuno?"

"Certo, se non è vietato ai minori, Dan. Procedi pure."

"Holly, tesoro, questa partita era per te." Le mandò un bacio.

Holly si commosse.

"Visto? Te l'avevo detto," disse Sean. "Ha una ragazza. Di nome Holly. Mi dispiace, Carrie. Sarai più fortunata la prossima volta."

Trattenne le lacrime e annuì a Sean.

"Non sono sorpresa," aggiunse Tresa. "Un ragazzo bello come lui, che riesce a lanciare la palla così veloce, è decisamente un vincente."

La gioia uscì dal suo corpo come l'aria da una gomma bucata. Non dire loro che era lei la Holly che aveva citato, era la cosa più difficile che avesse fatto in tutti quei mesi. Si morse il labbro, si mise la mano sulla bocca e trattenne le parole che avrebbe voluto dire. Non era nessuno. Era qualcuno. Era la ragazza di Dan, no?

Dan era il migliore. Holly rimase in silenzio. Era una perdente. Un'enorme perdente. Sebbene le avesse riscaldato il cuore che lui le avesse dedicato la partita, quanto tempo sarebbe durato? Quanto tempo avrebbe dovuto aspettare ancora?

Sconvolta, uscì dalla stanza e corse su per le scale, entrò nella sua stanza e sbatté forte la porta. Non le importava cosa pensassero gli Hatch. Che si chiedessero cosa non andasse in lei. Che pensassero che Sean le avesse fatto girare le scatole.

Negli ultimi due anni, aveva solo dovuto pagare per il suo errore con Flash Kincaid. Sarebbe mai finita la sua pena? La ragazza egoista, incosciente e imprudente che era stata era sparita. Si buttò sul letto a pancia in giù, poggiando la testa sul cuscino. Un giorno, si sarebbe lasciata tutto alle spalle. Prese il suo nuovo cellulare e compose un numero.

"È un'emergenza?" chiese Barb Finn.

"Non esattamente."

"Oh? Che succede?"

"Al le ha parlato della promessa che mi ha fatto?"

"Promessa?"

"Lo chiami per favore. Me lo deve."

* * * *

Non fu semplice ottenere da Mary un permesso. Holly aveva lavorato sodo ed era riuscita ad affermarsi nell'attività di Mary. Aveva imparato a fare il pane, i croissant e i danesi. Viveva più vicino al negozio, quindi Mary le aveva dato la chiave così che potesse aprire alle cinque e mezza e iniziare a lavorare.

Ma, quel giorno, Mary le aveva concesso di sostituirla. Quando salì sul pullman, si ricordò della loro conversazione.

"So che non puoi dirmi dove devi andare né perché. Tresa me l'ha detto. Mi ha detto di non farti troppe domande. Sono curiosa, ma farò come mi ha chiesto. Hai fatto un ottimo lavoro al *Bread and Butter*. Ne sono grata. Non è facile trovare qualcuno bravo come te per quello che posso pagare. Quindi, va pure. Immagino che sia importante. Ci vediamo tra due giorni."

Lo sportello del pullman si chiuse e il conducente mise in moto. Mentre si allontanava, Holly guardava fuori dal finestrino. Le fattorie della zona costituivano un meraviglioso panorama. Si sentiva felice. Per la prima volta dopo mesi, lo era davvero. Sarebbe andata a vedere la partita della World Series. Avrebbe visto Dan giocare la prima partita. Al Housman aveva fatto in modo di recuperare il biglietto che Dan le aveva lasciato e di scambiarlo con un posto in tribuna, tra la casa base e la prima base. Avrebbe avuto una vista diretta del suo uomo. Non riusciva a smettere di sorridere.

Arrivò presto. La biglietteria non era ancora aperta, ma vide Bud Magee dirigersi verso l'ingresso di servizio.

"Bud!" lo chiamò.

Lui si voltò. "Holly? Sei davvero tu?"

Corse da lui, che la avviluppò in un forte abbraccio.

"Che bello vederti, ma che ci fai qui?'

"Quando ha ottenuto la condanna, il procuratore distrettuale mi ha promesso di farmi venire, se i Nighthawks avessero giocato."

"Dan sarà al lancio oggi."

"Lo so. È per questo che sono qui."

"Sarà felicissimo di sapere che sei venuta a vederlo."

"Per favore, non dirlo a nessun altro."

"Non hai una guardia del corpo con te?"

Lei scosse la testa. "Il budget prevedeva l'acquisto di un solo biglietto."

"Capisco." Annuì. "Ma posso dirlo a Dan, vero?"

"Sì, certo."

Bud la portò sul retro con sé. Fece scorrere la mano sul carrello degli hot dog che aveva portato per diversi mesi, ricordando.

"Sei ancora tu a detenere il record per il maggior numero di vendite," disse Bud.

Gli sorrise prima di controllare l'orologio.

"Sì, la biglietteria è aperta adesso. Puoi andare a prendere il tuo biglietto."

Si abbracciarono e lei si diresse verso la biglietteria. C'era già una lunga fila di persone. Non aveva nessun altro posto dove andare, così si mise in coda. C'erano diverse persone davanti a lei, alcune famiglie con bambini, alcuni giovani adulti, anche qualche uomo più anziano.

"Ciao. Sono Glenn. Sei qui per la partita?"

"È per questo che sono in coda."

"Dov'è il tuo posto?"

Si mise in guardia. "Devo vedermi con qualcuno, quindi non serve cercare di abbordarmi."

Lui si irritò. "Volevo solo essere gentile. Non c'è bisogno di essere così scortese. Comunque, non me ne frega un cazzo." Il ragazzo si voltò.

"Che chiacchierata piacevole," borbottò tra sé.

La fila procedeva e lei contava i minuti che mancavano per lasciarsi Glenn alle spalle. Una volta recuperato il biglietto, si diresse tra gli spalti e trovò il suo posto. Holly non riusciva a crederci. Era proprio seduta lì davanti. Vicinissima alla ringhiera. Riusciva a vedere perfettamente il monte di lancio. In silenzio, ringraziò Al.

Il battito del cuore le aumentava man mano che si avvicinavano le tre. Iniziavano sempre alle tre la domenica. Finalmente, Emerald, la rockstar, raggiunse il campo con una banda della Marina alle spalle per cantare l'inno nazionale. La folla si alzò in piedi. I Nighthawks e i San Diego Gulls lasciarono le panchine. Il tifo dagli spalti era assordante.

Holly guardò i ragazzi fino a trovare quello che indossava l'uniforme con il nome Alexander scritto sulla schiena. Eccolo lì. Non riusciva a respirare. Lo vide mettersi il berretto sul cuore e guardare tra gli spalti. *Mi sta cercando!* Alzò la mano per un secondo, poi se la mise sul cuore quando la banda iniziò a suonare.

L'aveva vista. I loro sguardi si incrociarono. Lui alzò la mano sinistra per un secondo, poi rivolse la sua attenzione alla cantante. Il cuore le batteva così forte dentro il petto che pensava che sarebbe esploso. Aveva i nervi a fior di pelle. Lo guardò dalla testa ai piedi. Voleva toccarlo, ma non era possibile. Dan doveva concentrarsi sulla partita. Ma poteva guardarlo quanto voleva.

Raggiunse di corsa il monte di lancio, si voltò verso gli spalti e le fece un cenno col berretto. Le sue guance arrossirono e si coprì la bocca con la mano mentre sorrideva. Gli mandò un bacio, senza preoccuparsi di chi potesse vederla o di cosa potessero pensare le persone accanto a lei.

"E già fidanzato. Con una tipa di nome Holly," disse un ragazzino seduto lì vicino.

Holly non rispose. Non le importava quello che pensavano le altre persone. Le importava solo di Dan.

Prese la busta di pece e scavò un po' con l'alluce sul monte di lancio fino a trovare la posizione desiderata. Poi, sollevò il guanto per ricevere la palla da Matt Jackson. Lei lo guardò riscaldarsi per poi affrontare il primo battitore dei Gulls. Si preparò, lanciò — eliminato!

"Se il primo battitore viene eliminato vuol dire che gli Hawks vinceranno la partita," disse l'uomo seduto accanto a lei.

"Lo spero."

"Si segni le mie parole."

La partita era equilibrata. Dan si stava impegnando molto. Matt lo raggiunse per parlargli. Le piaceva molto il loro modo di confabulare per decidere la strategia da utilizzare.

"Hot dog! Comprate i vostri hot dog!"

Si voltò e vide un ragazzo che portava un carrello dirigersi verso di lei. Ovviamente, comprò del cibo da lui, sorridendo tutto il tempo.

"Ha un viso familiare, signorina," disse il ragazzo.

"Sì, me lo dicono in tanti," rispose.

La partita era molto serrata, con un punteggio di quattro a tre a favore dei Gulls, e si avviava verso il quinto inning. Dan lasciò il punteggio dei San Diego invariato a quattro eliminando tre battitori di fila. La guardò mentre si asciugava il sudore con la manica e cedette il monte di lancio all'altra squadra.

Skip batté una palla in zona Texas e Jake fu eliminato. La situazione era critica. Matt raggiunse il piatto.

"È un battitore forte. Lo guardi," disse l'uomo alla sua sinistra.

"Lo so," rispose Holly.

Matt fece un fuorigioco da due punti. La folla si alzò in piedi. Con un punto di vantaggio, Dan avrebbe vinto. Cal Crawley raggiunse il monte di lancio durante il settimo inning per sostituire Dan. Era felice che avesse la possibilità di vincere la World Series.

La tensione rimase alle stelle per tutto il resto della partita, ma Holly era distratta. Con la coda dell'occhio, guardava Dan passeggiare in panchina. Si fermava a guardarla di tanto in tanto, ma non abbastanza da guardarla negli occhi, e si domandò perché. *Non avrà mica già trovato qualcun'altra?*

Il ragazzo degli hot dog tornò da lei. "Ho un messaggio per lei, signorina," disse, porgendole un pezzo di carta.

Holly – per favore rimani dopo la partita. Ci vediamo all'ingresso del circolo sportivo.

Dan

Voleva parlarle e non aveva firmato il messaggio scrivendo "ti amo." Voleva dirle gentilmente che la stava lasciando, che aveva iniziato a uscire con qualcun'altra? Si sentì un nodo allo stomaco. Lo avrebbe incontrato perché aveva bisogno di sapere.

* * * *

Fino alla parte alta del nono, Holly si muoveva continuamente al suo posto. Contava i minuti che mancavano prima di rivedere Dan. Nel profondo del suo cuore, sperava che fosse ancora innamorato di lei. Finalmente, con l'ultima eliminazione, la partita si concluse. Le persone uscivano dallo stadio come lemming che si precipitavano verso una scogliera. Rimase al suo posto fino a quando gli spalti si svuotarono, per almeno quindici minuti. Lentamente, si intrufolò tra le persone ferme in piedi a parlare, che facevano la fila davanti alla toilette delle donne o per prendere una birra. Si fece strada tra la folla, cercando di non attirare l'attenzione su di sé.

Dan stava rilasciando un'intervista davanti allo spogliatoio. Tra i giornalisti, notò due figure familiari. *Merda! Gli uomini di Flash!* Colta di sorpresa, si bloccò, senza sapere cosa fare. Si sentì pervasa dalla paura e le sue dita iniziarono a tremare.

Dan la vide e le sorrise. Fece un cenno al giornalista e alzò la mano al cameraman, per interrompere l'intervista. I due seguirono il suo sguardo e fecero un primo piano su di lei. Le si avvicinarono insieme al lanciatore.

Holly li indicò, facendo spostare lo sguardo di Dan sui due scagnozzi. Li guardò, poi la raggiunse. Il lanciatore le afferrò la mano, guardò da destra a sinistra e poi iniziò a correre, trascinandola dietro di sé fino allo spogliatoio.

Lei si mise la mano sugli occhi mentre lui la trascinava verso le docce. Disse ai suoi compagni di squadra di non protestare.

Una voce attirò la sua attenzione. "Scusate, signori. Non potete entrare qui."

"Siamo giornalisti."

"Mostrateci le vostre credenziali."

Lei sentiva borbottare, ma non riusciva a capire cosa stessero dicendo.

"Alexander, che cazzo stai facendo?" sibilò Nat Owen.

Dan gli mise un dito sulle labbra. Strinse Holly a sé, tenendole il viso poggiato sul suo petto. "Nat! Dammi un'uniforme," sussurrò.

"Perché?"

"Dammela e basta." gesticolò Dan.

Il primo difensore alzò le spalle e aprì il suo armadietto.

Dan afferrò l'uniforme e la mise, insieme a Holly, dentro un bagno vuoto, poi chiuse la porta. Lei chiuse a chiave e si cambiò. Il lanciatore riunì i suoi amici e sussurrò.

Bud Magee entrò. "Non hanno intenzione di andarsene, Dan. Chiamo la polizia."

"Nel frattempo, dobbiamo portarla fuori da qui, senza esporre pubblicamente la sua identità. Ho un piano."

Quindici minuti dopo, i ragazzi erano tutti vestiti e pronti ad andar via. Holly cercava di tener su l'uniforme, ma era davvero troppo grande per lei.

"Limitati a tenerla con le mani," disse Dan, prendendole il braccio.

I ragazzi formarono un gruppo, con Holly al centro. Uscirono dallo spogliatoio, circondandola. Gli scagnozzi li seguirono. Ma i ragazzi continuavano a camminare.

"Mi dispiace. Niente interviste," disse Dan, alzando una mano mentre teneva Holly con l'altra. Abbassò la testa, allontanando il viso. Si era nascosta i capelli sotto uno dei berretti di Dan. Così travestita, si mescolava bene con gli altri.

Bud Magee ritornò con una guardia di sicurezza, che scortò i tirapiedi di Kincaid fuori dall'edificio.

Nel frattempo, Dan l'aveva fatta nascondere nella parte posteriore della sua macchina. Era distesa per terra, con gli occhi chiusi, e pregava.

"Dove andiamo?" le chiese.

"Dalle autorità portuali."

Dan andò prima a Riverside. Accostò vicino al parco che costeggiava il fiume Hudson.

Holly passò sul sedile anteriore. Nell'istante preciso in cui si sedette, lui la abbracciò e la baciò. Lei chiuse gli occhi. *Questo è un sogno, spero che non finisca mai.* Quando si staccarono, lei gli toccò la guancia per accertarsi che fosse tutto vero.

"Sono così orgogliosa di te. Sei stato magnifico."

"Grazie. Hai guardato i playoff?"

"Non mi sono persa nemmeno una partita."

Gli si avvicinò, strofinando le labbra sulle sue. Lui la strinse a sé.

"È così bello," sussurrò lei quando Dan alzò la testa.

"Mi sei mancata tantissimo," disse, guardandola negli occhi.

"Anche tu."

"Non hai conosciuto nessun altro, vero?"

Lei scosse la testa. "Sono stata troppo impegnata a lavorare."

"Che cosa fai adesso?"

Gli raccontò del suo lavoro al panificio.

"Puoi dirmi dove sei?"

"Barb mi ha fatto promettere di non farlo."

"Non sarei mai una minaccia per te."

"Lo so. Ma se venissi a trovarmi, la mia copertura salterebbe."

"Hai ragione. Odio tutto questo," disse, battendo il pugno sul cruscotto.

"Anch'io."

"Quanto durerà ancora?"

"Non lo so."

"Ti amo, Holly. Lo sai, vero?

"Ora lo so. Anch'io ti amo. Ti aspetterò per sempre."

Si baciarono molte altre volte prima che il loro respiro diventasse affannoso. Un poliziotto bussò sul finestrino, evitando che quei baci diventassero qualcosa di più.

"Devo andare," disse, controllando l'orologio. "L'ultimo pullman parte tra un'ora."

"Grazie per essere venuta. E per aver corso un simile rischio." Mise in moto l'auto e si allontanò dal cordolo.

"Dovevo vederti giocare. E poi, Al Housman me l'aveva promesso."

"Quei tipacci non ti troveranno adesso."

"No, non lo faranno"

Rimasero in silenzio mentre lui si faceva strada nel traffico verso la stazione dei pullman. Holly si tolse l'uniforme, rimanendo con i suoi vestiti.

"Ringrazia Nat da parte mia," gli disse.

Si fermò davanti all'ingresso sull'Eighth Avenue e mise l'auto nel parcheggio, premendo il pulsante dei lampeggianti.

"È un addio?" le chiese con gli occhi lucidi.

"No. Solo un arrivederci. Non so quando," disse, mentre una lacrima le scivolava lungo la guancia.

Lui la asciugò con il pollice.

"Ti amo tantissimo," disse lei, aprendo lo sportello.

Prima di perdere la pazienza e decidere di restare con lui, Holly uscì dall'auto e si mescolò tra la folla alla ricerca del suo pullman.

Provava un dolore lancinante nel petto mentre si imbarcava insieme agli altri passeggeri. Mentre il pullman attraversava il George Washington Bridge, si mise a piangere sommessamente.

"Non ne vale la pena, tesoro," disse la donna più anziana seduta accanto a lei.

"Oh, no. Si sbaglia. Per lui ne vale proprio la pena," rispose Holly.

Capitolo Diciassette

Quattro mesi dopo

Holly si strinse la sciarpa intorno al collo. Il vento e la temperatura alle cinque del mattino erano brutali a Candlewood. I tre isolati a piedi fino al panificio sembravano dieci. Il buio la deprimeva. Non vedeva l'ora che arrivassero l'estate, la stagione del baseball e Dan Alexander.

Il silenzio tra di loro sembrava diventare sempre più profondo e oscuro col passare di ogni mese. Aveva iniziato ad andare al Duffy's Bar & Grill di tanto in tanto. Si trovava a quattro isolati dalla Main. Prendeva un hamburger e qualcosa da bere e faceva un po' di conversazione. Alcuni uomini cercavano di abbordarla, ma lei resisteva. La compagnia di un uomo sarebbe stata bella ma, una volta che si è avuto il massimo, non ci si accontenta di un uomo qualunque.

Di tanto in tanto, si stendeva sul suo letto e si chiedeva con chi Dan stesse uscendo, con chi stesse andando a letto e di chi si stesse innamorando. Del resto, credeva che nessun atleta potesse astenersi per tanto tempo senza esplodere. Non avere nessun contatto nemmeno con l'ufficio di Al Housman la faceva sentire triste e sola.

Gli Hatch erano piuttosto gentili, ma non era come vivere con i Magee. Era una pensionante, niente di più. Alcuni giorni, Holly dubitava che avrebbe mai fatto parte di una famiglia o che ne avrebbe avuta una sua. Forse, se si fosse comportata meglio, non avrebbe perduto la famiglia in cui era nata. Forse, o forse no. I Merrill non erano minimamente paragonabili ai Magee in quanto a calore umano.

Alle quattro, indossò il cappotto, il cappello e la sciarpa, preparandosi ad affrontare il freddo per tornare in camera sua. Il suo telefono si mise a suonare. Lo prese prima di indossare i guanti e lesse il messaggio. Era di Al.

Il giudice ha respinto il ricorso in appello. La condanna rimane. Oggi ci sarà la sentenza.

Il peso che si sentiva sul cuore svanì. Quando Flash Kincaid avrebbe ricevuto la sua sentenza, la sua prigionia sarebbe finita. Sarebbe stata libera. Uscì ad affrontare il vento, ma quasi non percepiva il freddo, concentrata su tutte le domande che le venivano in mente.

Dagli Hatch, si preparò una tazza di tè e se la portò in camera. Aprì un libro, ma tenne il cellulare sul comodino, pronta a leggere un eventuale messaggio del procuratore distrettuale. Il messaggio arrivò alle sei, mentre erano seduti a tavola per la cena. Si scusò e aprì il telefono con le mani tremanti.

Dai venticinque anni all'ergastolo. Senza condizionale. Adesso è al sicuro. Ed è libera. Vada a casa.

Fece un urletto e si mise a saltellare su e giù. La vita le aveva dato una seconda possibilità, e stavolta, giurò, non l'avrebbe sprecata. Ritornò a tavola, sorridendo.

"Immagino che questo voglia dire che ci lascerai," disse Tresa, passando la purea di patate a Holly.

"Proprio così."

"Mi dispiace che tu vada via. Sei una persona meravigliosa, tesoro. Spero che tu riesca a trovare la felicità."

"Grazie. Lo spero anch'io."

Dopo cena, salì in camera a preparare la valigia. Chiamò Mary per dirle che stava per partire. Mary la pregò di restare un'altra settimana.

Holly accettò. Dopotutto, cosa cambiava un'altra settimana? Non è che avesse veramente un posto in cui si sentisse a casa. Ci aveva pensato tutti i giorni e non aveva ancora idea di quale sarebbe stata la sua residenza permanente. Aveva deciso di usare l'assegno di suo padre e di restare un mese in un hotel di New York City mentre decideva cosa fare della sua vita.

L'ultimo giorno di Holly, Mary organizzò per lei una festa di addio al panificio. Le sue cose erano già pronte in una piccola valigia a casa degli Hatch e lei era pronta a partire.

Nel bel mezzo dei festeggiamenti, una limousine si fermò davanti al negozio.

Un uomo scese dall'auto ed entrò nel negozio. "Holly Merrill?"

"Non c'è nessuno che si chiami così qui," rispose Mary.

"Aspetti! Aspetti! Sì. Sono io."

"Come, tu sei Holly?" chiese Sean. "Quella Holly di cui Dan Alexander ha parlato in TV?"

"Già."

"E allora chi è Carrie?"

"È una lunga storia."

"Quindi stavi dicendo la verità? Sei davvero la sua ragazza?"

"Proprio così."

"Cavolo, sono confuso," disse Sean, grattandosi il viso incolto.

L'autista le porse una busta. "Resto in attesa della sua risposta," disse.

Aprì la busta. Dentro c'era una chiave. La stessa che Dan le aveva messo in mano al processo. Si sentì colma di gioia.

"Se accetta, l'auto è qui fuori. La accompagnerò io a Manhattan."

Con un salto, gettò le braccia intorno al collo di quell'uomo. Presto, comprese il suo errore e si allontanò. L'uomo sorrise.

"Sì! Sì, certo che accetto. Sono pronta. Possiamo andare a prendere la mia valigia?"

"Come vuole, signorina," disse, aprendole lo sportello.

Mary, gli Hatch e i nuovi assistenti che Holly aveva addestrato, la abbracciarono. Si sedette sul sedile posteriore e l'autista chiuse lo sportello.

"Quanto tempo pensa che ci vorrà?" Aveva i nervi a fior di pelle.

"Circa tre o quattro ore."

"Va bene. Ho aspettato così tanto. Posso aspettare ancora un po'."

"C'è un bar lì dietro, signorina. Si serva pure."

"Grazie."

Mentre metteva l'auto in moto, l'autista fece una telefonata. "Sì, signore. Ho preso il pacco, signore. No. Nessun problema. Stiamo partendo. Grazie, signore."

Troppo agitata per restare ferma, continuava a muoversi. Già più euforica di quanto sarebbe stata se avesse bevuto alcolici, iniziò a guardare fuori dal finestrino, ricordandosi il tocco, il profumo e il sapore di Dan Alexander.

Si sentì un nodo allo stomaco e le mani le tremavano quando il portiere del palazzo di Dan le aprì lo sportello della limousine. Dan stava passeggiando nell'androne quando lei uscì dall'auto. Non appena entrò, la strinse in un forte abbraccio e la fece volteggiare.

Con una mano, premette il pulsante dell'ascensore. Non appena le porte si chiusero, la sua bocca si avvicinò alle sue labbra per un bacio appassionato.

Una volta entrati nel suo appartamento, lui continuò a baciarla mentre la portava in camera da letto. Holly lasciò che la guidasse. L'odore di Dan, misto a quello del suo dopobarba e del sapone, la faceva impazzire. Dio, com'era bello stare con lui! Le afferrò il sedere, sollevandola. Lei gli strinse le gambe intorno alla vita. Lui fece dei lunghi passi nel tentativo di arrivare più velocemente al letto. La lasciò cadere giù sul materasso e si mise sopra di lei prima che potesse dire qualcosa.

Dan continuò a baciarla, mentre lei si contorceva e si eccitava sempre di più.

"Vorrei fare piano, ma non ci riesco. Per favore, togliti i vestiti," disse, alzandosi in piedi e togliendosi la cravatta dal collo.

Come se dovessero fare a gara su chi riuscisse a spogliarsi per primo, iniziarono a togliersi i vestiti e a lanciarli in un angolo. Nel frattempo, non smisero mai di guardarsi. Mentre lanciava in aria le sue mutandine, Holly arrossì intimidita. Si coprì con le braccia.

"Non nasconderti da me, bellezza," disse lui, togliendosi i boxer e rivelando la sua erezione. Le si avvicinò e le prese la mano. Holly tremava pregustando il suo tocco, aveva la pelle d'oca sulle braccia e tantissima voglia di lui.

"Senti freddo?" le chiese, strofinandole le braccia con le mani.

"Non con te così vicino," rispose lei.

Lui si distese sul letto e aprì le braccia. "Torna a casa," disse.

E lo fece.

Quella sera, si stese tra le sue braccia, osservando la luna piena fuori dalla finestra. La sua felicità era alle stelle. Non si fece nessuna domanda, pensava solo a godersi quel momento. Era libera ed era insieme a Dan, di cos'altro poteva avere bisogno? Di niente. Appoggiò la testa sulla sua spalla e si voltò per baciargli i pettorali.

"Mi dispiace che non abbiate vinto la World Series."

"Sette maledette partite e non ce l'abbiamo fatta comunque."

"Siete stati magnifici."

"I ragazzi sono stati bravi. I Gulls hanno giocato ancora meglio. Avevano un paio di battitori davvero forti. E quel lanciatore novellino. Maledettamente fortunato. Li batteremo l'anno prossimo."

"Sì, lo farete," disse, accarezzandogli il petto.

Lui le accarezzò i capelli e si schiarì la voce.

"Cosa c'è?" Lei cercò di alzare lo sguardo.

"Niente."

"Non dire 'niente'. Cosa c'è?" Le si chiuse lo stomaco.

"Beh, mi stavo domandando..."

"Domandando?"

"Già. Non ti piacerebbe farlo ogni notte?"

Lei si sollevò e lo guardò negli occhi. Anche nella luce fioca della lampada del comodino, vide che le sfumature dorate dei suoi occhi erano diventate verdi. Succedeva sempre quando si lasciava prendere dalla passione. Lei gli sorrise.

"Vuoi farlo di nuovo?"

"No. Voglio dire. Forse. Ma prima rispondi alla mia domanda." Lui le posò la mano sulla spalla.

"Quale domanda?"

"Non ti piacerebbe farlo ogni notte?"

"Mi piacerebbe tantissimo," rispose, toccandogli la guancia.

Fece un ampio sorriso. Afferrò una scatolina sul comodino. "Allora sposami," disse, aprendola per mostrarle un meraviglioso anello di diamanti da quattro carati.

Come se un aspirapolvere le avesse succhiato l'aria dai polmoni, Holly non riusciva a respirare. Lo guardò. Quando riprese a respirare, disse. "Stai scherzando, vero?"

"Ti sembra che io sia scherzando? È difficile mettersi in ginocchio a letto. Devo farlo?"

Lei scosse la testa.

"Allora? Sto aspettando."

"Sì," disse, quando ricominciò a respirare.

"Sì? Sì cosa?"

"Sì, voglio sposarti."

"Tu sei il mio miglior lancio, tesoro."

"E tu sei il mio fuoricampo."

Si baciarono e si abbracciarono sotto il piumone. *Se questo è un sogno, non svegliatemi.*

La gioia riscaldava il suo cuore mentre il corpo di Dan Alexander riscaldava le lenzuola.

Dan spense la luce. Sebbene non riuscisse a smettere di sorridere, Holly si abbandonò alla stanchezza. I suoi occhi si chiusero. Domani sarebbe stato un nuovo giorno e un nuovo inizio, perché anche le ragazze cattive possono avere il loro lieto fine.

Epilogo

Il giorno dopo, Holly e Dan sistemarono la casa. Lui svuotò due cassetti per lei e mise da parte le sue cose in bagno per fare spazio ai suoi trucchi e ai suoi prodotti. La loro luna di miele sarebbe durata fino all'inizio degli allenamenti primaverili.

Dan si organizzò perché Holly potesse raggiungerlo in ritiro in Florida. Non vedendo l'ora di fare quel viaggio, era ancora indecisa di cosa fare della sua vita. Poi arrivò una telefonata di Bud Magee.

"Dan, Holly e lì con te? Passamela"

Prese il telefono del suo uomo. "Hey, Bud."

"Dan mi ha detto che hai lavorato come apprendista in un panificio"

"È così."

"Stiamo cercando qualcuno che prepari dei prodotti da forno per il bar dello stadio. Ti interesserebbe un lavoro di consulenza part-time?"

"Oh mio Dio! Mi piacerebbe tantissimo."

"Bene. Andrai in Florida?"

"Sì."

"Grandioso. Possiamo incontrarci lì per decidere cosa vendere e cosa sarebbe facile da servire."

"Grazie, Bud."

"Nessun problema. Sono certo che avrai molte buone idee."

"Farò del mio meglio."

"E poi, tu fai parte della famiglia."

Riagganciò e raccontò a Dan le ultime novità. Lui era entusiasta.

"Quindi la ragazza degli hot dog diventerà la ragazza dei cupcake?" chiese, sollevando le sopracciglia.

"Direi più la ragazza dei croissant al cioccolato, signore." Gli diede una spinta scherzosa.

Prima che potesse reagire, il suo telefono squillò di nuovo. Controllò lo schermo. Skip Quincy lo stava chiamando.

"Non ci crederai, Dan."

"Che succede?" Il lanciatore si sedette mentre Holly gli mise davanti una tazza di caffè.

"Matt è andato in Florida in anticipo."

"Già. Come volontario in una colonia per bambini o qualcosa del genere."

"Proprio così. Fa loro da insegnante insieme a un altro giocatore. Non indovinerai mai quello che ha fatto."

Dan chiuse gli occhi e brontolò. "Che ha combinato adesso?"

"Beh, diciamo che, quando è entrato nello spogliatoio, si è reso conto che Dusty può anche essere un nome da donna."

"Oh merda!" Dan si coprì gli occhi con la mano. "Matt, che cosa hai fatto?"

FINE

Per scoprire cosa succede con Matt e Dusty, leggete Matt Jackson, Catcher – il secondo libro della serie "Bottom of the Ninth".

Notizie sull'autrice

Jean Joachim è un'autrice di romance di successo e i suoi libri sono in cima alla classifica Amazon Top 100 fin dal 2012. Scrive romance contemporanei, tra cui gli sport romance e la romantic suspense.

Dangerous Love Lost & Found, ha vinto il primo premio International Digital Award dell'Oklahoma Romance Writers of America nel 2015. The Renovated Heart ha vinto il premio Miglior Romanzo dell'Anno del Love Romances Café, Lovers & Liars è arrivato tra i finalisti del RomCon del 2013, e The Marriage List ha conquistato il terzo posto nella classifica Miglior Romance Contemporaneo del Gulf Cost RWA.

To Love or Not to Love si è classificato al secondo posto del Reader's Choice contest del 2014 della sezione del New England dell'associazione Romance Writers of America.

È stata nominata Miglior Autore dell'Anno nel 2012 dalla sezione di New York dell'associazione Romance Writers of America.

Moglie e madre di due figli, Jean vive a New York City. Solitamente, di mattina presto la si può trovare al computer a scrivere mentre beve una tazza di tè, con al suo fianco Homer, il carlino che ha salvato, e la sua scorta segreta di liquirizia nera.

Jean ha scritto e pubblicato più di 30 libri, novelle e racconti brevi. Consultate il suo sito web: http://www.jean-joachimbooks.com.

Iscrivetevi alla newsletter sul suo sito per partecipare alle sue vendite private di libri in formato tascabile. Per iscrivervi alla newsletter:

https://www.facebook.com/pages/Jean-JoachimAu-thor/221092234568929?sk=app_100265896690345

www.ingramcontent.com/pod-product-compliance
Lightning Source LLC
Chambersburg PA
CBHW061609100726
47898CB00002B/588